督戦隊

［復刻版］

別院一郎

ハート出版

督戦隊

後序

「敗走千里」の著者、陳登元君は、初め、同書の上梓に当たって、さらに第二部作の執筆を私との間に約束した。そのうち原稿を送るから、よろしくその校閲整理、ならびに出版の労を頼むというのだった。爾来六ヶ月、同君からは杳《よう》として消息がない。無論《むろん》、約束の第二部作原稿も来ない。一体どうしたのかしら？　とは、啻《ただ》に〔単に〕私と教材社一統との、両者だけの疑惑に留まらなかった。読者諸賢から盛《さか》んに、第二部作はどうしたのか？　という問い合わせが来るのである。けだし、「敗走千里」の序文において、ちょっぴりと、これが連作の一部であることをほのめかしてあったからである。

私の予想した通り、「敗走千里」は果然、読書界に対して一大センセーションを起こした。その直接の反響は、幾何級数的に激増する発行部数と、読者諸賢からの津波のごとき激賞ならびに第二部作要望の声となって如実《にょじつ》に現れた。それは「敗走千里」刊行後、間もなくの現象だった。私からはもちろん、陳君に宛てて矢のごとく激励催促の電文書信を発した。しかし、それは徒労に終わった。私の胸に忽然《こつぜん》と、ある不吉の影がさした。「敗走千里」の影響力を恐れた国民政府の回し者が、秘かに得意のテロによって、陳君を片づけてしまったのではないか——ということである。が、それはあくまでも私の胸に浮かんだ、ただの幻影であって、なんの確証もあるわけではない。したがって、あくまで私の一片の杞憂に過ぎないものであることを信ずるものであるが、ここになんとしても、いつ出現するか分からない陳君の出現を便々《べんべん》と〔いつまでも〕待っていられない事情が起こって来た。教材社主、高山氏から矢のごとき二部作督促が、逆に、私に向かって殺到し始めたことである。その高山氏の矢のごとき督促の背後には、読者諸賢からのこれまた怒濤のごとき督促の矢が放たれていることは、これまた言うまでもないことである。板ばさみの苦境に立たされたのは私である。私はここに一大決心の必要に迫られて来た。「敗走千里」に使った残余の材料によって、別に、一篇の稿を起こそうというのである。その決心を得るや否《いな》や、私は鋭意、新しい材料の蒐集《しゅうしゅう》と、陳君の残してくれた材料の整理按排《あんばい》に肝胆を砕いた。そして、ここに見るような「督戦隊」の一篇を完成した。

この「督戦隊」を完成してみて、私のつくづく感じたことは、今さらのごとく、陳君の「敗走千里」がいかに優れた戦争文学であるかということである。陳君の「敗走千里」を読んでいると、それ自身いかにも漂渺《ひょうびょう》とした〔広々とした〕大陸的味があるし、それに読者自身、いつの間にか日本軍に追撃され、血だるまとなって逃げ回っている敗残兵ではないか――といったような、悲痛を極めた錯覚を起こすことで知れる。だが私は決して、くだらない謙遜はしないつもりである。陳君の「敗走千里」と、私のこの「督戦隊」と、いずれが優れりや、あえて読者諸賢の批判を乞《こ》うつもりでいる。

が、それはそれとして、陳君は最初、素晴らしい材料はまだまだ山ほどある、大いに期待して欲しい、ということを言って来ていた。本篇の成るに及んで、陳君の稿を待つこと、さらに切なるものがある。

由来、支那という国は、我々日本人の眼から見て、想像に絶したことの平気で行われる国である。

早い話が、今度の事変に関連して、我々の眼に、耳に、始終触れるところの「督戦隊」という制度組織である。第一線に立って、始終生命の危険におびやかされ、対敵行動をとっている友軍の背後にあって、機関銃、小銃、迫撃砲、ありとあらゆる武器をその背中に突きつけ、さァやれ、さァやれ……と叱咤激励している、日本などでは絶対に見ることの出来ない特殊軍隊の存在である。そして、いざ敗走と見るや、遠慮会釈もなく、その自らの血肉同胞に向かって機銃の掃射、小銃の一斉射撃、手榴弾の雨を、これでもか、これでもか……と、その鼻面《はなづら》の向きの変わるまで叩きつける。また彼らのあるものは、自らの退却を安全ならしめんがために、戦友の一部を塹壕《ざんごう》に、トーチカの中に、鎖《くさり》つなぎにして敵の攻撃に備えしめ、自らは尻に帆をかけて逃げ出す、等々、我らの貧弱な頭では想像することも出来ないような芸当を平気でやってのける。そればかりではない、近頃問題になっている黄河の堤防決壊とか、敗走に当たって井水中に毒薬細菌類を投入するとか、あるいは日本軍の便益を阻害する目的から自国民の家屋食糧を焼却したり、その目的のために手段を選ばざる体《てい》の行動を平気であえてしている。彼らのそうした常套手段から想像すると、塩の欠乏に苦しむ敵国へ多量の塩を贈ってやったり、戦闘なかばに刀杖の折れた相手方に、代わりの武器をとるまで攻撃を待ってやったり、等々の、幾多戦争美談を持つ我ら日本人とは根本的にその人間が違っていることを感ぜしめられる。しかも、これらのことは、その代表的な一、二例にしか過ぎない。彼ら支那人の民族性の中には、それから軍隊組織の中には、大雑把にいま述べた残虐性と利己主義的性格のほかに、さらにその特殊組織のほかに、想像以外の複雑多岐を極めた派生的現象が、今次事変を通じて至るところに展開されている。しかもそれら現象は、生きた軍隊と民衆の生活の中にだけ見られるものであって、日本軍によって占領された灰燼《かいじん》の中には、その一片すら見出せないものである。もしあったとすれば、それこそ砂漠の中のダイヤモンドである。陳登元君は、消息不明となる数ヶ月前、その私信の中に貴重なそれらダイヤモンドの二、三個を封じこんで送って来てくれた。それと、「敗走千里」の残余の材料を骨子として書き上げたものが、つまり、この「督戦隊」であるが、この「督戦隊」の中には、そうした誰でもが容易に見ることの出来ない砂漠の中のダイヤモンドを展観するという以外、もう一つ別の目的を持っている。それは、支那人というものが、だいたいにおいて利己的で、うぬぼれ根性が強くて、物質欲が旺盛で、口舌の雄で、嘘つきで、残忍性を持っていて、その点、直情径行、潔癖性に富む我ら日本人とは徹頭徹尾、肌あいの合わぬ民族であるが、そうした彼らの中にも、まれには、野獣には見られない美しい人間性の発露を見ることがある。

我々は今、あらゆる犠牲を払ってこの民族と戦っている。何がために戦うか、理由は明らかである。彼らを絶滅するがためではなくて、彼らとの共存共栄を願うからである。が、彼らが利己的ばかりの人間であり、口舌ばかりで真実性のない人間であり、残忍性ばかりの人間であるならば、いかに戦ったところで、絶対に意志の疎通を見ることは出来ないだろう。が、彼らは一面において、そういう日本人とは肌あいの合わぬ性格の持ち主ではあるというものの、その反面には、真実を愛し、平和を愛する、人間らしいところを持っている人間でもあるのである。そこに、彼らを膺懲《ようちょう》する〔こらしめる〕戦いの張り合いもあり、意義もあるのである。が、彼らのその兇暴性、残虐性というも、実は、長い間の生活環境が後天的の性格に作り上げたと見られる場合も、ままあるのである。全く、彼らの場合にも、その生活環境が悪かったことは、うなずかれる。長い間の国内不統一、軍閥《ぐんばつ》間の闘争、官権による法外の搾取、匪賊《ひぞく》による生活の脅威、人的以外の自然の暴虐、等々、数え上げたら限りがあるまい。その上、彼らは一部権力者の誤まれる指導精紳によって、その方向を見失っているのである。彼ら民衆こそ、全く、あわれむべき存在なのである。

この「督戦隊」は、今次の事変を通じ、それを背景として彼ら民衆を描かんとしたところに、その意図がある。「督戦隊」中に活躍する主要人物——方家然《ほうかぜん》や、秀蘭《しゆうらん》や、徐《じよ》中尉や、鮑仁元《ほうじんげん》や、戦利品の密買者や、それらは、いま言った民衆の選手たちである。筆者の意図が成功したか、失敗したか、「督戦隊」は、すでに筆者の力の及ばないところに行っている。この上はただ、読者諸賢の批判をお願いするばかりである。

別院生

もくじ

凡　例

一、本書は、教材社から刊行された第一三版（昭和一三年一一月三〇日発行）を底本としました。
一、原則として、旧字は新字に、旧仮名づかいを新仮名づかいに改めました。
一、底本のふりがなを整理し、難読と思われる漢字には、新たにふりがなを加えました。
一、明らかな誤字脱字は訂正しました。
一、文章を読みやすくするために、一部の漢字表記を平易にし、句読点の整理などを行いました。
一、編集部で補った注は〔　〕で括りました。
一、巻頭の登場人物表は編集部で作成しました。
一、底本では巻末に掲載されていた別院一郎氏による「後序」を巻頭に移動しました。
一、本文中、現在では不適切と思われる表現がありますが、作品の時代的背景に鑑み、そのままとしました。

〔編集部より〕
当社で復刻を希望される書籍がございましたら、本書新刊に挟み込まれているハガキ等で編集部まで情報をお寄せください。今後の出版企画として検討させていただきます。

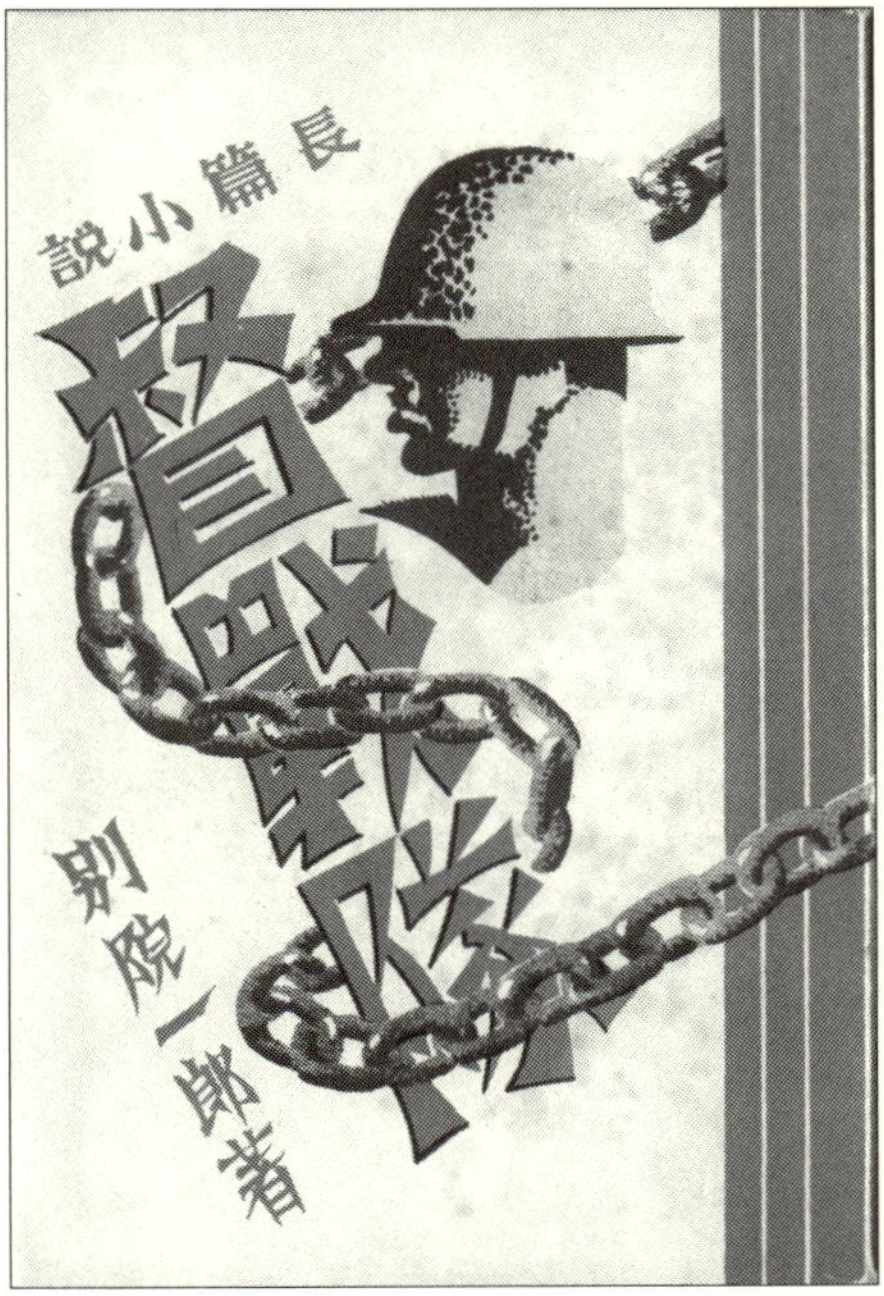

『督戦隊』（教材社）
昭和13年7月20日 初版発行

督戦隊

主な登場人物

方家然　ほうかぜん……………小作人あがりの、残忍だが優秀な兵士。
周秀蘭　しゅうしゅうらん……周家の一人娘。女学校を出たばかりの清楚な美少女。19歳。
鮑仁元　ほうじんげん…………秀蘭の婚約者。城外に大邸宅を構える豪農の長男。26歳。
徐祥慶　じょしょうけい………李鵬部隊の副官を務める中尉。
周継棠　しゅうけいどう………秀蘭の父。穀物問屋を営む。
周淑貞　しゅうしゅくてい……秀蘭の母。
周康元　しゅうこうげん………秀蘭の兄。アメリカに留学中。
李鵬　りほう…………………のちに督戦隊となる、第十三大隊の大隊長。少佐。
温炳臣　おんへいしん…………秀蘭に好意を寄せる、李鵬部隊の新兵教育主任。中尉。
趙忠岐　しょうちゅうき………李鵬部隊の軍曹。掠奪の達人。
陳坤林　ちんこんりん…………李鵬部隊で再び兵士となった方家然の偽名。

招かざる客

誰もみんな、避難する間も隠れる間もなかった。どこか遠くで戦争をしている軍隊が負けて、どんどんこの町を目ざして敗走して来るという噂が立って間もなく、いや、それはつい三時間ほど前だった。百姓の張元金《ちょうげんきん》が、手押しの一輪車に山ほど粟《あわ》の叺《かます》〔藁むしろで作られた袋〕を積んで売りに来た。

「穀類の値が出たということだが、ここらが相場の頂上でがしょうな」

いつ来てもむっつりしていて、要談以外には一言も口をきいたことのない張元金が、めずらしくそんな愛想を言い言い、取り引きをすまして金を受け取ってしまうと、

「そら、そうと、旦那お聞きになりませんか、なんだか詳《くわ》しいことは知んねえだが、近々のうちに大きな軍閥の部隊がこの町さ、やって来るって話……。なんでもはァ、戦争に負けて来るっちうこんだから、みんなやけっぱちで、またどえらい乱暴するんじゃねえかって、みんな言ってるだが……」そう言ってから、張元金はどこか狡《ずる》そうな、にやりとした笑いを浮かべて、

「わしら、これで、家にはもうなんにもねえだ。粟粒ひとつねえ。このまんま、いつどこへでも、すっ飛んで行かれるだ」と、そそくさに店先から出て行ったのだった。

この町の周り中、三十里、五十里〔一里は約4キロメートル／以下同〕離れた至るところで、東洋軍《とんやんぐん》〔日本軍〕との間に戦争が行われているということは、主人の周継棠《しゅうけいどう》から番頭の李《り》、さらに丁稚《でっち》の端々《はしばし》に至るまで誰も彼もが聞いて知っているが、毎日のように放送される中央政府からのラジオは、津浦《しんぽ》線においても、京漢《けいかん》線においても、また同蒲《どうほ》線、隴海《ろうかい》線、その他、江南《こうなん》の諸戦線において、至るところ、忠勇義烈の中国軍は東洋軍を壊滅敗走せしめつつある。抗日救国の宿望の達せられる日も近い将来である。国民はよろしく、安心して家業に励むように——と言っている。そして、それを聞く誰もが、半分の疑念と半分の信用をそれに置いている。それはつまり、負けたこともあるだろうが、勝ったこともあるのだろうという考えである。

　が、どちらが勝とうが負けようが、そんなことは彼らにとって問題ではない。彼らが衷心《ちゅうしん》から〔心の底から〕希望していることは、どちらが勝っても負けてもいいから、そうした軍隊が一日も早くこの近辺から立ち去ってもらいたいということである。この近辺にいられたのでは、いつなんどきこの町に入って来ないとも限らないし、入って来たが最後、蝗《いなご》の大群に見舞われた菜圃《さいほ》〔菜園〕と同様の惨害をこうむることは分かりきっている。軍隊としての徴発につぐ徴発の次が、今度は、兵隊各個の根こそぎの掠奪《りゃくだつ》である。それは判で押したように、いつも決まっている。

　が、これまで過去においてしばしばあったように、自国内の軍閥同士の戦争ならば、町全体としてその軍隊の首脳者に金銀米穀の類《たぐい》を贈ることによって、その部隊を撤退してもらうことも出来た。したがって、戦争の惨禍から町を救うことも出来たが、今度の戦争のように、外国の軍隊との間に起こった戦争では、そうもいかないようだった。町は滅茶滅茶に破壊されるし、財産も人命も一つとして保障されるものはない。命からがら、それらの戦場から逃れて来たものの口から直接それは聞きもしたし、見て来たものも相当にいる。彼らは口々に言うのだ。

「全く凄《すご》い。あんな恐ろしい戦争って初めてだ。頭の上をぶんぶん飛行機が入り乱れて飛んでいる。それらがぼかんぼかんと爆弾を落っことす。あいつは雷よりも恐ろしい奴《やつ》だ、雷は、よし落っこちたとしても人間の一人二人を殺すか、家の屋根に小さな穴をあけるに過ぎないが、爆弾は一発でもって何百人殺すか分からない。見上げるような大きな煉瓦《れんが》やコンクリートの建物だって、瞬《まばた》きする間に粉々になって影を消してしまうのだ……。さァ、軍隊がこの町へ逃げ込んで来れば、敵の飛行機は必ずこの町を襲撃するだろう。命の惜《お》しいものは今のうちに逃げ出すがいい」――

穀物問屋の周継棠は、とにかく、事実がどの程度まで切迫しているのか、調べさせようと思って、番頭の李を呼んだ。

「おい、李……町の様子がどんなか、ちょっと見て来てくれんか。その都合次第で、いろいろ準備の仕様があるからな」

そう言って番頭の李を出してやってから、周継棠は店から倉庫にかけての、おびただしい穀類を眼に描いて見た。いざという時、それはとても持って逃げられるものではない。全部倉庫に入れて、釘づけにして、泥を塗って掠奪と火難の防備をするのだが……。が、それはとにかく、李が帰って来てからのことだ。周継棠はそわそわした足取りでそこらを歩き回っていたが、その足で、奥にいる妻のもとへ、せかせかと小刻みの急ぎ足で入って行った。

「さァ、ことによるとここを逃げ出さなければならないかも知れない。手に持てる大事の物だけ大急ぎで用意しとくがいい。早いほどいいぞ。わしはこれからすぐ秀蘭にも仕度《したく》するように言って来る」

秀蘭は、彼ら夫婦にとって眼に入れても痛くない、たった一人の愛娘《まなむすめ》である。最近南方から女学校の課程を終えて帰って来たばかりの、水仙花のように淋しく美しい、が、どこか犯しがたい、今年十九になる清楚な感じの少女である。教育家になるのが志望だが、そしてそのために散々父親を手こずらせたものだが、彼女には鮑仁元という許嫁《いいなずけ》がある。城外に宏壮な邸宅を営む豪農、鮑家の長子である。彼は久しくアメリカに留学していて、二年ほど前に帰国し、今は父親に代わって自家農園の監督に終日を費《つい》やしてなお、倦《う》む〔飽きる〕ことを知らない、事業にかけてはなかなかの熱心家である。今年二十六歳。明敏の頭脳は溌剌《はつらつ》とした双眸〔両眼〕に燃え輝いて、彼が決して世の常の脛《すね》かじりでないことを如実に表示している。同時に彼は小さな革命家でもある。古い昔からの因習と伝統とから一歩も出ることのない父親のやり方を、片っ端からぶち壊して、着々と自分の学んで来た新しい学問と方法でやり換えてゆくのだ。一口に言うと、小農法から大農法にその方法を変えるのだ。手鋤《すき》や手鍬《くわ》によってコツコツと小さな土くれを掘りくり返していたのを、最近になって馬耕機械をアメリカから輸入して、それに換えてしまった。が、彼は決してそれで満足していない。馬を、今度はトラクターに換えようというので、毎日のように父親と論争している。

「お父さん、貴方《あなた》も頑固ですね。仕事を馬にさせるようになってから、それまでの五倍の効率を上げるようになったじゃありませんか。今度それをトラクターにしてご覧なさい、また五倍以上の効率を上げるのは眼に見えてるじゃありませんか」

が、父親は憂鬱《ゆううつ》な顔をして、それに対しての返事を言い渋っている。

「それはそうだろうが、それはあまりというものじゃ」と、この言葉を繰り返すばかりだ。

「何があまりなんです？　馬に仕事させるようにしただけでも、あの時、二十人からの人手が省《はぶ》けたじゃありませんか。お父さんは経済というものを知らないから駄目だ。トラクターにしてご覧なさい。それこそ今度は……」

「まあ、まあ……」父親はいかにも気の弱そうに手を振って言った。「お前はそれで仕事を離れて行く者たちの身の上を思ったことがあるかい。え、わしは今でも、あの時わしのところから出て行った者たちの、あの怨《うら》みを含んだ眼を忘れることが出来ないのだ。わしは毎晩、あの眼にうなされるのだ。たしかに、いいことはない。いつかきっと、わしの家に仇《あだ》をする眼だ」

鮑仁元は思わず小さな溜息《ためいき》をついた。あまりにも気の弱い父親に、なんと言っていいか分からない腹立たしさを覚えたのだ。が、彼とても全然父親の心持ちを汲《く》まないわけではない。善良な気の弱い父親として、職を奪われ、追われゆく者たちの身の上に同情するその気持ちは分かりすぎるほど分かっている。が、さらばと言って、この自分までが父親と一緒になって彼らに同情していたのでは、どうにも、ほおがえしがつかない〔やりようがない〕ではないか。だから、彼は噛んで含めるように、優しく、父親に言って聞かせた。

「お父さんは気をもっと大きく持たなければいけませんよ。こんなことは僕らの家にばかりあることじゃない。昔から今日まで、世界中至るところにあることなんですよ。風車や水車で粉を挽《ひ》いたり、麦を搗《つ》いたりしていたものが、蒸気機械が発明されてその方に仕事を取られてしまったり、紡績機械が発明されて、それまで糸引き車でぶんぶん糸を紡《つむ》いでいたものが仕事をなくしたり……そんな例はそれこそ数えきれないくらいあるんですよ。つまり、世の中が進むためには仕方のない犠牲なんです。だから、そんなことをいちいち気にしていた日にゃ、生存競争場裡《じょうり》における敗残者となるほかありません」

が、頑固な父親は、それでもまだ承服出来ないようだった。

「お前は若いからそんなことが平気で言えもするし、出来もするんだ。が、人間には念《おも》いというものがある。それは怨みにもなれば憎《にく》みにもなる。その念いをかけられることは恐ろしいことだ……。わしは今でも、あの時出て行った方家然とか言った小作男の眼を忘れることが出来ない。あの眼は九族に祟《たた》る眼だ。今は太原《たいげん》〔山西省の省都〕で兵隊になっとるという話だが……」

父親はほんとに恐ろしそうに肩をすぼめて、あの時の情景を思い起こしている様子である。そう言ってから、彼は独り言のようにぶつぶつ呟《つぶや》き始めた。

「方家然があの時あんな恐ろしい眼をしてわしを睨《にら》んだのも、全く無理のないことであるのだ。あいつには、あの時、病気で死にかかっているお袋がいたのだ。そして、お袋の病気がどっちにか片づくまで、もう少し働かせて下さい——と、わしに哀願して来たのだ。が、わしは何もかも仁元の言いなりだった。それにどうしても二十人の人間を切らなければならないとすれば、あいつはどうしても哀れみをかけることの出来ない部類の一人だったのだ。飲んだくれで、怠け者で、無頼で……それまでにも幾度、手を焼かせたか知れない奴だったのだ。あいつが兵隊になったのは、全く適在適所というわけだが……。だが、なんにしても、後難を感ぜしめられる恐ろしい眼を持った奴だ」

その時、彼の頭にぱっと天来の光明のごとく、素晴らしい考えが浮かんだ。仁元がこう仕事熱心で、改革改革と、後先の考えもなく改革に熱中するのも、結局、独り身で、欝勃《うつぼつ》たる〔あふれ出る〕精気のやり場がないからだ。考えてみれば年ももう二十六だし、結婚さすのに決して早すぎるという年ではない。むしろ遅すぎるくらいだ。これは一日も早く周家に交渉して、秀蘭との婚礼を挙げさせなければいけない。妻でも持ったら自然、今までのような具合ではなくなるだろう。——そうと気がつくと、彼は早速、息子の仁元にその話を持ち出した。

「どうじゃろうな、周さんとこの秀蘭も、学校を終えて家へ戻っていることだし、早速婚礼の式を挙げたらと思うのだが」

が、これに対しては、仁元はなんの異存もはさまなかった。微塵《みじん》の昂奮《こうふん》も狼狽《ろうばい》の様子もなく、淡々とした水のように冷たく、静かに、

「お父さんのいいように……」と言った。

が、彼のその水のように冷ややかな言葉や態度は、彼の本当の心持ちを表したものではなかった。彼の、内に燃える激しい情熱は、堅い殼をかぶっていて、容易にその鋒芒《ほうぼう》〔刃先〕を外に現さなかった。心の内では限りない愛着を彼女にいだきながら、どうにもその心持ちを彼女に伝えることが出来ないのだ。直接彼女に伝えられないどころか、間接にも、例えばそのためにいろいろ気を使ったり、骨を折ったりしてくれる父親に対してすら、そういう熱烈な自分の心持ちとはおよそ反対の意志表示しか出来ないのだった。

彼はその自分を不幸だと思う。好きなものは好きだと正直に言い、惚《ほ》れていたら惚れてると率直に言い得たら、どんなにかいいだろうと思う。思っていながらそれが出来ないところに無理が出来る。その無理は、彼の場合では一種の事業欲となって、むやみに古い制度を壊して新しいもの新しいもの

へと食いついていくことになる。彼はいつも心を緊張していなければならない。もしちょっとでもその緊張が緩むと、その隙間にいつの間にか水仙花のような秀蘭が忍び込んでいる。このとき彼は秀蘭とたった二人、対坐している心持ちである。秀蘭は素直で、彼の言いなりになる可憐《かれん》な少女である。彼が右を向けと言えば黙って右を向くし、後《うし》ろを向けと言えばまた黙って後ろを向く。裸になれと言えば裸になる。彼女は全く彼の自由になる。そして結局、彼は自分の陋劣《ろうれつ》な〔卑劣な〕、醜《みにく》い心持ちを反省して顔を真っ赤にして、激しく頭を振り、彼女の影像を頭の中から追っぽり出してしまう。そして、その空《から》っぽになった頭の中へは、激しい爆音を立ててトラクターが乗り込んで来る。彼は仕事の能率のことを考える。機械化され、合理化されてゆく田園の近代的設計に対して、眼を細くしてその愉悦に浸《ひた》る。未来への空想は限りない翼を広げて、高く高く無限の彼方の大空へと彼を連れ出してゆく。

父親の奔走で、秀蘭との婚礼も陽春四月の吉日を選んで挙式するというところまで話は進んだ。言葉やその態度に喜びの感情を表す仁元ではなかったが、父親には、それに対してまんざらでない、息子の気持ちがよく分かった。

「あいつも満足しとるようじゃ。うまくいけばトラクターとやらのことも忘れて、嫁と二人、仲よく遊んでくれるじゃろう。それがいいのだ。あんまり大勢のものに暇《ひま》を出して、怨みを買うのはよくない。わしは、あれが仕事のことを何もかも忘れて、遊び呆けてくれることが何よりの望みなのだ」

それが、偽《いつわ》りのない父親の気持ちだった。

穀物問屋の周家でも、急に家の中がざわめいて、浮き立って来た。大勢の雇《やと》い人《にん》たちまでが、なんとなくそわそわしていた。時勢は無論よくはない。戦争騒ぎで、大勢の若者たちは片っ端から徴集されていくし、重税はいやが上にも重くかけられるし、毎日のように漢奸《かんかん》〔敵に通ずる裏切り者〕狩りは行われるし、右を向いても左を向いても、殺風景なことばかりである。それに、町の至るところに、「抗日救国」の伝単〔宣伝ビラ〕が貼りつけてあるし、それと同じ数ぐらい、禿鷹《はげたか》のような凄い眼をした男が群集の中に入り交じっていて、いつでも獲物に跳びかかり得るような待機の姿勢で、そこらをうろうろしている。いずれも漢奸狩りの手先の類ではあろうが、それらが一層、町の空気を険悪にしてゆくのだ。駘蕩《たいとう》とした〔のどかな〕婚礼気分なぞ、町のどこを探したってありはしない。

周家のものたちは、こうした町の空気と、我が家の空気とを比較して、なんとなくすまないと思うことがある。幸福は、鮑家と我が家の二軒にのみ集まっているように思う。人間には、誰にも天から付与された幸福というものがある。多少にかかわらず必ずある。それらの幸福を一人残らずの上から我が家の上に掻き集めて来たような感じを、周継棠は近頃になって、しみじみと思うのだ。これが極端になる時には、必ず天の憎しみをこうむらずにはいられない。周継棠は、夜中になぞ、ぽっかり眼を覚ますことがあると、妙な不安と胸騒ぎを感じて、それきり眠れなくなってしまう。その状態は毎晩のようにつづいた。それで彼は思うのだ。

「このざわついた幸福感は、一日も早く切り上げちまわなければいけない。そして何も考えない平凡の日にかえらせることだ」――

そこで彼は暦を開き、指を折って婚礼の予定日までの日数を数える。そしてまた呟くのである。

「やれやれ……まだ四十五日も続くのか」――。が、現実の世界は、この周老人が荷厄介《にやっかい》にしている幸福の日を、四十五日間も彼らに与えてくれはしなかった。意外の椿事《ちんじ》〔思いがけない出来事〕が突発して、何もかも滅茶苦茶にしてしまっただけでなく、永遠に掴《つか》むことの出来ないところへ、その幸福を投げ出してしまったのだった。

さっき、町の様子を見にやった番頭の李が、ただならぬ顔つきと息づかいで飛び込んで来て、

「大変です、城門はもう残らず兵隊で固めてしまってるし、まだ後から後から何万っていう兵隊が入りかけています。みんな服も帽子も裂けて、血だらけで、眼ばかりぎょろぎょろさせて、片手の無い奴だの、跛《ちんば》の〔片足の不自由な〕奴だの、それが片っ端から掠奪を始めてるんです」と訴えたのだ。

「何？　掠奪を始めた？」周継棠は顔色を変えて、李の眼を見すえた。言葉以外の、何もかもを掴み取ろうとする眼だった。「じゃ、もう避難出来ないというのか？　城外へは一歩も出られないのか？」

「たぶん、出られないと思うんです。どこの家もみんな戸を閉めています。一、二軒、その閉めた戸を壊されているのを見ましたが……」

それを聞くと、周継棠はいきなり立ち上がって、奥の方へ駆け出した。駆け出しながら、番頭から丁稚の端々に至るまでのものの名を呼び立てて、

「早く店の戸を閉めてしまえ！　表も裏も、みんな錠《じょう》をおろすんだ。いいか、そして金庫の中のものは、金も、帳簿も、みんな、土蔵の穴倉へ入れてくれ！」

奥へ走り込んだ彼は、娘の秀蘭を小脇に抱えるようにして引きずりながら、妻のいる部屋の近くで大声でわめき立てた。

「淑貞《しゅくてい》！　……早く隠れるんだ。兵隊だ。兵隊が来るんだ！」

周継棠は、ろくに何もしないうちから、ハァハァ息を切らしていた。秀蘭を引きずったまま、妻の

部屋によろけ込むと、

「水だ……水を一杯くれ。息が苦しくてかなわん。喉が焼けるようだ」

そう言って、卓子〔テーブル〕の上の水さしを見つけると、コップにも注がずにぐびぐびその口から飲み干した。そして、あっけにとられて、ただおろおろしている妻の手を掴んで、娘の秀蘭と三人、足をもつれさせて、土蔵の穴倉へとのめり込んだ。

真っ暗で、何が何やら分からない。が、その真っ暗の中で、誰か二、三人、ごそごそ何か音を立てている。彼はぎょっとして、恐怖の色を隠そうともせず、いくぶん小腰をかがめ、首を突き出すようにして誰何《すいか》した〔何者かと問いただした〕。

「誰だ！　そんなとこで何をしてるんだ！」

真っ暗な隅から、足音が彼の前に近づいて来た。薄く、ぼんやりと、番頭の李の顔が認められた。

周継棠は思い出した。

「あ、そうか、お前だったのか……。で、どうだ、金庫のものは、みんな運びきれたのか？」

「ええ、みんな持って来るには持って来ましたが、どこに隠そうかと思って……」

「ともかく、蝋燭《ろうそく》をつけたらどうだ。こう暗くちゃ何も出来ないではないか」

番頭の李が小僧に灯《あか》りを持って来るように命じている間、周継棠は、がたがた震《ふる》える左右の手に妻と娘の手を握りしめながら、ぼんやりと立って待っていた。彼の頭の中は、まさに来たらんとする嵐に備えるため、車輪のように目まぐるしく回転していた。妻と娘はどういう具合に隠したものか？米や麦の商品は、この急場に当たってどうにもなるまいが、目ぼしい金目《かねめ》のものは、どうにか処置しなければならない。兵隊なぞという輩《やから》は、これまでの例によってもそうだが、そういうものの所在場所を実に的確に嗅ぎ出すものなのだ。そういう特別の能力を持っているらしいのだ。

ようよう小さな灯りが揺れて、穴倉の階段をおりて来る。じっとしている三人の影法師《かげぼうし》が、大きく、前の壁面にゆらめいた。

「そうだ、李！　ここへどんどん店にある麦の叺を運ばしてくれ。三十叺ばかり……大急ぎでやってくれ！」

周継棠は、何を思ったか突然、左右の手に握っている妻と娘の手を振りもぎって激しい調子で命令した。火の気のない穴倉は、恐怖のためばかりでない寒さのために、がたがた三人を震えさせた。静かなせいもあるが、三人が、がたがた鳴らす奥歯の音が、はっきりとお互いの耳に聞き取れた。

叺が、店の若者たちによってどんどん運ばれ始めた。

「そうだ、その隅のところを少し片づけて、二人坐《すわ》れるぐらいの場所をあけて、その前にずらっと積み上げてくれ……。わざとらしくなく、な……。店の分で足りなかったら、倉庫の奴も持って来てくれ」

工作はどんどん進んだ。彼は、叺の蔭《かげ》に妻と娘を入れ、しばらく外側からその様子を眺めていた。

それからまた二人のそばへ寄って、小さな声で言った。

「寒くはないか。寒ければ布団《ふとん》でも毛布でも運ばせるけれど……。とにかく、兵隊が町にいる間は出られないんだからな。住みよくしとかんじゃ……」

妻と娘を隠してしまうと、彼は、金銀宝石といったものを洗いざらい掻き集めて、自分だけの知っている秘密の隠し場所へ押し込んだ。その場所は、煉瓦を一枚、取り外すことによって立派な金庫の代用をする穴ぼこであり、寝台の脚の下に巧みに作られた小さな穴倉であり、どれもこれも第三者には絶対に気の付かれないように出来ていた。

やるだけのことをやってしまうと、周継棠はぐったりとして、店先の椅子《いす》に腰を落としこんだ。が、それも長くはなかった。いきなりバネじかけの人形のように突っ立ち上がると、大声で女中たちを呼び集めて、

「みんな、どこへでも好きなところへ隠れろ。家からはもう一歩も外へ出られないんだ。兵隊に見つかったら、ただではすまされんぞ。そのつもりで出来るだけうまく隠れるがいい」と言った。

女中たちは一瞬、不安らしい顔を見合わせたが、たちまち、どこともなく姿を隠してしまった。そして、それを見送ると、今度は家中の男たちを集めて、兵隊が来て、もし尋ねたら、女たちは昨日のうちに城外へ避難したと答えるよう、言い含めた。

「いいか、それでもし、金だの宝石だののことを尋ねたら、詳しいことは知らないが、二、三日前に漢口の親類へ預けた様子だ——と言うんだ。それで、その他のことは、何を訊《き》かれても知らん知らんと言っとればよろしい」と、言いさとした。

準備は出来た。一同は不安な中にもほっとして、来なければ来ないに越したことのないお客さまたちの出現を、今か今かという気持ちで待った。

一時間近くもその状態が続いたろうか。突然、家の外が騒がしくなった。大旋風が、がらがら屋根を巻き上げながら突進して来るような、底の知れない不安を潜《ひそ》めた騒音の襲来だった。

「いよいよ来たな!」と思っている時、突然、表戸に激しく何かがぶつかった。がやがや罵《のの》りわめく

声も聞こえる。が、そう大勢ではないらしい。せいぜい五、六人の声である。中では、みんな息を呑んで、鳴りを潜めている、誰の腰も落ちついていない。宙に浮いて、いざといえば、次の行動に移れるように、眼ばかり光らして、表の戸の方と、お互いの顔を交互に見守っている。

「おい、あけろ!」

口々に外で怒鳴っている。

「調べることがあるんだ。あけないとなれば叩き壊して入るぞ!」

全く、叩き壊しかねない勢いである。どうせ入らずにすまないものなら、穏やかにあけてやった方が、まだ後難が軽くすむかも知れない。とっさにそのことを思案した周継棠は、

「あけてやってくれ!」と、何もかも諦《あきら》めたように、男たちの方を振り返って言った。

戸はあけられた、と、同時に、おのおのに銃を持った五、六人の兵隊が、どっとなだれ込んで来た。

花は散りぬ

周継棠を初め、店の男たちの口から「あ!」という小さな叫び声が洩《も》れた。恐怖のためのみの叫びではない。入って来るなり、にやりと笑った、この中での首領らしい一人の兵隊の顔を見た刹那《せつな》に出

た叫び声だった。

「見たことのある男だ！」

誰もがそう思った。が、恐怖のため、意識の動転している彼らには、とっさにはそれが誰であるか思い出せなかった。

「どこかで見たことのある男だが……」皆が心の中でそれを繰り返している。

その時、にやりとした笑いをやめない男が周継棠の前に一歩進み出て、

「久しぶりですね。しかし、みんなお変わりなくて結構……。秀蘭さんもその後、ますます美しくなってるという評判だが、どこにいるんです？　奥の部屋ですか？　とにかく、ちょっと逢《あ》わせて下さい」と言った。なれなれしい言葉使いである。その人間の正体が知れないだけに、そのなれなれしさは、一層、気味が悪い。

「貴方はどなたでしたろう？　どこかで一度お目にかかったことがあるように思いますが……」

周継棠は恐る恐る、その男の顔を盗み見しながら言った。

「俺を忘れたかね」男は、にやりにやりをやめて噛みつきそうな顔をして言った。「鮑の家の小作をしていた方家然だよ。どうだ、思い出したろう。さァ、名乗ったからは秀蘭に逢わしてもらおうか」

おどおどした顔をずらりと並べている周家の男たちは、このとき再び、「あ！」と声を立てるところだった。言われて、この男に関する一切《いっさい》のことを思い出したのだ。時間からいっては、あの頃からわずか二年か三年ぐらいしか経ってないだろうが、とにかく様子が変わっている。元々、山猫みたいな剽悍《ひょうかん》な〔精悍な〕顔ではあったが、いま見るこの男の顔は、それに輪をかけて残虐性を帯びている。あの頃に

無かった右頬の、耳のあたりから口もとにかけての大きな刀傷は、その上に一段と凄味を加えている。

「この男なら、何をやるか分からない」――

鮑家の小作の方家然と分かった瞬間に、そういった恐怖がぎゅっと、店の男たちの心臓を引っ掴んでしまったのだ。いずれも鮑家の人たちから聞いた話ではあるが、この男に関する記憶が生々しく皆の胸に蘇《よみがえ》って来た。盗癖もあったらしく、隣り近所の見さかいなく、他人がせっかく丹精して作った粟や麦を夜陰ひそかに刈りとって自分の家の庭に乾していたり、豚や鶏を盗んで来て売り飛ばしたり、そうしたことが実際、際限もなくあったようである。が、始めは誰も、その盗む者が一体誰であるか全然知らなかった。それを突きとめるためにみんな随分《ずいぶん》苦心したようであるが、一人、非常な熱心家があって、五晩ほど寝ずに畑の中に見張っていて、とうとう稗《ひえ》の盗み刈りを始めたその現場を押さえてしまった。が、事件がそれだけですめば、方家然に対する非難もただ「あいつは畑の泥棒をした」ということだけで案外軽くすんだかも知れなかったのに、彼は相手から、「貴様、方家然だな」と名を言われるや否や、やにわに持っていた鎌で相手に斬ってかかったのだが、相手は棍棒を持っていた。顔だの、腕だの、あちこち斬られながらも棍棒で渡り合って、どうかした弾《はず》みの一撃が急所に行って、ぽろりと、方家然の手にしていた鎌を地に叩き落としてしまった。それでやっと方家然を縛り上げて、地主の鮑家へしょっぴいて来たのであるが、鮑家の主人は膏薬代としていくらかの金を包んで斬られた方の男に与え、方家然には懇々と説諭を加えて後来〔将来〕を戒《いまし》め、双方を和解さしてしまった。

が、斬られた方の男は、その取り扱いに対して不服らしかった。口をとがらかして、

「あいつは性根から腐ってるでがす。根性の腐ってる奴に、口小言《くちこごと》ぐれえで真っ当になるもんじゃね

えでがす。まァ、見ていさっしゃるがいい。いまにまた、きっと始めますだから」

が、鮑家の主人は「まァ、まァ」と言って相手の小作男をなだめた。

「方家然は無論、悪い奴じゃ。が、悪い奴じゃからといって、畑を取り上げて村から追っぽり出したらどうなるじゃ！　あれには病気で寝ているお袋がおるんじゃ。そうなると、罪のない病気の老人まで一緒に餓死さすことになるではないかの……。な、わしからも頼む、今度だけ見逃がしてやってくれい」

主人である地主からそう言われては、それ以上我も通せなかったのであろう。その男は血だるまのような惨《むご》い姿で、跛《びつこ》を引き引き〔片足を引きずりながら〕帰って行った。が、主人の前でこそ我を引っ込めた彼も、一歩門の外へ出ると聞こえよがしの大声で独り言を言い出した。

「あいつは人殺しだ、人殺しの大泥棒だ。おらの方が強かったから命拾いしたようなもんの、おらが弱かったらずたずたにあいつのために斬り殺されてるだ。……まァ見ているがいい。あの根性っ骨の腐ってる大泥棒め、いまにどえらいことをしでかすだから」

鮑家の主人の訓戒にもかかわらず、方家然はその後も時々、あちこちの畑を荒らしているようだった。その後、畑荒らしの現場を押さえたものはなかったが、時々畑の荒らされている事実から見て、それはどうしても方家然だろうと思うよりほかなかった。

幸か不幸か、そうしたある日、方家然が村から追放される運命の日がついに来た。鮑家の息子の仁元が、アメリカ帰りの知識をふるって耕地の大部分を小作人から回収し、馬耕による大農法に改めたことから、自然、幾人かの小作人を切る必要が生じた。その犠牲の一人に挙げられたからだった。

「ようし、いまに見ておれ！」

凄い形相でそう言って鮑の邸を睨んでいた方家然をある人が見たということだった。方家然は村から姿を消した。町の城門の近くで、寝ている母親を傍《かたわ》らに乞食《こじき》をしているのを見たと、ある人が知らせて来たこともあった。その母親が死んで、太原に蟠居《ばんきょ》する〔支配する〕軍閥の部下になるべく旅に出たという噂が、どこからともなく、鮑家の人々の耳に入ったのは、その後、間もなくのことだった。

その方家然が、いま忽然と、凶悪無惨な敗残兵となって、鮑家の息子の仁元と婚礼の間柄にある周継棠の店に姿を現したのだ。

「おい、秀蘭はどうしたんだ、どこへ隠したんだ。ごまかそうったって、そうはいかねえ。ちゃんとここにいることを突きとめて来たんだからな」

方家然は、どこに隠していたのか、一挺《ちょう》のピストルを手にひねくりながら、傲然と、周継棠の前に突っ立っている。むかし、ここの番頭の前にすら頭が上がらずに、一叺か二叺かの麦を売るために冗々《じょうじょう》と〔くどくどと〕、一時間も二時間もかかって値段のことで懇願していた彼とは雲泥の相違だった。

それはとにかく、秀蘭がここにいることを突きとめて来たという彼の一言は、周継棠の胸に錐《きり》で突き刺されたような痛みを与えた。この男が本当に突きとめて来たとすると、へたに隠しだてすることは、かえって悪い結果を生むだろうし、といって、この狼のような男の前に、どうしてむざむざ大事な娘が出せるだろう。ちょっと考えたのち、どうなるか当たって砕けろという気に彼はなった。

「女たちはもう二、三日前に南方の町へ避難させましたので……」

そう言って、彼はじっと、揉み手をしながら方家然の様子を見守った。

「そうか、南方へ行ったか……」方家然はそう言いながら、それまで無言で、彼のそばで眼ばかり光らせていた部下と見える兵隊たちに、何やら、眼で合図をした。

兵隊は活溌に動き出した。縄を持って来て、店の男たちを片っ端から数珠《じゅず》つなぎに縛り始めた。無論、周継棠も縛られた。

「しばらくこうやって辛抱《しんぼう》していて下さい。これから南方を探して来ますからね」

言葉だけは丁寧だ。が、なんという底意地の悪い皮肉がその底に潜んでいることだろう。しかも、例のにやにやした薄笑いを眼に浮かべながら、今度は縛られている男たちに向かって、

「今夜は俺たちの婚礼があるんだ。俺たちは決して悪者ではない。その時には、みんなにもうんと御馳走《ごちそう》を食べさせるからな。ここにおとなしく待ってるんだ！」

方家然は、何年か前、麦や粟をここへ売りに来た時でも、この店から奥へは一歩も入ったことはないのである。にもかかわらず、彼の歩きぶりのなんと堂々と、自信たっぷりであることだろう。他の兵隊どもが、空っぽになった金庫を骨を折ってこじあけたり、紙屑のほか何も入れてない卓子の抽斗《ひきだし》を掻き回している間に、彼だけはぐんぐん奥の倉庫の方へ歩いてゆくのだ。

見送っている周継棠は心配になった。番頭の李に、

「あいつ、この家の様子を知ってるのだろうか。ぐんぐん奥の方へ入って行くじゃないか」と、伸び上がり伸び上がり、方の後ろ姿を見送って囁いた。

「知ってるはずはないと思いますが……。店の者以外、絶対に奥の方へ通したことはないんですから」

この時、店にはもう兵隊は一人もいなかった。みんな奥へ奥へと入って行って、時々どえらい音を立てていた。何か棚のものを取り落としたり、積んであるものを突き崩しているらしい。チャラチャ

ラン……という音は、何か陶器の類を壊したに違いない。叺の豆か何かこぼしてるような、がらがら……という音も聞こえて来る。

周継棠にとって、兵匪の暴虐は決してこれが初めてではない。子供の頃からでは幾度ということなく経験している。だから、この時にはもう、深くも観念の眼を閉じて、諦めていた。

「これはどうにも仕方がないことだ」――

そしてひたすらに、一刻も早くこの嵐の吹き去ってくれるのを祈っていた。が、彼の経験は、この嵐を過ぎ去らせるためには、いつも、これよりももう一層大きな激しい嵐の来ることを教えていた。匪賊を追っ払うためには省政府に願って政府軍を繰り出してもらう。そして戦闘によって匪賊を追っ払うのだが、たとえ匪賊を追っ払った後でも、政府軍はいつまでもそこに居すわっていて、なかなか退去してくれないのだ。しかも、政府軍の経費というものは、まず大抵の場合、現地の負担となるので、町民の苦しさというものは並大抵ではない。その上、彼らは武力をたのんで掠奪暴行ありとあらゆる悪いことをする。ひとたび匪賊が町に襲来すると、その町の姑娘《クーニャン》〔未婚の若い娘〕の半分は処女でなくなる。さらに政府軍がそれにとって代わると、残りの半分が処女を奪われる。そして、町中の女という女が、人に話すことも出来ない忌まわしい病気を感染させられる。つまり、町には一人の処女もなくなるわけである。これ以上の大嵐って、およそあるわけのものではない。

仕方がないという諦めの底から、周継棠の胸には、こうした心配と悩みが首をもたげて来たのである。

「どうも、ただごとではすまないような気がする」

と、その瞬間である。なんとも言葉に言い表せない女の悲鳴が、奥の方から響いて来た。

や！

や！

男たちは一斉に悲鳴の聞こえて来た方向に首を伸ばした。そして歩きかけた。が、足も手も堅く縛られている彼らは、そのまま前の方へつんのめるところだった。辛《から》くも踏みとどまった彼らは二度めに響いて来た悲鳴を聞くと、ただ、縛られている手をぶるぶる震わせた。耳をふさぎたくもその手が自由にならないからだった。悲鳴は、あと続いて三度四度、響いて来た。どこかそこらに隠れた女たちが、片っ端から探し出される、そのたびに起こる悲鳴であることは、はっきりと分かった。

「かわいそうに……」

彼らは煮え湯を呑まされるような苦痛を、ごくりと唾と一緒に呑み込んだ。一つ屋根の下に住み、一つ鍋のものを食べていたという以外、その女たちと誰も特別の関係のあるわけではなかったが、とにかく、毎日顔を合わせている間柄の女が獣《けもの》のような男たちの汚《けが》らわしい欲望の犠牲になっているだろうことを想像すると、とてもじっとしていられるわけのものではなかった。十人近くの男たちは縛られたまま、じりじりと奥の方めがけてにじり寄って行ってるのだった。

その時、奥の方から半裸体にされた一人の女を引きずるようにして、方家然が出て来た。不機嫌この上もない怒りの表情を隠そうともせず、

「おい、貴様うそをついたな！」と、周継棠に向かって怒鳴りつけた。「何もかもこの女が白状したぞ。さァ、貴様だけは自由にしてやる。あの秘密地下室の鍵を持って俺のあとについて来い」

方家然は、そう言うと周継棠一人、縄から解き放して自分の前に立たせて、後ろから押しこくるよ

うにして倉庫の穴倉へと案内させた。しかもその途々《みちみち》、筋目も立たない自分勝手の御託を並べ立てた。

「昔からのお前との関係じゃあるし、俺にだって慈悲ごころというものはあるんだ。なるべく惨いことをしないつもりでは来たんだが、そんな斟酌《しんしやく》〔手加減〕はもうやめだ！　せっかくの俺の心を無にして俺を瞞《だま》そうとした罰だと思うがいい……。いいか、俺はこの世の中でどういうことが最も惨いことか、よく知っている。その最も重い刑罰を、俺はお前たち親子に加えてやるのだ」

周継棠は、ただ戦慄をもってそれを聞いていた。この狼よりも恐ろしい人間が、自分の口から、この世における最も惨虐なる方法で復讐すると宣言する以上、それがおよそどんな無惨なものであるか、想像に難《かた》くなかった。具体的には、この男がどういうことを自分たちに対してするか分からなかったが、彼は想像出来る範囲においての、あらゆる悪徳無惨な方法を頭に浮かべた。

が、彼の恐怖戦慄をよそに、方家然はいつか、猥雑な唄を鼻唄でうたっていた。が、ふと、その鼻唄を止めると、また周継棠に呼びかけた。

「そうは言うものの、お前にゃ、ちっとばかし気の毒でもあるんだ。そう思うだけ、俺がまだ人間の皮をかぶっている証拠だと思うがいい。が、諦めるんだな。お前のとこと鮑の家と、やがて親類になるという、そのつながりが祟ったんだからな。お前は聞いたかどうか知らねえが、お前のとこのお婿さんになる仁元って若造のために、俺のお袋はあたら寿命でもなく、早く死なしてしまったんだ。一口に言や、病気で寝ているお袋と俺を路頭に迷わしやがったんだ。そう聞いたら、どんな惨い目に遭ったって、ちっとも怨むことはあんめえよ」

いつか穴倉の入口に来ていた。方家然は命令した。

「あけるがいい。ここがお前の言う南方だ。お前の女房も、娘も、貨幣も、宝石も、何もかもここに避難してるんだ」

鍵を持っている周継棠の手は、鍵穴にうまく差し入れることが出来ずにガチガチ震えている。おびえた彼の眼は、見なければいいものを時々そっと横目づかいに、方家然の腰のところに引きつけられてゆく。そこに、不気味な口を開いた拳銃がいつでも引き金を引けるように指をかけられて、彼の心臓を狙っているからだ。

「何をぐずぐずしてるんだ。いつまで時間をかけたって誰も助けに来てくれるものはありゃしねえ。いいか、俺はただ遊びに来てるんじゃねえ。あまり人を舐めた真似《まね》をすると、この拳銃が物を言うぞ」

いよいよ、一切の破滅の日が来たのだ。今までにも随分といろいろの恐ろしい事件が身の周りに起こったことではあったが、今度という今度は絶対絶命だ。もう助かる見込みはない。彼は眼をつむって、あらゆる先祖の名を呼び、仏《ほとけ》の名を呼び、この危難から救いたまえ——と祈った。右手で持った鍵でガチガチ錠の鍵穴を探りながら……。

と、その時、鍵はすぱりと鍵穴に入った。錠は開いた。彼は運命の終わりが来たことを感じた。彼は両手を眼に当てて、くるりと入口に背を向けた。これから起こるであろう悲劇を見るに耐えない心の現れだった。

が、彼は激しい手の力で、襟首を掴まれ、扉の方へ捻《ね》じ向けられた。

「逃げるとはなんだ！　さァ、案内しろ！」

そう言って、彼は強く背中を押しこくられた。周継棠は先に立って穴倉の階段をおりた。おりきって、最下の床の上に立った時、彼は初めて方家然の方を振り返って、割と、大きなはっきりした声で言った。

「この通りの狭い、くだらん物ばかり入れておく物置でして……」

これは、女たちに、自分以外、害心を持っている第三者を同伴していることを知らせる彼の心づかいだった。自分だけと思って、うっかと声をかけられては、何もかもが台無しになるからだった。この場合になっても彼にはまだ、万一を僥倖《ぎょうこう》して、助かるものなら助けてやりたいという気持ちが捨てきれずにいたのだった。

が、方家然はそれを耳にもかけなかった。何も聞かない様子で、懐中電燈をくるくる回しながら、真四角に作られた穴倉の内部を照らしていた。ほとんど足の踏み場もないほどの、古ぼけた汚い箱の堆積である。何が入っているか知らないが、外から想像すると、ろくなものが入っていそうには思われない。それから、突き当たって左の隅には、豆か麦でも入ってるのだろう、叺が四、五十個、積み上げられている。そんなものである。ほかには何も、これという目ぼしいものはない。

「ふん！」

方家然は鼻を鳴らした。何か予期を裏切られた時の、馬鹿にしてやがる――といったような鼻の鳴らし方だった。彼は鼻を鳴らし鳴らし、手近の箱の一つの蓋《ふた》を払って見た。籾殻《もみがら》がいっぱい詰まっていた。彼は、また次の箱の蓋を払った。同じように籾殻だった。彼はいきなり手を伸ばして、その中へ突っ込んだ。周継棠はぎくりとしたような眼つきでそれを見た。が、方家然が籾の中から掴み出したものは、卵だった。

「なんだ、こりゃあみんな卵か」方家然が、とがめるような口調で訊いた。

「は、はい、卵のほかに、陶器の類がございますが……み、みんな、周家に昔から伝わっております陶器で……」

方家然がその次の箱の蓋を払ったとき出て来たものは、果たして陶器……そこらの店にざらに見られる安物の茶碗だった。が、百姓あがりの方家然に、どうしてそのインチキが見破られるものではない。たとえそれが近頃出来の安物陶器でなく、昔から伝わっている天下の名器であろうとも、方家然にとっては、それは片ちんばの〔片方だけの〕靴よりも役に立たないものだった。彼の欲しているものは貨幣《かね》か、宝石のようなものだった。しかも、彼の欲している貨幣は、その卵のさらに下の方に押し込んであるのだった。宝石は、陶器の底の方に、たった一個ずつ入れてあるのだった。もし何かのきっかけで引っくり返された場合、たくさんぞろぞろと出て来たのでは眼につきやすいし、一つなら、なんとかごまかせるからだった。

が、さすがの方家然もそこまでは気がつかなかった。ふん……と鼻を鳴らしながらも次々と、箱の蓋を払って行った。そして、このたくさんの箱からは、彼はついに何物をも得ることが出来なかった。

これは非常にうまいやり方だった。周継棠の顔には、ほっとした安堵の色が浮かんだ。が、これは一面、非常にいいやり方のように見えて、その実は最もまずいやり方ではなかったろうか——ということが、後になって思い出された。もしこのとき多少にかかわらず、方家然の欲する財宝の類を与えておいたら、彼の惨忍性もその財宝を得た悦《よろこ》びのために少なからず緩和され、すぐその次の瞬間に行われた、眼をおおいたいような惨忍の暴行も、何かもっと形を変えて行われたのではなかったろうか——と。

方家然は全く不機嫌になってしまった。これは——と期待をかけて見るものが一つ残らず、鶏の卵だったり陶器の類では、どうにも腹の虫がおさまらなかったろうことは、想像に難くなかった。

方家然は最後に、いずれはこれも豆か麦の類が詰まっているのだろう、叺の積み上げられた前に立った。方家然はじっと、行き止まりのその叺の壁の前に立っていた。周継棠はハラハラ揉み手をしながら、方家然に言った。

「これは麦ばかりでして……。ここは本当に物置同然に使っている穴倉でして、何も御覧に入れるものがありませんで……」

が、方家然は動かなかった。この蔭よりほかに女のいるところはない。しかも、女の口からさっき、確かに娘の秀蘭と、細君の淑貞がここに隠れていることを白状させている彼だった。

彼は、左手に懐中電燈を、右手に拳銃を構えると、さっと、叺の壁に向かって発射の姿勢を取った。と、その横手から、わっというような叫び声を上げて、周継棠が彼の右手にすがりついた。

「どうか撃つのはやめて下さい。お願い……お願いです」

方家然はいきなり、拳銃を握ったままの手で、ぐわん！　と、周継棠の頭を殴りつけた。ぎゃッというような声を立てて、周継棠は横っ倒しに、陶器の箱の上に倒れかかった。

「馬鹿野郎！」方家然は怒鳴りつけた。「麦袋の一つや二つ撃ち抜かれて、何をそう慌《あわ》てることがあるんだ。叺の代を払ったら文句を言うことはあるめえ、さァ、どけ！」

「いえ、どうか待って下さい、そ、そこには……」

「女がいると言うんだろう」方家然は初めて、にやりとした顔を見せた。「あんなとこへ押しこめといて、かわいそうじゃねえか。今日から俺の嫁御寮《よめごりよう》になる女だ。すぐに出してやるがいい」

拳銃で尻を突っつかれて、周継棠は仕様ことなしに、叺の壁の蔭へ入って行った。しばらく、ごそごそ何か話してるようだったが、やがて、三人が悄々《しょうしょう》と〔しょんぼりと〕出て来た。秀蘭も、淑貞も、顔から手を離さなかった。泣いてるのだった。二人とも、幾度ということなく、階段で蹴つまづいて、膝を打った。飢えた鷹のように光る方家然の眼は、冷酷にそれを見守って、後ろからついて行った。

階段をのぼりきった時、方家然が言った。

「秀蘭、お前の部屋へ行こう。そして結婚式を挙げるんだ」

彼は、秀蘭の腕をとって、引き立てるようにして彼女の部屋に歩を運んだ。

「さァ二人とも、ついて来るがいい。結婚式には、親も兄弟もみんなその席に列《つら》なるもんだ」彼は周継棠と淑貞に向かって言った。彼は、二人が入るのを待って、いったん扉を閉めきったが、何か不意に思い出したらしく、慌てて自分一人、扉の外へ出て、ピリピリ……と呼び笛を吹き鳴らした。

待つ間もなく、広い家の中のあちこちから、部下の兵隊が集まって来た。みんな満足した顔をしていた。

「どうだ、花嫁は！　数は足りたか？」

「足りたどころじゃありません、一人余《あま》りました」

そう言う兵隊どもの返事を聞いて、方家然はにやりとした笑いの中から、

「今度はこれから俺の結婚式だ。やっと花嫁を見つけ出したんでな……。ところで、女どもに言って御馳走の仕度をさしてくれ。ただし、見張りは充分にしなくちゃいかんぞ」

そう言うと、彼は兵隊を解散さして、自分はまた秀蘭の部屋へ入って行った。部屋の調度は、さすがに旧家を誇る周家の古典的と、南方の女学堂生活から影響を受けたらしい洗練された軽快さとが、

この秀蘭の部屋でなんの矛盾もなく、まことにしっくりと調和を得ていた。方家然の眼にこそ、なんらの関心をも持たせなかったが、樫《かし》のがっしりした卓子を覆うのに、スマートな花模様の、といってそれはどこまでも優美さと奥ゆかしさを保った荘重な感じのテーブルクロスをもってし、部屋の隅に置かれた長椅子にしても、これまたどこかヨーロッパ出来のものらしい、豪華なものだった。そのほか、洋燈《ランプ》ひとつを取り上げて見ても、それは決して単なる実用品ではなく、それを構成する曲線と直線との配合案配が全く近代的感覚から成り立った、立派な一つの芸術品だった。それは石油燈火という、一時代遅れた文化の代表者ではあったが、それがかえって、薄暗い古典的なこの部屋にふさわしい装飾になっていた。

泥臭い、剣と拳銃で武装された方家然の殺伐な姿は、この部屋の中でまるで蝮《まむし》か蝎《さそり》のような印象を与えた。その蝮のような方家然は、残忍な、好色的の眼をぎらぎらさせながら、部屋の隅に向かってしくしく泣いている女に、押さえつけるような陰惨な低音で、

「今日は、おめでたい結婚の日じゃないか。何をいつまでしくしく泣いているんだ……。さァ早く仕度をするがいい。着物を脱ぐんだ」

そう言われて、女は一層つよく、胸の前を掻き合わせた。それを見ると方家然は、じりじりしたような足取りで女に近づき、まるで鶏の羽根でもむしるように着物を脱がせ始めた。無論、女は拒《こば》んだ。が、方家然の腕力には、かなわなかった。方家然の腕の中で、もがき、暴れ、悲鳴を上げつつ、一枚、一枚、上から下と剥がされていった。そしてとうとう丸裸にされてしまった。

裸にされてのちどうなるか、分かりきったことだった。方家然は、豪華なその長椅子の上に押さえ

つけた。

眼を覆うて、ひどい、あんまりだ、親の、俺の眼の前でなんということを……と、息切れのする声であえいでいた周継棠は、思わず跳びかかっていって、方家然の手にすがりついた。

「うるさい！」

彼は、邪険に老人の手を振りもぎると、いきなり、手もとの拳銃をとって発射した。凄い爆音と煙の下から、老人の手を振り上げてのけぞる姿が見られた。が、彼の、秀蘭に巻きつけた左手は少しも緩められなかったし、その眼は見向きもしなかった。第一、老人の異様な断末魔の叫び声すら、耳に入れないかのようだった。

しばらくののち、方家然は、枕もとで泣き崩れている淑貞のむせび泣きの声を聞いた。

「うるさい奴だな」

彼は秀蘭を突き放して、長椅子の上に坐り直した。それから脚をぶら下げて、靴を履《は》いた。淑貞が、ぐったりと伸びてしまっている周継棠に抱きすがって、おいおい泣き叫んでいるのだ。血は床を流れているし、その血だらけの死骸に抱きすがっていた淑貞も、胸から膝にかけ血まみれだ。

残忍でこそあれ、方家然は殺そうとまでは思わなかったらしい。この光景を見すますと、狐《きつね》の落ちたような、きょとんとした顔をして、

「や、死んだか！」と言った。「ただちょっと、おどかすつもりだったんだが……」

秀蘭は、隠れるところもない部屋の隅で、がたがた震える体に着物をまといつけていた。怒りと悲しみのために、手は震えるだけで、少しも言うことを聞かないらしい。平常なら二分か三分で着られ

るものが、その倍の時間をかけても、まだ着られないのだ。

いつの間に部屋を抜け出したのか、方家然は兵隊を二人連れて来て、だんだん冷たくなってゆく周継棠の死骸を運び出して行った。床に溜まっていた血糊を拭《ぬぐ》い取った。それは、慟哭《どうこく》を続けている淑貞も、着物を着ている秀蘭も、二人ともが気がつかないほどの短い時間に行われたのだった。

方家然の胸には、二、三十分前、初めてこの部屋へ秀蘭を連れ込んで来た時とはまるで違った感情が、ほのぼのと彼女に対して萌《も》え出していた。さっきまでの、激しい、焼けただらすような肉欲以外、例えば、やわらかい春風に逢って、堅い土の中から草木が芽を出すように、かすかに、煙るような、彼女に対する愛が芽ぐみ始めたのだった。

方家然は、そのいとしい彼女に悲惨な周継棠の死骸を見せたくないばかりに、手早くそれを片づけさせたのだった。

女のこころ

学校の先生になるのが志望だった秀蘭である。その性格も、思想も、近代女性にありがちの浮わついた華やかさや、跳ねっ返りのお侠《きやん》さ〔活発さ〕は微塵もなかった。むしろ淋しいくらい沈んだ性格で、自己に対しては中世紀風的な厳格な道徳律でのぞんでゆく、堅実すぎるくらい堅実な女性だった。が、家庭にあっては、その父に対しても、母に対しても、また男や女の雇い人たちに対しても、決してやかましいことは言わない。両親に対しては甘えもするし、雇い人たちに対しては、時々、冗談の一つや二つは言う、ごく当たり前の娘だった。

ところが、あのことがあって以来というもの、彼女は、ぷつりとも物を言わぬ、まるで唖者《おし》（口のきけない人）のような娘になってしまった。もっとも、ごく必要のことに対しては口をきくが、それは全然感情を交えない、機械的なものだった。

だから、悲しんでいるのか、怒っているのか、怨んでいるのか（無論、喜んでなぞいるはずはない）、それすらてんで分からない。深い井戸の底の水が、澄んでいるのか濁っているのか分からないように、分からないのだった。深い池の水が容易に波立たないように、その感情を人にうかがわせない眼になってしまったのだった。

「私はあの時、夫と一緒に娘まで亡《な》くしてしまったのだ」そう言って、淑貞は悲しんだ。それは全くそうに違いなかった。

「アメリカにいる兄さんのとこへ電報を打って、帰って来てもらおうと思うんだが、どんなものだろう?」淑貞はある日、方家然のそばにいない隙を見て、そう相談をかけてみた。

彼女としては、この問題は充分、母娘二人して討議する価値があると思った。このままでは、息子のところへ毎月の決まった金を送ることも出来ない。金を送らなかったら息子はどんなに困ることだろう。だが、うっかり呼び帰したら、あの野獣のような方家然のことだ。どんなことになるか分からない。夫と同じ運命に陥《おちい》らないと、誰に保証出来るだろう。

ところが、秀蘭のそれに対する答えは、

「どっちにしても同じことでしょう」と、ただそれだけだった。そのほかには何も言わないのだった。

こうなっては、淑貞としては、方家然の連中が一日も早くこの家から出て行き、町の内外に充満している何万という兵隊が、どこか遠くへ退去してくれることを祈るよりほかに方法がなかった。

無論、方家然の連中は、終日、家の中からどこへも出ないというのではなかった。毎日出て行った。一日二日、六人の者が一人も帰って来ない日もあった。が、帰って来ると、彼らは頭のてっぺんから足の先まで泥だらけだった。そして、

「近いうちにこの町へも、大砲の弾《たま》が飛んで来るようになるぞ……。俺たちは毎日、塹壕掘りなんだ」

と言った。

彼らは、家を出る時には、秀蘭や淑貞は無論のこと、大勢の女たちを、みんな穴倉の、かつて秀蘭と淑貞が隠されていた麦の叺の蔭へ隠して、入口の錠をおろして行った。彼らは今や全くこの家を自分たちの家と心得、女たちを自分の妻として、自分たちの不在中、万一のことのあるのを極度に怖れていた。彼らは出て行く時、店の男たちに堅く言いつけた。

「いいか、誰が来て訊いても、この家に女は一人もいないと言うんだぞ。みんな南方の町へ避難してると言うんだぞ」

その代わり、男たちは今は縄のいましめを解かれ、全く自由だった。麦や米を売りに来る百姓もなければ、またそういった品物を買いに来る客も少なく、店はまるきり暇だった。もっとも、買いに来

る客があっても、軍隊の経理部から来て在庫品をすっかり調べ上げ、勝手に手をつけてはいけないという命令が出ているので、売ることも出来なかった。何もすることのない彼らは、仕方なしに一室に集まって少額の金を賭《か》け、麻雀《マージャン》をして時間をつぶしていた。

彼らは、だんだんこうした生活に慣れて来た。方家然の連中を、初めほど恐ろしいとも思わなくなった。恐ろしく思わないどころか、兵隊もまんざらじゃないな――と言い出す者が出て来た。「俺も兵隊になろうかしら?」一人が言い出した。「いい商売らしいじゃないか。あいつの背負ってる包みの中には、紙幣がいっぱい詰まってるぞ。あいつらが夜、勘定してるところを俺はチラッと見たんだ」

すると、他の一人が、それに相槌《あいづち》を打って舌なめずりをした。

「あいつらのポケットに、ちょっとでもいいから触ってみろ、貴金属や宝石がざくざくしてるから」

「第一、女が自由になっていいな」

「全くだ……」牌《パイ》を振ることとさえ忘れて、彼らは異口同音に相槌を打った。

「まァ、ここの秀蘭さんを見てみるがいい。俺たちにゃ足の先にも触らしちゃくれなかったお嬢さんだったが、どうだい、あの方とか言う百姓あがりに、いいようにおもちゃにされてるじゃないか」

「妬《や》けるな」一人がごくりと唾を呑みこみながら言った時、どやどやと連中が帰って来た。雑談をやめた。彼らは慌てて扉口に飛び出して来て、顔を並べた。そして「今日も変わったことは何もございませんでした」と言った。

が、連中は、それに対して別に返事も与えなかった。先を争って、穴倉の入口に殺到した。

「おい、早く鍵を開けろ!」

そう言って口々にわめきたてた。彼らの欲しているものは、疲れきっているであろうのに、水よりも、酒よりも、食べ物よりも、まず女の肌だった。

錠は開けられた。彼らは、狭い戸口からなだれをうって地下への階段を駆けおりた。中は真っ暗である。先頭に立っているものが足を踏み滑らして、ずでんどうと横っ倒しに転倒した。後から来たものがそれにつまずいて、もんどり打って、二、三間〔4〜5メートル〕飛んで行った。飛んで行って、幾重にも重ねてあった卵の箱に体当たりを食わせた。箱は引っくり返った。籾が飛び、卵が砕け、ぐわらぐわらん！　という激しい音の中に、彼らは妙に身の締まる、チャラチャラン……という金属の音を聞いた。

瞬間、彼らは体の痛むのも、女のことも、一切を忘れてその音を胸に聞きしめた。

「銀だ！」

口には出さない、が、心に叫んで、彼らは今度は猛然と、その箱に飛びついて行った。彼らは籾と一緒に、つるつるした卵の汁と一緒に、ざくざく銀貨を掴み出した。引っくり返した箱の銀貨は、かくてたちまち、われがちにさらい込む彼らの手の中に、手の中からポケットへ、しまい込まれた。が、彼らの眼の前には、卵と陶器との違いこそあれ、何十何百という、同じような箱があった。彼らの眼は眩《くら》み、心臓は破裂しはしないかと危ぶまれた。無理もない、一つの箱でさえ、各自のポケットをいっぱいにするほどの銀貨があったのだ。

が、彼らは飽くことを知らなかった。すぐ次の箱に手をかけた。それも、上の方は卵だった。その卵を二側ほど取りのけると、籾の中から、また銀貨がざくざく出て来た。そして、それは見る見る自分たちの周囲に積み上げられていって、ちょっとどう始末していいか分からないようなことになって来た。

わずか軍隊生活三年ほどの間に、軍曹にまで出世したほどの方家然である。この連中の中では頭がいい。それに、上官という地位も手伝って、彼はなかば命令するように、この始末についての相談を始めた。

「これはとにかく、今日中にカタのつくことじゃない。それに、こんなに持って歩けるものでもない。重いし、人の眼につくし……。お前たちは一体どうするつもりだ？」

が、誰もそれに答え得るものはなかった。そこで、方家然がまた口をきくことになった。「みんなもっとこっちへ集まってくれ」彼はそう言って、叺の壁の後ろにいる女たちから最も遠く離れた隅へ皆を集めて、

「お前たちは、お前たちの女が信用出来るのか。信用出来るなら、昼間でも夜でも、勤務で外へ出なければならない時、その金を女に預けておくということも出来るけれど……」と、声を出来るだけ低くして言った。

が、これに対しても、誰も返事の出来るものはいなかった。

「信用出来なければ、俺たちは、めいめいに、これをどこかへ隠さなければならない。なぜって、俺たちはいつまた命令で、ここを徹退しなければならないか分からないんだし、どうしてもこの家以外の、どこか外へ埋めるなり何なりしなければならない。そして、いい機会に軍隊を脱走し、あとからこれを掘り出しに来る……。それよりほかに方法がないと思うんだが……」

「そりゃあ、そうだ」

「そのほかに方法もないようだな」
二、三の者が、今度は呟くようにそんなことを言った。実際いくら考えても、それよりほかに方法はないようだった。そこで、方家然の提唱で、連中の間に一つの約束が作られた。それは、自分たち以外の者に対しては、この財産について絶対に秘密を守ること。自分勝手に手をつけないこと。分配する時には、この六人の顔が全部そろった時になすこと。なるべく短時日の間に全部の分配をしてしまうこと。この約束を破ったものに対しては、必ず、他の者の合議による刑罰を加えらるべきこと。
……以上のような約束だった。

連中は、瞬間、しかつめらしい〔まじめくさった〕顔をして沈思黙考した。すでに分配された銀が手もとに山のようにある。この銀をいかに処分すべきか——が、連中にとって当面の問題だったし、こういう問題というものは、いつも楽しいものだった。

彼らは片手に銀を提《さ》げ、片手に女を抱き、めいめいに穴倉から出て行った。

方家然に腕をとられ、別に反抗するでもなく、罵詈《ばり》を浴びせるでもなく、うなだれ加減に肩を並べてゆく秀蘭の後ろ姿を見送りながら、淑貞は、ほっと溜息をついた。

「私には、あの子の気持ちが分からない。あの子は一体どうしたというんだろう。父親を殺されているのではないか。不倶戴天の仇《かたき》ではないか。それればかりか、女としての一番大切なものを奪われてしまったのではないか。それこそ八つ裂きにしても飽き足らない憎むべき仇敵ではないか。それなのに、あの子ときたら、唯々諾々《いいだくだく》として、方家然の言いなりになっている。私だったら……私があの子だったら……」

淑貞の頬をぽろぽろと涙が伝って落ちた。彼女は誰かに自分の気持ちを伝えたかった。が、今は、自分の腹を痛めた娘にしてからが、どこまで信じていいか分からない状態だった。迂闊《うかつ》に話したら、それこそ、どんなことになるか分からなかった。彼女は、ただ自分一人、自分の計画を思いめぐらすほかなかった。

淑貞は一途《いちず》に方家然を殺すことを考えた。そうしなければ夫の妄執を晴らすことも出来ないし、娘の名誉を取り返すことも出来ないと信じ込んでいた。いや、それよりも、いつまでもこの家に入り込んで我がもの顔に振る舞われたり、娘をいいようにおもちゃにされたり、それを見ていることは、死ぬよりもつらいことだった。

それに、彼女は毎日のように、叺の蔭から見ている。方家然の連中が、山と積まれた箱の中から銀や宝石を遠慮会釈なく掴み出し、分配していることを。そして、夜になるのを待って、重そうにそれらを提げて、いずこにか出て行くのを。

それを黙って見ていなければならない彼女は、心臓を抉《えぐ》られるようだった。あれこそ、亡夫ともども流して得た、血と汗の結晶ではないか。奥歯をぎりぎり鳴らしながらそれを見ている彼女は、そのまま幾度、卒倒しかけたか知れなかった。

「お母さん、見ていると気持ちが騒ぎますから、見ないようにしていらっしゃい。初めっから無いものと思えば何でもないことです」

いつも塑像のように冷たく黙り込んでいる秀蘭が、めずらしくそう言って、やきもきしている母を慰《なぐさ》めてくれたことがあった。が、そんなことで彼女の気持ちが平静でいられるものではなかった。夫の遺品……自分たちの血と汗の結晶……それらが、だんだんどこかへ運び去られて、とうとう全部の箱を空にしてしまう日が来た。しかも、一個何百円、何千円という宝石類は、ほとんど全部、方家然が独り占めにしていた。もっとも、その宝石を取る時には、彼は部下たちに対して少しばかり余計の銀を与えるようにしていた。

「とうとう、これでおしまいだな」

最後の箱を引っくり返して、その中のものを分配した時、彼らは、異口同音にそう言った。が、それを聞いた時、淑貞はまたしても、ううん……と言って伸びて〔気絶して〕しまった。後で大騒ぎして息を吹き返させたものの、それ以来、淑貞の様子はすっかり今までと変わって来た。

彼女の眼はいつも落ち着きがなく、取りとめのない焦点を宙に迷わせていた。それは極めて不安らしい眼であり、おびえきった眼であった。何か秘密を持っているという感じだった。その落ち着きを失った、いつもそわそわしている彼女が、この頃になって不思議に思われることは、台所の調理場にうるさいほど顔を出すことだった。何か用があるのか、別に用事もありそうに思われないのに、ひょこひょこ調理場へやって来るのだった。

ある日、すっかり料理が出来そろって、いざ奥へ運ぼうというところへ、その淑貞がせかせかした様子でやって来た。

「さァ、私も手伝ってあげますよ……。これはみんな兵隊さんのところへ行くお膳だね」

「まァ、奥様がそんなことなすっちゃ……。私がいたしますわ」

女の一人がそう言って渡すまいとするのを、淑貞は無理に引ったくるようにお膳を持って奥へ通じる廊下へ出た。廊下へ出ると素早く前後を見回し、右手の内に堅く握りしめていた小さな紙包みを解きかけた。

どこからか飛鳥のように秀蘭が飛んで来て、母親が解こうとしている紙包みを引ったくってしまった。

「そんなことをなすっちゃいけません。駄目です、いけません。持ってくならただ、このまま持ってって下さい」

意気も、張りも、一ぺんに体から抜け落ちてしまって、淑貞はぐちゃりと、クラゲのように廊下にへたばってしまった。そして、悲痛と絶望の底から万斛《ばんこく》の〔はかり知れないほどの〕怨みを双眸にこめて、じっと、秀蘭の石膏像のような、冷たい無表情の顔を見上げた。その顔は、今にも、ざーっと夕立の来そうな暗い影をもって、

「お前は……お前は……」と、苦しそうに喘《あえ》いでいた。彼女は思いきり秀蘭に言いたかったのだ。

「お前は、あの方家然を愛してるんだね。あの、父親を殺した、財産を洗いざらい奪ってしまった、そして、お前という人間を台無しの疵物《きずもの》にしてしまった、あの方家然に首ったけたんだね……。浅ましい、なんという浅ましいことだろう。それでなければ、お前は、お母さんのすることに力を貸してくれるのが本当なんだ。そ、それを止めるなんて……」

彼女は喉に栓を詰め込まれたように息が出来なかった。ただ、ぐびぐび喉を鳴らしながら嗚咽《おえつ》した。

「お母さん、そこをどいておあげなさい。後ろがあんなにつかえているじゃありませんか」

秀蘭の冷たい声が母親を決めつけた。見ると、後ろは、奥へ運ぶお膳を持った女たちがいっぱいつ

かえて立ち往生している。淑貞は、その小女《こおんな》〔若い女中〕たちへも、深い怨みと、憎悪とを搊《すく》い交ぜた、軽蔑の瞳を投げつけながら、

「この家は悪魔の巣になったのだ。私もあの時、一緒に殺されればよかった」と、よろばい、よろばい〔よろめきながら〕、自分の部屋の方へ立ち去った。

秀蘭は、自分が先に立って、方家然たちへの食事を持って、彼らの部屋へ入って行った。彼らは待ちかねていた。食べ物を見ると、飢えた狼のように、がぶりと、箸も使わずにそれにかぶりついた。

女たちはいつものように、それぞれの男たちの斜め後ろに席を取って、椅子に腰を下ろした。そうするように言いつけられているのだった。食事が進んで、終わり近くなった頃、彼らはやっと口をきく余裕が出来てきたらしい。方家然が、にやりとした皮肉な眼を秀蘭に向けながら、

「だいぶ長らく御厄介になりましたね。しかし、もうそんなに長いことはないよ。東洋軍も今日あたり、この町から二十キロばかりのところへ攻めかけて来てるというし、戦争となりゃ、喃々《なんなん》と家ん中なんかにゃいられないんだからな。また、これから毎日毎日、もぐらの生活だ。明けても暮れても塹壕の中で大砲の弾を浴びることになるんだ。……そうしたら、お別れだからね。鮑の家へお嫁入りして、仁元と仲むつまじく暮らしてくれ」と言った。

が、秀蘭はわずかに眼を伏せただけで、何も言わなかった。すると方家然は、ますます皮肉な調子で、

「それに安心していいよ。鮑仁元は、ますます元気でいるからね。俺はあいつの家の庭先で毎日戦車壕の工事をしてたからよく知ってるんだ。あいつ、俺が方家然だということを忘れちまいやがって、よく、城内の様子を訊くんだ。俺にはあいつの腹の中がよく分かる……。あいつ、お前の様子が訊き

たいんだが、利口な奴だから、決して、じかにはその点に触れない。町には別に異状がないかとか、どこの家にも兵隊が泊まっているのかとか、町には別嬪《べっぴん》〔美人〕がいますか……とか、そんな遠回しにばかり訊きやがるんだ。もし、そうでもない、周という穀物問屋に、秀蘭という別嬪がいるんだが……とでも言おうもんなら、たちまち、どやどやっと踏み込まれるからな。さすがはあいつも利口さ。だから俺も、何も知らない様子をしてるよ。秀蘭の秀の字も言ったことはねえ。だからお前さん、安心してお嫁に行けるよ」

青白い、白蝋のように血の気をなくした秀蘭は、その時むっくり顔を起こして、

「鮑さんのことは言わないで下さい。私、あの人のとこへお嫁には行きません。どんなことがあっても行きません」と、きっぱりと言いきった。それから、唇のあたりをぴりぴり細かく痙攣《けいれん》させながら、上眼づかいに方家然の顔を食い入るように見入って、「私、もう事実上の貴方の妻です。だから、貴方の行くところへは、どこへでもついて行くつもりです。そりゃぁ、今までは貴方を憎みもし怨みもしました。が、やっと今日、そういう決心が出来ました」

そう言うと、彼女は、方家然の背中にくっつくようにして、がっくり顔を伏せてしまった。周り中からの、男たちや女たちの視線を感じて、彼女は一層背中を丸め、顔を伏せた。が、彼女の顔は赤くならない。ぎゅっと、唇の噛み切れるほど強く食いしめて、顔を押さえた。

「ふーむ」と鼻を鳴らしながら、方家然は半信半疑の面持ちをした。息を詰めて聞いていた五人の部下たちは「ほっ!」という溜息をついた。そして申し合わせたように、それぞれの女の顔を見入った。「お前はどうなんだ?」みんながみんな、そういう眼色、顔色で、女の顔色を見てるのだった。

が、彼らの女たちは何も言わなかった。どこまでも自分のことは棚にして、男たちの視線を、そらしそらし、疑わしそうな眼を秀蘭の上に向けていた。

「お嬢さんてば、本当にあの兵隊の妻になるつもりなんだろうか」——それは、全く信じられないことだった。どこの世界に、あのろくでなしどもの妻になりたいと思うものがあるだろうか？

人殺し、泥棒、火つけ……あれらは、そういう悪いという悪いことの、なんでもやれる人間だ。そして現に、ここの主人をなんの理由もなく、一発のもとに撃ち殺してしまっている。財産という財産は、家屋敷を残すだけで、何ひとつ残さず掠奪してしまっている。そのたった一つ残った家屋敷だって、彼らはいつ火にしてしまうか、分かりはしないのだ。悪いことを悪いと思わない人間なのだ。それはもう人間ではない、獣だ。そんな獣の妻なんかに誰がなるものか——女たちは、心の中で皆そう思っている。

が、兵隊の連中は夢にもそんなこととは思っていない。秀蘭でさえが方家然の妻になろうと言ってるのだ。身分の上にも、財産の上にも、秀蘭とは格段の差のある女たちに、なんで異存のあろうはずがあるものか——そういう腹でいる彼らにとって、女たちが黙っていることは、少なからず心外だった。

「どうだ、お前だって俺の妻になるだろう」

あちこちで、そう言って女たちに訊き出した。が、彼らは見事な肘《ひじ》鉄砲を食った。

「故郷に両親がいますから、いずれ帰ってから相談してみますわ。そんな大事なこと、一人じゃ決められませんもの」

「俺たちが兵隊をやめてもか？　一万元も二万元も銀を持っててもか？」

兵隊の一人が昂然と〔誇らしげに〕言い放って、女の顔を見た。それはしかし、すべての兵隊が言わんとしていた言葉だった。彼らは、その言葉の反響を女の顔の上に見出そうとして、じっと、女の顔を見つめた。

その言葉は、女たちに少なからず衝動を与えたようだった。彼女たちは、お互いにお互いの心の探り合いを始めた。

「ね、あんたどうする？」

言葉には出さないが、みんなそういった眼で見合っているのである。兵隊の連中は、それをまた、いかにも楽しそうに見ている。彼らは、それぞれに楽しい空想を持っている。その空想を自分ひとりの胸の中にしまっておかれないかのようにしゃべり始めた。

「戦争のすむ頃まで、俺は上海か香港へ行ってようと思うんだ。そして戦争がすんだら帰って来て、持っている銀でみんな土地を買うんだ。そうなったら自分で畑へ出なくったって、結構、小作の上がりでやっていけると思うんだ」

「うむ、俺もそれを考えてたんだ」他の一人が引き取って言った。「上海はまったくいいとこだ。何をしても食ってかれるところだ。洋車〔人力車〕を引いてもいいし、乞食をしたって、兵隊よりいいかも知れねえ」

それは、兵隊になる前、上海で洋車を引いてたという男の言うことだから、皆の視線は期せずしてその男の上に集まって来た。

「じゃ、俺も一緒に上海へ連れてってくれ」

そんなことを言い出すものが出て来たかと思うと、それ以上に自分の本心をさらけ出して、

「金持ちになったら俺ぁもう戦争がいやになった。なんだか急に命が惜しくなって来たんだ。このまんますぐ、軍服なんか脱いじゃって、どこかへ行きてえもんだが……」と、無意識のうちに軍服のボタンを外しかけるものさえ出て来た。

この空気は、兵隊以外の女たちへも感染していった。

「私も上海へ行こうかしら？　乞食なんかいやだけど……」

そういう同感者が出て来たのだった。

「どうだね、上海は？」

方家然が秀蘭を顧《かえり》みて言ったのだ。

「どこでもいいから連れてってちょうだい……。ここにいたら、いつか鮑の家の人たちにも会うようになるし、それこそ死ぬ以上の苦しみだわ」

兵隊の連中も、女たちも、今は一人残らず上海行きの同士にならんとしていた。が、このとき男も女も、一斉に顔色を変えて、耳をすました。遠くではあったが、だーん！　という大砲の音を聞いたのだった。

戦争は、ようやくこの町に近づいて来たのだ。

復讐を誓う

いっとき堅く閉めきって一般民の通行を禁じていた城門も、この二、三日、それが解禁されて、誰でも通行出来るという噂が立った。その噂は本当らしかった。生産のない、死のような灰色の城内へ、真っ先に城外の溌剌とした生命を持ち込んで来たのが、百姓の野菜売りだった。白菜や、葱や、大根の葉の水々しい青色が、眼にしみるようだった。

城門の通行を許したのも、つまりは、城内における野菜の欠乏を救うためだという、もっぱらの噂だった。が、そうした理由はともかく、それは、生命のいぶきを与えられたような希望と、感謝と、喜悦の感情を、すべての人々に与えた。が、ただひとり秀蘭だけは、それを見ることが死よりも苦しい恐怖だった。あの水々しい野菜を見た瞬間に、彼女は、元気いっぱいな鮑仁元を想像したのだった。

「あの人は、きっとやって来る！　今日か、明日か、とにかく近いうちにやって来る！」

彼女自身に何も異議のない時だったら、たとえこの家が一片の灰燼になっていようとも、それはどんなにか彼女にとっての喜びであり、希望であり、感謝であったか知れないだろう。が、彼女は今は以前の彼女ではない。自分の意志からしたことでないとはいえ、方家然のために滅茶苦茶にされてしまった体である。

「私、どんなことがあってもあの人には会えない」――それは泣いても泣ききれない気持ちだった。ただ、自分が情けなかった。喜びを喜びとして受け入れることが出来ない、心から自分を許していた愛人に対して永遠に姿を隠さなければならないということは、それはまったく死よりもつらいことだった。

「母さん、お願いです。鮑仁元さんがいらしたら、秀蘭は兵隊の来た日、お父さんと一緒に殺されてしまったと言ってちょうだい……。私、どんなことがあっても、あの人には会われません。あの人が来たら、私どこかへ隠れますから、本当にそうおっしゃってちょうだい」

彼女は母に対してすら、まともに顔を合わされないような、なんとも言えない屈辱を感じる。またそれゆえにこそ、お面をかぶったような堅い表情で緘黙《かんもく》〔沈黙〕を守り通している。その母に対して今、緘黙を守っていられない時が来たのだ。体を小さくして、眼を伏せたまま、母の顔を見ないようにして懇願したのだ。

「だって、お前……」淑貞はそれに対して不賛成のようだった。「よく考えなくちゃいけないよ。あの方家然とのことだって、お前が自分から進んでしたことじゃないんだし、言わば、道を歩いてて馬に蹴飛ばされたような災難なんだからね……。だから、あのことをお前が黙っていさえすりゃ、すむんじゃないかね。そりゃあ無論、家の者には全部、口止めをするよ。あの兵隊だって今日でもう三日というもの家へ戻って来ないし、ことによるとこのまま、戦争戦争でまたどこかへ行ってしまうかも知れないいんだからね」

秀蘭は、母の言うことを黙って聞いていた。が、彼女はどうしても母の説へ賛成することは出来なかった。母とは根本的に考えを異にしてるのだった。母の考えというものは、あくまでも世俗的で、功利的で、うわっつらの平和を計った糊塗的なものだし、秀蘭の考えは、もう少し深い自己の心性から出発したもので、虚偽の上に組み立てた平和とか円満とかいったものは、あくまで無視しようというのだった。つまり、あったことはあったこととして認め、そのあったことが鮑仁元との結婚問題について根本的の癌《がん》であることを認識して、その結婚をあくまで拒否しようというのだった。ひと口に言えば、自他を偽ってまで幸福を得たくないという彼女の腹なのだ。相手が純潔なら、自分も純潔をもって結婚したい。その条件が欠けた今になっては、この結婚は諦めるほかないのだ――。彼女は、この考えを堅くとって動かなかった。例の冷たい沈黙をもって自分の意志を押し通した。

「私はもう、誰がなんと言っても事実上の方家然の妻なんです。もう、どこへもお嫁に行くことの出来ない体なんです」――

彼女は自分に言い聞かすように、心の中でそう呟いた。理屈はそう思い込んでいても、ともすれば、母の言った言葉に誘惑を感じるからだった。

方家然の連中は、この日もついに姿を見せなかった。いよいよ、もう来ないのかも知れない――家の者たちは皆そう思い込んだ。それは、砲声がいよいよ近くなって、時々、思いもかけない近間で、どかん！　という炸裂の音を聞くようになったからだった。

淑貞は、そのたび顔色を変えて震え上がるのだが、その一面、またそれを非常に喜んでいる風も見えた。秀蘭に話しても、ろくな返事は得られないと諦めていながら、

「方家然は、ことによると死ぬかもしれないね、弾に当たって……」なぞと話しかけた。

秀蘭もそう思うことがあった。そして、死んでくれればいいと思った。が、そう思う瞬間、あれを死なしてはならない！　と何かにおびえたように心の中で叫んだ。

「あの男は私が殺すのだ。この自分の手で殺すのだ。この手には、父の最期の時、その傷口からほとばしり出た血がしみついてるのだ。その血は決して無意味の血ではない。父の妄執がその血に交じって、この自分に働きかけたのだ。この手で方家然を殺すことは、つまり、父が自分で自分の妄執を晴らすことになるのだ。それに……そればかりではない。あの男は、父が最期の時までかかって蓄積した血と汗の結晶の財宝を、ほとんどひとり占めにしてどこかへ運び去ってしまった。金額にして、何十万元というものか知れない。私はその所在場所をも突きとめて、奪い返さなくてはならない」――

年齢《とし》にしてやっと二十《はたち》になったばかりの少女……秀蘭は、実にこうした鉄のような意志をもって、復讐を計画しているのだ。その計画があればこそ、かつての日、方家然を毒殺しようとした母の行為を止めたのだ。小我を殺して、一切の自分を方家然に捧げたのだ。それこそ、堂々六尺〔約180センチ。一尺は約30センチ／以下同〕の男子も及ばない思慮と意志の凝って、まさに火を発せんとする鉄石心と言うべきだ。が、しかし、彼女の本態は、少しの風にも耐え得ぬコスモスを思わせるような、たおやめ〔やさしい女性〕だった。その翌朝、彼女の恐れに恐れていた鮑仁元が、その父親と二人してやって来たという知らせを聞いた時、彼女は顔色を変えて、例の穴倉の中へ飛び込んでしまったのだった。

「お母さん、本当にお願いです。私、あの日お父さんと一緒に殺されたということにしといて下さい」

そう淑貞の耳に囁いた。

予期してはいたものの、鮑父子の顔を見ると、淑貞はやはりまごついた。そして何より困ったことは、物も言わない先から、とめどもなく涙がこぼれ落ちることだった。

「どうしました？　何かあったんですか」

淑貞の涙を見て、二人は本能的に、何かしら凶事のあったことを直覚した。そして、声をはずませて言った。

「どうしたんですか？　淑貞さん……それに周継棠さんが見えないじゃありませんか。どこかへお出かけなんですか」

周継棠の名を聞くと、彼女はたまらなくなったように、声を張り上げて、泣き伏してしまった。泣き声は、押さえようとすればするほど、悲痛な嗚咽となって、彼女の頬を震わせた。

鮑仁元も、その父親も、どうしていいか分からないように、しばらく、押しつけられるような苦しい胸を押さえて、震える淑貞の頬を見ていた。今まで見なかったほどの白髪《しらが》が、秋の風に吹きさらされる芒《すすき》のように、寂しく、激しく、頬の震えるのと一緒に震えていた。

父子は、無言のまま眼を見合わせた。

「何かよっぽどのことがあったに違いない」――そういった眼だった。

時間にして、十五分ぐらいも続いたろうか。淑貞は嗚咽をやめると、やっと涙に汚れた顔を上げて、

「夫は殺されました。兵隊に拳銃で撃たれたんです。たった一発で、ここのところをやられて……」と、自分の心臓のあたりを押さえて見せた。そして、そう言うとまた、わっと泣き伏してしまった。

鮑仁元も、父親も、口がきけなかった。その顔から、手から、悪寒《おかん》がするような毛穴を立てて、各

自の心臓のあたりを押さえていた。二人とも、そこが神経的に痛み出したのだった。が、ややあって鮑仁元が急《せ》き込んだ調子で、

「で、で……秀蘭さんはどうしました？　あの人は無事だったでしょうね。ね、おばさん、秀蘭さんはどうしてるんです？」

「秀蘭は……秀蘭は……」

彼女は、肩に激しい波を打たせながら、そう言いかけて口ごもってしまった。秀蘭に、あれほど頼まれていたにもかかわらず、どうしても軽く、父親と一緒に殺されたということが言えなかったのだった。

「ね、おばさん、秀蘭さんはどこにいるんです？　早く会わせて下さい……。僕、気にかかったもんで、様子を見に来ようと思っても城門は閉まってるし、それで、毎日塹壕工事に来る兵隊にそれとなく城内の様子を訊いていたんだけど、なんにも変わったことは無いって言うから安心してたんです。おじさんが拳銃で撃ち殺されたなんて……僕、信じられません。おばさん、おどかさないで本当のことおっしゃって下さい。おじさんも、秀蘭さんも、みんなお変わりないんでしょう」

淑貞は、嗚咽の中から激しく首を振った。

「嘘じゃありません。本当です、拳銃で撃った奴は、方家然です。鮑さんのとこの小作をしていた、方家然です。あいつが……あいつが秀蘭を……」

「え、方家然……？」

鮑父子の眼が、さっと、涙に濡れた淑貞の顔に注がれた。が、その次の瞬間には、二人とも喉を締められるような声を出して、唸《うな》っていた。

「あいつが……あいつが……とうとうやりやがったか、あの悪魔め……」

それは、二人にとって全く胸の古傷を突っつかれるような苦痛だった。二人の眼はそのとき同時に、かつての日、方家然から耕地を取り上げた時の、あのなんとも言えない突き刺すような深い怨みを含んだ眼で睨まれた時の記憶が蘇って来た。その当座は、その眼を思い出すたび、食べているものの味が急に分からなくなるほど二人の心を、暗い不気味さの底に引きずり込む力を持っていた。が、二人の眼からはいつともなく、その眼も忘れ去られていった。二人には、そんな眼にばかりかかわっていられない、いろいろの仕事があったからだった。

が、その眼は、思いもかけない今になって、思いもかけないところで、復讐を遂《と》げたのである。しかも、その復讐は効果百パーセントだった。それが怨みの根源である鮑家に対して直接加えられず、鮑家の婚約者の家に対して加えたというところに、少なからず頭の良さを示していた。

無論、その血祭りに上げられた周継棠その人が一番、馬鹿を見たわけであるが、しかし娘の秀蘭が、これから先の長い半生を死ぬまで背負っていかねばならぬ苦悩に比べれば、まだまだ幸せと言わなければならなかった。が、それならば、鮑家の人々のこうむった苦悩といったものはなんであろうか。一見したところでは、最も重い復讐を方家然から加えられねばならぬこの家の人々が、一番災難が軽くすんだようである。ただ、周家の人々に対してなんともすまぬ申しわけなさの感じをいだかされたことは争えないし、直接的には秀蘭を失った鮑仁元の失恋苦の悩みも相当大きかったろう。が、鮑家の人々の災難がただそれだけですめば結構であるが、しかし、当の鮑仁元も、その父親も、そのとき何か、事件がただそれだけではすまぬ、もっともっとこれから尾を引いて悪い方へ発展していくような、妙な底知れぬ不安をいだかされたことは事実だった。

鮑父子は、なんとなくお尻の下のむずむずして来るような不安に駆られて、そわそわしながら腰を上げた。第一、淑貞がこのように昂奮し、悲歎に暮れていたのでは、これ以上、兇変についての追及をしても満足な答えは得られそうもない気がするので、

「いずれまた明日伺いますから、くれぐれも気を落ちつけて下さい」ということを繰り返し繰り返し言ったのち、今日この家を訪問した、最重要の問題について、簡単に話を持ち出した。それは、戦争がいよいよこの町へも押し寄せて来て、今日あたり、敵の砲弾が二発も家のすぐそばで破裂したし、戦争はもっともっとひどくなるに違いない。そして、これ以上の災難がお互いの上にやって来ることは、あまりにはっきりしている。だから、今のうちに、それも出来るだけ早く、田舎《いなか》の親戚へ避難しようと思う。——そういうことを言って、同行を勧めに来たのだった。そして重ねて、

「秀蘭さんとうちの仁元とはすでに婚約の間柄なんだし、もう親類も同様だと思うんです。それに、周さんの家は一族の方たちが昔から町住まいをしていて田舎に親類のないということも承知していますし、この際ぜひ、私の方の田舎へ来ていただきたいと思います」と、昂奮し取り乱している淑貞に、噛んで含めるように言った。

が、淑貞はいつまでもいつまでも卓子の上にうつ伏せになって、嗚咽を続けている。鮑仁元とその父親とは、しばらく、激しい波をうって泣き悲しんでいる彼女の肩を見つめながら返事を待った。が、いつまで待ってもその返事が得られないので、

「いずれまた明日伺います。ですから、荷物なぞも、ごく必要なものだけ取りまとめておいて下さい。

こういう際ですから、くれぐれも気をつけて、ご用心していて下さい」そう言って帰って行った。

淑貞は、二人が帰ってからも、しばらくは身動きもしないで泣きつづけていた。ああした親しい人たちを見るにつけ思い出すのは、何事もなかった日の元気な夫の姿や、その声音《こわね》だった。その夫が非業の死に斃《たお》れたことを思うと、彼女はあの人たちに対して礼儀を失していると思いつつも、顔を上げ、話をすることが出来なかった。

それに、顔を上げず、話を避けたのは、もう一つ秀蘭の問題があるからだった。話をすればどうしても秀蘭の問題についても話さなければならない。が、こちらはまだ、秀蘭を死んだことにするか、すべてを隠蔽して鮑仁元と結婚させることにするか、あるいはまた、すべてを告白して鮑仁元にこの結婚を諦めてもらうか、それらのうちのどれを選ぶか、根本の態度が決定していなかった。これを決めない以上、なんらかの方法で二人との話を避けるほかないからだった。

彼女は、小女をやって秀蘭を穴倉から連れ出させて来た。そして、この根本問題についてどう決めたものか、相談をかけた。

「さっきお母さんにお頼みした通り、どこまでも私を死んだことにしていただきたいと思います。そのほかに方法もありませんし、それについて、私には私の考えもあることですから……」

秀蘭はどこまでもそれを言い張った。

が、淑貞はそれに不賛成だった。彼女としてはあくまでも、鮑仁元との婚約を円満に履行させたかった。それはただ、秀蘭がすべてのことを鵜呑みにしてあのことを黙っていさえすれば、万事がうまくいくことだった。とにかく、明日もう一度来るという鮑家の人たちの勧めに従ってその田舎へ行くことにし、それを機会に店の男たちや女たちに全部、暇を出してしまう。そうすれば、この家の中から例の秘密の洩れることはないし、方家然たちは、いずれは戦死するか、戦死しないまでも、いつかはこの町を去って行く兵隊である。彼らの口から洩れる心配は、まずまず無いと見ていい。だから彼女はその問題について、また懇願するように秀蘭に言った。

「それはね、お前はいま昂奮してるし、一途にそう思い込んでいるからそれがいいように思うけど、世の中って決してそんなもんじゃないんだよ。人間ってものは誰でも秘密を持ってるもんだし、また、その秘密をいちいち気になんか病《や》んでやしないんだよ。そりゃあ、初めこそ少しは気に病むか知れないけど、そんなことすぐ忘れちまうものさ。……ね、年寄りは間違ったことは言わないからね、母さんの言う通りしておくれでないか」

が、秀蘭は頑《かたく》なに口をつぐんでいた。その堅く結んだ唇は、金梃《かなてこ》でもこじ開けられないような強い意志を示していた。

淑貞は、それを見ると、ほっと、かすかな溜息をついた。そして呟くように、

「生きてるものを死んだなんて言われないし……。明日あの人たちが来た時、母さんはなんて言ったらいいだろう」と言った。

それを聞くと、秀蘭はいかにも不機嫌らしく、その堅く閉じられた口を開いて言った。

「だから、秀蘭は死んだとおっしゃって下さいって言ってるじゃありませんか。母さんがそう言って下さらないなら、私が出て行って言うわ。秀蘭はあの日以来、方家然の手籠《てご》めに遭っています――って」

「ば、ばかなことを言うもんじゃありません」淑貞は慌てて、秀蘭の口に蓋をしかねない勢いで手を

振って言った。「そんなこと言われるより、母さんはどんな嘘でも言った方がましです。お前が死んだことにしときます。その方がどんなにいいか知れません」

秀蘭はそのまま自分の部屋へ引き下がった。いろいろ考えることがあるような気がして、卓子の前へ行って腰をおろした。

それから、両肘を卓子の上に突き、頭を両手で抱え込むようにして、考えなければならないことの糸口を探し出そうとした。学校時代もそうだったし、今でも彼女はすべてのことに対して論理的に思考を進めることが好きだし、得意でもあったのだが、今こうして一つのことを考えてみようとすると、頭の中がまるで空っぽだった。

空っぽと言うより、何か煙みたいなものがもやもやしていて、どうにも考えようとすることの糸口が出て来ないのだった。

第一、自分は今、何を考えようとしていたのか、それすらが分からなくなって来た。そのくせ、それが非常に急を要する重大事のように思われるのだが、その重大事はいつまでも、もやもやした煙のようにとりとめがなくて、具体的に形を現してくれなかった。

――そうだ、私は今、母さんと話をしていたんだ。

――なんの話をしていたんだったかしら？

彼女は考える。考えているうちに、彼女は激しい身震いをした。あの時のことを思い出したのだ。臭い、嘔吐を催しそうな臭い男の息を思い出したのだ。それから、激しい、嵐のような男の息づかいを思い出したのだ。かーっと全身がほてって来た。皮膚の全面から、男に対する嫌悪と怨嗟の感情が悪気となって吹き出して来るのを感じた。そのくせ、その嫌悪と怨嗟の中に、男に対する断《た》ちがたい感情の糸が引いているのを、彼女は不思議な気持ちで眺めていた。全く不思議な気持ちだった。

「女とは、こうしたものだろうか」——

彼女は、しびれるようなその感覚の中に、その思考を進める。その時、彼女の思考は突然、羽虫のような飛行機の音に断ち切られた。しかも、その音は、だんだん近づいて来る。

「敵かしら？　……味方かしら？」

考えているうちに、今までにない激しさで、銃砲声が聞こえ始めて来た。硝子《ガラス》戸がぴりぴり震動している。

「敵の飛行機らしい」——と分かった時、彼女は息の止まるような衝撃を感じた。硝子戸がぴりぴりぴりりん！　と激しい音を立てて、裂けて飛んだ。爆弾だ。しかもすぐ近くらしい。爆音はつづいて、近くに、遠くに、それこそ、あっという声を上げる間もないくらい頻繁に起こった。彼女は卓子の下に小さくなって潜り込んだ、歯の根も合わないし、全身が、がくがくと小刻みに震えていた。

その翌朝、方家然がこっそりと一人でやって来た。睡眠不足らしい赤い充血した眼をして、顔も土気色《つちけ》だった。彼女の顔を見るなり、

「おい、上海へ行こう」と言い出した。「お前、上海へ行くと言ったな。すぐ仕度をするがいい。俺も仕度する」

彼は、秀蘭に彼女の父親の便服《べんぷく》〔民間人の服〕を出さして来て、それを着た。どうやら、体には合うようだった。それから、剃刀《かみそり》を出さして、髭を剃り始めた。髭を剃りながら、

「昨日は大変だったぞ！」と、彼女に話しかけた。「飛行機の奴が落とした爆弾で、俺の部隊だけでも、五十人から殺《や》られたんだ。行って見ろ！　そりゃあ、惨憺《さんたん》たるもんだ。胴から下の無い奴、頭の半分欠けた奴、全身、影も形もなく吹き飛ばされちまった奴……それこそ目も当てられねえ。俺ァもう兵隊はごめんだ。金がねえからこそ兵隊になったものの、金が出来てみりゃ兵隊をやってる必要はねえからな……。とにかく、急に命が惜しくなって来たんだ」

髭を剃り、顔や手足を石鹸で洗い上げた彼を見ると、今までの方家然とは受け取れないくらい、立派な男ぶりだった。

彼は茫然と、秀蘭の鏡台の前に立って、自分の姿に見とれていた。彼はこの鏡の中に現れた紳士の影像から、徹底的に兵隊的な匂いを嗅ぎ出そうとした。それが少しでもある限り、夜であろうと昼であろうと、安心して外が歩けないからだった。すぐに脱走兵ということを見破られるからだった。その点、彼は実に用心深いのである。自分で納得のいくまで鏡を見つめている。そして、眼の据《す》え方ひとつで充分に人相を変え得ることを発見した。

兵隊の眼は、常に飢えた鷹の眼である。殺気を含んでいる。第一に、それを除き去らなければならない。それで、眼を細くして眼尻を下げ加減に顔面の緊張を解いてみる。が、その細い眼の奥に、きらりと光る瞳を発見すると、彼は、猫の子だと思って膝の上に愛撫していた小さな動物が、俄然、牙をむいて跳びかかって来る虎であったような驚愕を感じるのだった。

とにかく彼は綿密に、自分の人相容貌を点検した。墨をすって、鼻の脇にほくろを置いてみたり、黒硝子の眼鏡をかけて見たり……いろいろ苦心した。が、頬の痩せこけた、つまり顴骨《けんこつ》の秀《ひい》でた〔頬骨の張った」彼の顔というものは、貧相で、とげとげしくて、どう見ても兵隊の顔だった。

秀蘭が黙って、彼の後ろから鏡の中の彼の影像を見ていた。彼女もそれに気がついたようだった。彼女はどこからか綿のかたまりを持って来て、それを二つに分け、口の中に押し込んで、こけた頬をふくらます方法を教えた。こけた頬がふくらんで来ると、飢えた鷹のような鋭い眼までが、いくぶんやわらか味を帯びて、すっかり、今までの彼とはその相を変えてしまった。彼はやっと安心がいったように、鏡の中の秀蘭にニッと微笑《ほほえ》みかけた。そして、

「さァ出かけよう、かえって昼間の方が怪《あや》しまれないのだ。今のうちなら八方の城門から避難民が流れ出しているから、その中に交じって行くんだ。夜は、かえって危ない」

二人はそれぞれ、避難民らしく見せかけるための荷物をこしらえた。ことに、方家然は二つの荷物をこしらえ、天秤棒《てんびんぼう》にそれをくくりつけた。荷物の中には着替えの着物、食べ物、毛布……。停車場へ出るまでの六十里の道程には、見せかけばかりでなく、実際にそれらの品物が必要かも知れないからだった。

秀蘭はしばらく母の部屋の前で躊躇《ちゅうちょ》していた。が、やがて決然としたように口の中で呟いた。

「お母さん、これでもう、お目にかかれないかも知れません。どうぞお大事に……」——

嘘から出たまこと

鮑仁元と父親とは、何か口争いをしながら町の中を歩いていた。

「違う、違う……真っ昼間、そんなみっともない真似はよせ！」

叱責にも近い父親のその言葉に対して、鮑仁元はこれも頬をふくらまして、

「違やしません、確かにあれは秀蘭です。もし秀蘭だったら、お父さん、取り返しのつかないことが出来るんですよ。秀蘭があんな汚い恰好《かっこう》の荷物を持って、あんな若い男と連れ立って行くなんて、確かに、ただごとじゃないんです、いま見失ったら……」

「それだから秀蘭じゃ無いと言うんじゃ。秀蘭があんな汚い恰好をして、あんな男と連れ立って歩くわけがないではないか。それはお前の眼のせいじゃ。第一、昨日からのお前は、全くどうかしとる。秀蘭に何か間違いがあったんじゃないか……と、ひとりで騒ぎおって」

二人はその争いをつづけながら、周の家へ裏口から入って行った。表の店は、すっかり戸が下ろされているからだった。その裏口の扉をくぐる時、鮑仁元は、もう見えるはずもないのに頭をくるりと後ろに捻じ向け、求める人の姿を探し求めた。彼は、応接間へ通されてからも妙に不機嫌で、ぷりぷ

りしていた。淑貞の顔を見ると、突っかかるような口調で、

「おばさん、秀蘭さんはどうしました？　どこへ行ったんです？」と、訊いた。

「あれは、周継棠の殺された日、やっぱり、殺されました……」どこか板につかない、曖昧《あいまい》な返事のしようだったが、二人を驚かせるには充分だった。

「なに？　秀蘭も……？」父親が言うと、

「ほんとうですか、おばさん」と、鮑仁元が叫んだ。「でも、僕、今、秀蘭さんを見ました。変《へん》な男と一緒に、大勢の避難者に交じって城門を出て行くところを……」

父親は黙っていた。彼も、よく似た娘だが……とは思ったのだが、まさか――という気持ちの方が強かった。それで、息子の主張に対しても、終始、そんな馬鹿なことが……と言って押し通して来たのだが、仁元の、秀蘭さんを見ました――という言葉を耳にすると、真っ先に、淑貞が顔色を変えて、椅子を後ろの方へ跳ね飛ばしながら立ち上がった。

「娘をどこで見ました？　どこで……？」

鮑仁元も椅子をがたがた言わせながら、立ち上がった。彼は今にも泣き出しそうな顔をして、

「おばさん、どうしてそんな嘘を言うんです？　秀蘭が死んだなんて……。死んだんじゃないんでしょう？　おばさん、これには何かわけがあるんでしょう」

淑貞はよろよろと卓子に倒れかかって来たが、両手をその上に突っ張ると、

「どうか連れ戻して下さい、お願いです。連れの男というのが、方家然です。見ないけれど、確かにそうです。夫を殺した方家然です。それでも足りないで、今度はまた、秀蘭をかどわかそうとしてい

るんです」

鮑仁元は、皆まで聞かずに部屋から飛び出した。時間にして、あれからまだ十五分ぐらいより経っていない。ことに、向こうは女づれだし、天秤に荷物はかついでいるし、走って行ったら三十分以内で追いつけるだろう。彼は、そういう計算をしながら、ひたすらに走った。

彼が父親と来る時、秀蘭を見かけたのは東門の近くだった。その東門を走り抜けてから、彼はますます歩みを早めた。幾群《む》れも幾群れもの避難民の群れを追い抜いた。ぞろぞろと続く避難民の群れは道を譲って、あっけにとられたような顔をして、韋駄天《いだてん》のような彼を見送っている。彼は時計を見た。周の家を出てからいつか三十分経っている。もう出会ってもいい時分だが、なかなかそれらしい二人が見出せない。

どこか途中で逸《そ》れたんじゃないだろうか――。そういう疑念を持つと、ぐっと足の速度が落ちた。それに、東門を出る頃の混雑に比べると、ここらはぐっと人影もまばらだった。ますます彼は自信がなくなって来た。もういい加減で引き返そうかしら――とも思った。が、そう思うそばから、ここが運命の岐路になるかも知れん――という、なんとなくこの一瞬が、自分の人生というものにとって重要なポイントをなすような気がして、全然、諦めきって立ち去ることも出来なかった。もうあと五分走ったら、あの二人に追いつくんじゃないか――という気がして来た。人はみんな迂闊に過ごして来ているが、そして、各自の恵まれた幸運に傲《おご》ったり、あるいは不運に泣いたりしているが、それはみんな、この最後の五分を重要視したのと、おろそかにしたのとの相違ではなかろうか。そんなことを考えて、彼はまた、その最後の五分を、もう十五分間だけ走ってみようと思った。

彼は走った。五分過ぎた。彼はまだ走りつづけている。また次の五分が過ぎた。と、その瞬間、彼の口は思わず、や、や！　……という歓喜に似た叫び声を上げていた。遥《はる》かの先を行く、それらしい二人の姿を見かけたのである。彼はたちまち追いついた。確かに秀蘭である。

「秀蘭さん！」彼は声をはずませて、掴みかかるような声で、呼びかけた。「どこへ行こうって言うんです？　さ、帰って下さい、お母さんが心配しています。すぐ、僕と一緒に帰って下さい」

と、その時、彼女の連れらしい男の眼がぎょろりと、気味悪い光りを放って、彼を脇から睨みつけた。眼が合ってるわけではないが、彼は、その視線を稲妻のように鋭く、全身に感じた。彼は、この稲妻のように光る眼で、人相こそ多少違っているようだが、こいつ確かに方家然に違いない――ということを見破った。その方家然が、すうっと影のように彼のそばへ寄って来て、

「貴方はどなたか知りませんが、この方はお家へ帰らないでしょう。国家のため、堅い決心をされて沁県《しんけん》〔山西省長治市にある県〕へ行かれるところなんですから」と言った。

「何？　沁県へ？」彼も負けないほど眼に力を入れ、方家然を睨みつけておいて、今度はその方家然には構わず、

「秀蘭さん、貴女《あなた》は本当に沁県へ行くんですか。なんの用があってそんなとこへ行こうって言うんです？」と、秀蘭を決めつけた。

が、秀蘭は返事をしなかった。彼の方は見返りもしないで、じっと足元を見つめたまま、とぼとぼと歩みをつづけている。

「さ、秀蘭さん、帰って下さい、僕は何もかも知っています。この男は方家然です。以前、僕の家の

小作をしていた方家然です。貴女のお父さんを理由もなく惨殺した方家然です。貴女はなんでこんな男と……」

「何を言われるんです、君は！」ぴったり彼に寄り添った方家然は、何かしら硬いものでぎりぎり彼の腰骨を小突きながら言った。「僕は方家然なんてもんじゃありません。ようく僕の顔を見て下さい。僕は陳坤林《ちんこんりん》という中央政府の募兵官です。この婦人の方が娘子軍《じょうしぐん》〔女性のみで組織された軍隊〕への入隊を希望していられるので、これから沁県まで同行するところです」

「何？　陳坤林だ？　馬鹿な！　俺をごまかそうたって、そうはいかん。お前は閻錫山《えんしゃくざん》〔山西省の軍閥〕の部下の兵隊だった方家然だ。俺は……」

大きな声で叫びかけた鮑仁元の言葉は、そこでそのまま消えて、あっ！　という小さな叫び声に変わった。脇腹をごつん！　と小突かれた拍子に見た、そのものが思いもかけない拳銃だったからである。方家然は、一発のもとに周継棠を射殺したというその拳銃で、彼の大声を封鎖するべく、脇腹を突いて彼を威嚇したのだ。彼は思わず三尺ほど、ぱっと方家然のそばから飛びのいて、ぐっと息を呑んだ。恐怖が、足の先から頭のてっぺんへ、さあっと氷の棒のように冷たく突き抜けた。

彼は、しばらく口がきけなかった。それでも、そのまますたすた歩き出した方家然と秀蘭の二人を諦めることが出来ず、ぐずぐずと二人の後をついて歩いて行った。なんとかこの局面の展開を計って真実の秀蘭の気持ちも知りたかったたし、陳坤林と名乗る方家然の面皮《めんぴ》を剥いで、彼の殺人犯であり、逃亡兵であることをしかるべき筋へ訴えてやりたい気持ちでいっぱいだった。

彼は堅く信じていた。秀蘭は決して娘子軍なんかを志望していはしないということを。それは絶対に、方家然の恐喝に遭って心にもなく、彼にかどわかされて行くのだということを。しかも、それを何よりも雄弁に立証するものは、今の拳銃だった。その拳銃で、秀蘭もきっと、自分がいま彼のために沈黙させられたように沈黙させられ、黙々と彼のあとに従わされているのだということを——。

が、それがもし、彼の想像通りだとすれば、彼は、身命を捨てても方家然の恐喝から彼女を救い、彼女を真の自由にしてやらなければならない。彼は、方家然の十歩ほど後ろを黙々と歩きながら、この難局をいかにして打開すべきか、必死になって考えた。

「おい、お前はどこまでついて来るんだ?」

ぼんやり考えながら歩いている彼の前に、くるりと後ろ向きになって停まった方家然が、苦虫《にがむし》を嚙みつぶしたような顔をして浴びせかけた。

「いくらしつこく後を追って来たって、それが無駄だということをお前は知らんのか。かわいそうな奴だ。秀蘭は軍隊に入りたいと言ってるんじゃないか。それをお前が強《し》いて邪魔だてしようとするなら、してみるがいい。お前を反軍主義者として告発するばかりだ。漢奸の刑罰がどんなものか、お前は知らないのだろう。勝手にあとをついて来るがいい」

相手はそうやって言いたい放題の罵詈を浴びせかけるのだ。が、彼は、それに対して何も言えない。胸の中がむしゃくしゃしているのだが、言えないのだ。が、これは決して、相手が正しくて自分が間違っているからではない。ただ相手が強いからのことだ。それでは、彼はこの恫喝に対して黙って引き返すべきだろうか? ——彼は考え込んでしまった。このまま引き返すことは、みすみす秀蘭を危地に陥《おとしい》れることだ。決して気骨ある男子の快《こころよ》しとするところではない。ことに彼女は、彼にとっては単なる路傍の女ではない。許婚者《いいなずけ》である。

彼は、つくづくと武器を持ち合わさないことを後悔した。彼に対抗する一挺の拳銃があれば、決してぐうの音も出さすんじゃない。といって、ただ考えもなく二人の後をついて行ったらどうなるのだろう。彼らがどこまで行くのか分からないし、もし本当に沁県まで行くのだとすれば、それこそ容易のことではない。第一、彼は今、十元とまとまった金を持っていない。ほんの煙草《たばこ》を買うぐらいの少額のおこづかいしかありはしない。何かいい機会の来るまで二人の後をついて行くにしても、またこから引き返すにしても、とにかく、彼は秀蘭からその本心を打ちあけてもらいたかった。彼女の口から、ただ、ひとことでいい。「娘子軍へ入隊します」とか、「この男が無理に私をどこかへ連れて行くのです」とか言ってくれたら、またなんとか手段の施《ほどこ》しようもあるであろう。が、彼女は何も言わないのだ。それればかりか、彼から、ともすれば顔をそむけてしまうのだ。

彼は全くどうしていいのか分からなくなってしまった。彼女が単なる路傍の女だったら、それこそ匙《さじ》を投げてしまっただろう。だが、彼と彼女の場合は、そんなものではないのだ。それから、親の決めた許婚者というばかりでもないのだ。彼にとっての彼女は、この全世界の富を積んでも換えることの出来ない、この世における絶対唯一のものなのだ。空気なのだ。水なのだ。それが無くては生きていられないのだ。その空気であり、水であるところの彼女が、いま永遠に彼から去ろうとしているのだ。どうして平気でいられるわけのものではない。彼がもし真に自分に忠実であるならば、彼女の意志いかんなどいうことは問うところではない。遮二無二《しゃにむに》〔なんとしても〕、彼女を連れ戻さなければならないのだ。

理屈はまさにその通りである。が、彼には理屈通りの行動が出来なかった。そばに、眼を光らして方家然が立っているからである。その方家然の頬に、例のにやりとした薄笑いが浮かんだ。揶揄《やゆ》するような調子で、

「どうです、若旦那……。もうそのままお帰りになったがいいでしょう。それとも、秀蘭さんと同じように兵隊になりますか」と言った。

と、言下に、響きの物に応じるがごとくに、鮑仁元の声が答えた。

「よし、兵隊になろう。俺も連れてってくれ！」

が、そう言った鮑仁元は、自分が今、実際には何を言ったか意識しなかった。彼はただ、くやしかったのである。方家然の揶揄嘲笑に対して、なんとか報いなければならない、が、方法がない。何か辛辣《しんらつ》な言葉でやり返すか、跳びかかって殴り倒すか、間髪を入れないこの瞬間にそれをやらなければならない。そういった意志力を要求されながら、彼にはその力がない。その焦燥感と、相手に対する自己の無力感との極点に追い詰められて、彼の頭の中は全く平常の意識状態でない、変にもやもやした朦朧《もうろう》状態に置かれていたのだ。

が、そう言ってしまってから、彼は自分の言った言葉の意味を察知して、愕然《がくぜん》とした。俺はまァなんということを言ってしまったのだろう——。そういった後悔に似た感じがぎゅっと、一時的ではあったが、彼の心を暗く締めつけた。が、彼はすぐに、言ってよかったと思った。それを言ったがゆえに、どうにも決断の出来なかった自分の行く道を発見することが出来たからである。それに、こうなると自分の体なぞどうなっても構わぬという、諦めというか、決心というか、そういった力も湧いて来た。

彼は、あっけにとられたような顔をしている方家然に対して、

「どうしたんだ、早く行くとしようじゃないか」と、高飛車《たかびしゃ》に出た。

と、方家然は、ますます度肝《どぎも》を抜かれたように、へどもどして、

「う、うん、行こう」と、何かこう勝手の違った、落ちつきのない様子で歩き出した。

変な組み合わせの三人旅だった。が、鮑仁元はさすがに用心して、いつも二人の五、六歩あとから、ことに方家然の様子にそれとない注意の眼を配りながら、歩いて行った。うっかりしてるところを、ずどん！　とやられたらそれまでだったし、また実際に、そんなことぐらい平気でやり得る方家然だった。方家然にとって、鮑仁元の同行は、この際、全く荷厄介以上のことに違いなかった。機会があったら片づけてやろうといった気がまえは、時々、それとない様子で後ろを振り向く彼の眼で充分に察することが出来た。

が、そのことはお互いさまだと言えないこともなかった。彼にとっては、やがて自分の妻となるべき女の父を撃たれてることだし、当然その仇をうってやっていいはずだった。また彼のような毒虫をやっつけることは、国家社会のためにもなることだった。彼を後ろから監視しているということは、一面、彼の隙を狙っていることでもあった。道を歩きつつ、足もとに手頃の石ころでも転がっていると、それに対して、鮑仁元は非常な誘惑を感じた。彼は学校時代、選手にこそならなかったが、スポーツはなんでもやった。野球、テニス、ラグビーはもちろんのこと、拳闘〔ボクシング〕の真似ごとさえやった。相手が拳銃などという飛び道具を持っていないなら、その生っかじりの拳闘でもって、充分、相手を叩き伏せ得る自信を持っていた。が、相手が飛び道具を持っている以上、こちらも飛び道具が必

要だった。それには、形のいい石ころは何よりの武器だった。十メートルほどの距離から、直球でもってぐわん！　と、彼奴《きやつ》〔あいつ〕の頭に叩きつける。それは想像しただけでも胸がすくようだった。

石ころの誘惑は、時たま転がっている石ころを見ると、もう我慢にも見過ごしにしてしまうことが出来なくなった。彼は、飛びつくようにして、一つの石ころを拾い取った。と、そのとたん、方家然がくるりと後ろを振り返って、彼の拾って握っている石ころに対して充分の抗議を含めた眼をもって睨《ね》めつけた。鮑仁元は石ころのやり場がなかった。そこで、彼は偶然見つけた畑の中の木にとまっている鴉《からす》を目がけて、力をこめて投げつけた。いかにもその石が、初めから鴉に投げつけるために拾ったものであるかのように――

が、鴉までは、ちょっと距離がありすぎた。石ころは、弾丸のような速度で飛んで行ったが、鴉のよほど手前のところで急カーブの放物線を描いて、畑の中にめり込んでしまった。

「ふん！」

方家然は鼻を鳴らして前に向き直り、急ぎ足で秀蘭に肩を並べた。

鮑仁元はなんだか恐ろしいような気がした。彼がいま後ろを振り返ったのは、決して偶然ではない。鮑仁元が石を拾うのをちゃんとその眼で見て、後ろを振り返ったのだ。そうとより思えないその眼つきであり、態度だった。それは、方家然という人間に対して妙に薄気味の悪いという感じと、自分への萎縮感を伴った警戒心を起こさせた。あいつに対しては絶対に迂闊な真似は出来ないぞ――という警戒心だった。

小さな村があった、家の数にして三、四十戸もあるだろうか。この小さな村に入った時、しかし、鮑仁元は妙に物々しい、圧迫されるような空気を感じた。武装した二、三人の兵士の姿がチラチラしているし、ちょっとした広場には、三十人近い若者がうようよかたまって、それらが二、三人ずつ額《ひたい》を突き合わして、何かこそこそと話し合っている。

鮑仁元は直覚的に、この村の、物々しい圧迫するような空気の原因が分かった。これは、彼の村でもしばしばこれまでに見かけたところの募兵官と、彼らが強制的に各戸から狩り出したところの壮丁《そうてい》〔兵役につく成年男子〕であることに間違いなかった。そこの広場で監視を受けている若者たちが、ちっとも元気がなく、眼を泣き腫《は》らしているものや、現に泣いているものや、ほとんど全部がそうした連中で占められていることで、一層思い当たるふしがあった。

「おい、兵隊になるんだったら、何も沁県まで行く必要はないようだな」

鮑仁元は、よっぽどこう言って方家然をからかってやろうかと思ったが、彼のその足は、不思議と、秀蘭を引きずるように急ぎ足でここを通り抜けようとする方家然に負けないくらい早く、しかも脇目もふらず、村における何ものも見ないような様子をして、ここを立ち去ろうとしていた。うっかり変なことを言ってとがめだてをされたら、それこそ百年目だった。彼は、兵隊になぞなろうという心は爪の先ほどもなかった。あくまでも方家然の腰に食い下がって、機会を見てやっつけてやろうということのほか、今は何も頭になかった。

やっと、その物騒な村を抜けると、道はすぐ、大して高くもないが、人通りのあまり無さそうな山道にかかっていた。鮑仁元の足先にまた手頃な石ころが転がっていた。見つかったらまたその時のこと……という腹で、彼は素早くそれを拾い取った。が、どうしたことか、方家然は今度はそれに気がつかないようだった。秀蘭の手をとって、ひたすらに道を急いでいた。

彼は、ほっとしたが、ほっとする心の下から、むくむくと、方家然と秀蘭との間に何かただならぬ関係があるんではないか——といった疑惑の心が湧き出して来た。疑い出すと、これまであの二人の間を疑わなかった自分がどうかしている——と思われるくらい、二人の様子には腑に落ちないものがあった。第一、許婚者でもあるこの自分に対して秀蘭は少しも口をきかないということ。方家然が差し出す手を拒みもせず、おとなしく握らせているということ。……いや、そんなことよりも、第一に疑っていいことは、これまでの相当長い間、一つ屋根の下に寝起きしていながら、どうして秀蘭のような女を、あの方家然が指をくわえて見ているものか——ということだった。

それを想像することは、胸の中を灼熱の鉄棒で掻き回されるよりも苦しかった。石ころを握っている彼の右手の指は、めきめき音を立てるくらい、自分にも意識しない強い力で握りしめていた。彼は、熱病を病んでるみたいなふらふらする頭で、足場をはかり、方家然との距離をはかった。そして、全心身の憎悪を右手の石ころにこめて、方家然の後頭部めがけて投げつけた。充分の自信を持った熱球ではあったが、それはしかし、彼があまりにも昂奮していたせいだろう、頭の真ん中からわずかの差で、耳をかすって飛び去ってしまった。

猛虎のような形相で、方家然は後ろを振り返った。そして、常に離したことのない右手の拳銃を構えると、彼の、胸の真んまん中を狙って引き金を引いた。ぱっとしたひとかたまりの白煙と一緒に、轟然とした爆音が銃口から飛び出した。

鮑仁元は、石ころの坂道に腹ばっていた。が、傷を受けたためではないらしい。方家然としても、それがあまりに不意の出来事だったので、多少慌てたらしかった。これも、拳銃には相当自信を持っているはずだったが、見事、外してしまったのだ。なんの手ごたえもないところから、彼には発射の瞬間に、かすり傷ひとつ負わせ得なかったことが分かった。彼はすぐ、第二弾の発射の構えをした。が、地の上を這っている撃ちにくい目標に少し躊躇している隙に、鮑仁元の体は兎《うさぎ》のように地を低く蹴って、いま来た道を跳び下った。パン、パン、パン！　というつづけさまの銃声と一緒に、頭上低く、弾丸の飛ぶ音が聞こえた。彼は一跳びに三十メートルほど走って、都合よく道ばたに突き出ている岩のかげにぴたりと体をつけ、後ろを透《す》かして見た。女づれの方家然として、必ず遠く追って来る気遣いはないという彼の見込みだった。振り返って見ると、方家然は果たして元の場所に立ったまま、仁王立ちになって彼の方を睨まえている。

　鮑仁元は、これでとにかく、銃火の洗礼を受けたわけである。すっかり度胸が据わって来た。ことに、方家然の耳から、ぽたぽた滴《したた》り落ちる血を見ると、一層、彼の気持ちは落ちついて来た。これだけの距離があってみれば、拳銃の弾なんて絶対に命中するものではないし、かえって、彼の投げる石の方が、はるかに有利な攻撃力が生じたというものだった。

　彼は悠々と、かっこうの石ころを拾い始めた。三つばかり予備の石を左手に握り、一つを右手に握って、二歩、三歩、方家然の方に向かって前進した。と、方家然は、右手の拳銃をぴたりと、今度は充分の落ち着きを見せて、彼の胸に狙いをつけた。引き金に掛けた方家然の指に、じりじりと力が加えられてゆく。だが、前の続けざまの失敗で、彼はいくぶんあせり気味だったし、それよりも、目標の鮑仁元が少しもじっとしていてくれない。体をひねって、石ころを握った右手をぶんぶん、水車のように振り回しているかと思うと、ぴょいと五、六尺ほど跳んで位置を変え、また今の動作を始める。それは敵の狙撃の妨害のためでもあるし、敵への攻撃に対して有利な足場を得ようがための運動でもあった。

が、敵も発せず、味方も発せず、険悪な空気をはらんだまま、まさに一触即発というその時、両者の口からほとんど同時に、

「あっ！」という、度を失った叫び声が洩れて、両者の緊迫した攻撃態勢はその瞬間に崩れて、狼狽困惑、全く不思議な情勢に転換してしまった。

が、彼らの周章狼狽も決して無理ではなかった。山間の一本道に対峙している二人は、いつの間にか十人ぐらいずつの兵隊によってその背後を扼《やく》され〔占められ〕、二進《にっち》も三進《さっち》も身動きの出来ない状態に追い詰められてるのだった。彼らは、今の拳銃の音を聞きつけてやって来たものに違いなかったし、彼らに捕まったが最後、どういうことになるか想像が出来なかった。ことに、一番困ったのは方家然の方だった。彼には、脱走という容易ならぬ罪があるし、それが発覚した日には、銃殺される覚悟がなければならなかった。しかもこのへん一帯は、方家然の属していた山西軍部隊の本拠地でもあるし、いかに彼がごまかそうとしても、彼を見知っているものは何十人何百人というほどの、たくさんの数だ。到底ごまかしきれるはずのものではない。

が、ここに万一を僥倖し得る場合が唯ひとつある。それは、方家然の属する部隊そのものが現にそうであったが、最近になって、あちこちの戦闘で打ち破られ、打ちもらされた陝西《せんせい》軍や、中央軍や、第八路軍〔共産党軍〕の連中が、紛然雑然とこのへん一帯の地に蟠居し、しかもそれらがお互いに連絡

が取れず、各個に存在し、各個に行動し、常に反噬《はんぜい》〔反抗〕、反発を事としていることである。だから、いま自分たちを包囲している連中が、彼の原隊のものでない限り、「脱走」の罪科だけは、どうにかごまかし得る自信のあることだった。が、それの分かるまでの彼の焦心苦慮は、この寒さの時に当たって、額から、脇の下から、油汗がじっとりと滲《にじ》み出たほどだった。

方家然は結局、拳銃を取り上げられ、秀蘭、鮑仁元と三人一緒に、彼らの本拠の地に引き立てられた。その運んで行く方向が、彼らの来た方向とは反対の方向だったので、方家然はそれに何よりも安心を覚えたらしかった。が、もしそれが元の方向へ引き戻されるのだったらどうだろう。おそらく彼は破れかぶれになって、彼の前後を固めている兵隊の中のぼんやりした奴の手から銃も剣も奪い取り、暴れに暴れて自分ひとりこの場から脱出するか、あるいは射殺されるか、とにかく、彼の一身に関する限りにおいては、簡単な結末をつけたことだろう。ところが幸か不幸か、方家然たちの送って行かれるところは彼の怖れていた元の方向ではない。彼は急に元気になり、雄弁になり、しかもにこにこした笑顔まで浮かべながら、胴に巻きつけている財布の中から一握りの銀を掴み出し、隊長らしい下士に「ただいまは、ほんとに危ないところをお助け下さいまして、ありがとうございました。これはほんのお礼のしるしです。もっと差し上げたいのですが、それはいずれうちへ帰ってからのこととして……」と、出来るだけ慇懃《いんぎん》に言って握らせた。

長らく軍隊生活をしていた方家然である。兵隊の心理を掴む点にかけては、決して抜かりのあろうはずはない。このまま釈放してうちへ帰らしてくれれば、もっともっと、たくさんの銀をあげますよ……といったような様子を、言外に表示したばかりでなく、町にはいま物資が非常に欠乏している、自分は町で商売している陳坤林と言うものだが、幸い、田舎で相当にやっている親戚が何軒かある。そこへ行って、鶏でも豚でも出来るだけたくさん仕入れ、この際、少しばかり儲《もう》けようと思う……というようなことを、盛んにまくし立てた。

一握りの銀をポケットに納めた下士は、初めから見るといくぶん、気をよくしていた。それで尋ねる言葉もいくぶん柔らかく、

「それにしてはおかしいじゃないか。なんであの男と拳銃なんか撃ち合って争ったりしていたんだ」

と言った。

その二人の会話は、鮑仁元の耳に筒抜けだった。彼は怒気を満面に表しながら、

「そいつの言うことはでたらめです。そいつは第一、陳坤林なぞというものじゃありません。方家然と言う、昨日まで山西軍の軍曹をしていた奴で……」と言った。そこまで言って、彼はいきなり下士から怒鳴りつけられ、黙らされてしまったのである。

「お前は黙っていろ！　いずれ行くところへ行ってから聞いてやる。なんだ、騒々しい」

そこで方家然は、にたにたとした追従笑いを頬に浮かべて、

「あの男にはもう、私どもは始終、困らされております。年中、わしどもの家の周りをうろうろしておりまして、隙があったら女房に言い寄ろうとその隙ばかり狙っているのです。全くやりきれたものじゃありません。ところがどうでしょう。わしどもが今日こうやって天秤をかついで、商売の仕入れに出かけるところを、どこからどうつけて来たものか、この淋しい山の中へ差しかかると不意に後ろから石を投げつけて、これ、この通り、初めの石でこの通り左耳を切られちまいまして……。それで

よんどころなく、拳銃で応戦したようなわけでして……」

と、その時、鮑仁元がまた叫び出した。

「違います、違います。そいつの言うことは、みんなでたらめです。そいつは昔、僕んとこの小作をしていた百姓だったんです。……秀蘭さん、貴女から本当のことを言って聞かせてやって下さい、秀蘭さん……」

「うるさい！　貴様、黙っていろと言うのが分からんのか！」

下士は大喝した。が、鮑仁元は黙っていられなかった。

「とにかく、町へ行って調べて下さい。そうすればすぐに何もかも分かります。この男は、秀蘭の家へ押し込んで、その持っている拳銃でそこの主人を撃ち殺したんです……。秀蘭さん、貴女はどうして黙っているんです、貴女のお父さんを殺されて……」

その言葉の途中で、鮑仁元はぎゃッというような変な叫び声を叫んで、よろよろと道端につんのめって、倒れてしまった。兵隊の一人がいきなり、力まかせに彼の横面《よこつら》を張り倒したのだった。

「黙ってろってあれほど言われてるのが、貴様にゃ分からんのか！」そう言って、兵隊はなおもその靴で、倒れている鮑仁元を蹴りつけた。

その日の夕方、この一行は小さな町に着いた。そして、町での比較的大きな、兵隊ばかりうようよしている家へ連れ込まれた。調べるもへチマもなかった。一人の士官は、方家然と鮑仁元の顔を一目見るなり、

「うむ、こいつはいい兵隊になれる。すぐ軍服を着せてしまえ！」

そう言った眼を今度は秀蘭に向けて、

「この女はなんだ、どうしたんだ？」と、じろじろ穴のあくほど、好色的な視線で見すえた。

が、彼女はひるまなかった。少しの感情の動きもない、冷たく、硬い表情のまま、

「私は娘子軍の入隊を希望して来ました」と言った。

士官の眼も、鮑仁元の眼も、また方家然の眼も、それを聞いた瞬間、あっけにとられた。ぽかんとした眼で、改めて、美しい、が、何か理由のありそうな深い影をたたえた秀蘭の顔を見つめた。

が、それはとにかく、日本に、嘘から出たまこととか、瓢箪《ひょうたん》から駒が出たとかいう、ことわざがある。

彼らが口から出まかせに、「じゃ、兵隊になろう」と言った言葉がここに実現して、彼らは思いもかけない、兵隊になる運命を背負わされたのだった。

秘密を持つ女

秀蘭は、少なからず当ての外れた気持ちで、毎日毎日を過ごしていた。彼女は必ずしも娘子軍を希望していたわけではなかった。方家然の姿を見失いたくないため、方家然が兵隊に逆戻りするなら、自分も同じ兵隊の仲間入りをして、彼を常に監視するに便宜な位置を得たいと思っただけのことだっ

た。方家然を見失ったが最後、彼女の終生の目的とするところのもの——方家然に対する復讐、方家然の隠匿した自家の財宝といったものの発見は、ついに絶対不可能のこととなってしまう。だから、彼女は、どんな屈辱を忍んででも、常に方家然のそばにいる算段をしなければならなかった。それで彼女は娘子軍への入隊を希望したわけだった。

ところが、ここには彼女の希望する娘子軍というものはなかった。彼女は今、普通の兵隊の着る、男の軍服を着せられている。そして、将校たちのいろいろの雑用を、命じられるがままにやっている。が、彼女のほかには、女の兵隊なぞいうものは、ここには一人もいない。そして、彼女が初めのころ感じた、当ての外れた感じといったものはだんだんうすれて、今では、かえってありがたく思うようになっていた。なぜなら、将校の従卒のような位置にいる以上、その将校の行くところへはどこへでも行かれるし、その将校は、また、ここにいる限りの兵隊と常に行動を共にしている。つまり、方家然と彼女とはいつも遠く離れないところにいられるわけだった。もしそれが娘子軍という一つの部隊を編制しているとすると、その部隊はいつどんな命令で、どんな任務につかないとも限らない。そうなると結局、方家然と離れ離れになることになるし、彼への復讐は、永遠に遂げられないことになるかも知れない。

が、いずれにしろ、こうした生活が彼女にとって非常に苦痛のものであることは争えなかった。方家然を監視し得る便宜はあったが、鮑仁元とも時たまではあるが、顔を合わせなければならないことは、彼女にとって全くたまらない苦痛だった。彼女は決して、鮑仁元を憎んでいるわけでも、嫌っているわけでもない。それどころか、世の何ものよりも愛している。よりよき半分《ハーフベター》という言葉こそ、鮑仁元に対する彼女の気持ちを誰かが代わって作ってくれたものではないかとさえ思うことがある。それほどの鮑仁元に対して、愛の言葉を囁くどころか、常に白眼視していなければならないということは、それは心臓をかきむしられるよりもつらい、苦しいことだった。

だから、彼女は忙しければ忙しいほど、ありがたいと思う。鮑仁元と顔を合わせることも少なくすむし、したがって、彼について思いわずらう暇もないわけだったから。が、暇のある時はたまらなかった。何かというと、心の隙間いっぱいに彼の顔が浮かび上がって来る。しかも、その時の彼の眼は、言葉以上の怨みを、憎みを、苦痛を、そうした一切の感情をこめて責め立てるのだ。昼間の労働で疲れて、ぐっすり眠っている時でも、

「秀蘭さん、本当のことを言って下さい……」という鮑仁元の言葉を、まざまざと耳にして、ハッとはね起きてしまうことがある。そんな時、彼女はもう絶対に朝まで眠れない。その身を一寸刻みに刻まれるような苦痛に噛ませながら、

「仁元さん、どうかそんな眼をしないで……。私が悪いんです。許して、許して……」と、ただ泣いて詫《わ》びるのだ。

彼女は夢にも現《うつつ》にも、ここへ来る日のあの山中での出来事を頭に思い浮かべる。そしてあの時の、嘘八百で固めた方家然の愁訴〔哀願〕や、憎々しい言葉や態度を思い浮かべると、煮えたぎる坩堝《るつぼ》に叩き込まれたように、頭の中が、かーっとしてしまう。

「嘘つき！　お前の言うことは、みんな嘘です！　お前は私の父を殺し、ありったけの財宝を盗んだ極悪人です……」

口の先まで出かかったその言葉を呑み込んで、黙っていなければならなかったあの時の自分の苦しさ……。それは自分以外、誰にも分かってもらえない苦しさである。ただそれをひとこと言うことによって、自分の胸は晴れるだろうし、鮑仁元はどんなに喜んだか知れない。だが、それは言えないのだ。これからも絶対に言えないのだ。それを言ったが最後、一切のものが空になってしまうのだ。

それに、彼女の苦しみはそのほかにもまだある。うちに残して来た母を想《おも》うことだ。母のことを想うと、彼女は全く気ちがいになりそうだ。頭を抱えて転げ回るのだ。

「母さん、許して、許して……」そう言って叫びつづけるよりほか、どうにも方図がつかないのだ。お父さんを亡くし、その悲しみの中につづいて私を失ったお母さん……それこそ、どんなに悲しんでおられることだろう。それだけではない、小女たちも、男たちも、もう一人残らず散りぢりに暇を取ってしまって、あの大きな家にお母さんひとり、ぽつんと、涙の海に浸っておられるかもしれない。

秀蘭は、手を石鹸の泡だらけにして、洗濯をしていた。生まれて初めての経験と言っていい水仕事ではあったが、彼女はそれを少しもつらいとは思わない。ここの屯所へ来て今日でちょうど一週間。両手はすでに皹《ひび》あかぎれで、見るも痛々しいくらい血を吹き出している。それでも彼女は、そんなことは少しもつらいとは思わない。他の悲しみが、あまりに大きすぎたからであろう。

石鹸の泡の消えたり出来たりするように、彼女の頭の中にはいろいろの思い出が、古いこと、新しいこと、それらがなんの脈絡もなく、蒼天に花火の華の散るがごとく、ぽかり、ぽかりと、展開した。

……彼女がやっと物心のついた、まだ小学校の初級に通っていた頃である。夕方近く、その学校から家へ帰る途中、いきなり物蔭から飛び出して来た怖いおじさんに、どこかへ連れ去られたことがある。ずっとあとになって父や母から聞かされて、匪賊の仕業《しわざ》ということは分かったが、そして、そういうことは、年中そこら中で行われていたようであるが、とにかく、そのとき彼女は怖くて怖くて、一日一晩中、何も食べず、飲まず、泣き明かしたことを覚えている。暗い狭い部屋には、見るも恐ろしい刃物やら、鉄砲やら、そういったものがずらりと壁に立てかけられてあったし、髭もじゃの怖いおじさんたちが、たえず出たり入ったりして、そのたび、じろりじろりと見て行くのである。

「そんなに泣いたって仕様がねえ。いまにお父ちゃんが迎えに来るからな。このおまんまでも食べていな」

そう言って、何か煙の出ている丼を持って来てくれた男があったが、それでも、その男が中で一番やさしい顔をしていたように覚えている。泣いて泣いて泣きじゃくりをしながら居眠りをしていた。そこへ父親が来てくれた時の嬉しかったこと……。父親に連れられ、隣りの部屋を通りかかった時、そこの卓子の上に積まれてあった山のような紙幣の束と銀貨とは、今でも彼女の頭に、はっきりと刻み込まれている。

彼女の追憶は、つい昨日の出来事の上に飛躍する……。自分の身に引き比べて、女たちの身の上が気にかかるのである。あの兵隊どもから、うまうまと甘い言葉で誘惑されていた女たち……。上海へ行くとか、香港へ行くとか……戦争がすんだら故郷へ帰って、土地を買って、百姓をすると言っていた男たち……。その土地を買うというお金は、みんな彼女の父のものだった。が、今の彼女には、そんなことをとがめる気持ちは、さらさらない。ただ、あの女たちが幸福であるように――と祈るばかりである。

が、秀蘭の頭に浮かんで来る女たちの運命は……。彼女は愁然と〔悲しげに〕、自分の心を恥じるように眼を閉じる。女たちが、あまり幸福でないからである。そこで秀蘭は自分の心に詰問するのである。どうして女たちの幸福を自分は想像することが出来ないのだろう？　自分は誰に対しても、自分自身に対してすら、女たちの幸福を願っていると言っている。が、それにもかかわらず、自分の心に浮かんで来る女たちの生活は、いつも悲惨だ。それはつまり、自分の心の奥の奥で、彼女たちの運命を呪《のろ》っている何者かがあるからではないだろうか？

「そんなことは絶対にない」――彼女は慌ててそう断言する。が、その断言は、はなはだ危《あや》うげである。そう言いきってみても、何か心が落ち着かないのだ。どの女もどの女も、男と連れ立って脱出する途中、至るところにたむろしている兵隊に捕まってしまうのである。そして、持てるだけ持っている紙幣も銀も、みんな奪われてしまった上、ある男はその場で殺され、ある男はまた兵隊になり、そして、女たちは申し合わせたように、大勢の兵隊の慰みものにされてしまう。そしてそういう場面にまで空想の翼が伸びて来るとき、秀蘭は思わず顔を赤くし、そこらを見回して、私はまァ、なんていうことを……と、呟く。

慣れない洗濯で、秀蘭は腰が痛くなって来たし、腕はしびれて来たし、石鹸の泡だらけの甕《かめ》の中から手を離すと、軽い伸びをしながら、とんとんと腰のあたりを叩いた。

「秀蘭さん、大変でしょう、慣れない水仕事で……」

どこから出て来たのか、カツカツ……と軽い靴の音がして、一人の士官が出て来た。その声から、秀蘭は顔を見ないでも、いつも自分に優しい言葉をかけてくれる徐祥慶《じょしょうけい》という若い中尉であることを知った。この町の駐屯軍司令の副官だということだった。

彼女は初め、この若い中尉を警戒した。

「貴女は女の兵隊になぞ、なる人ではありません。貴女は何か間違った考えにとらわれています。それでなければ、誰かに強要されてなったのです。僕にはよく分かります」

男の軍服を着せられて、彼女がぽかんと、悲しそうな顔をしているところへやって来て、そう声をかけたのが徐祥慶だった。彼女は嬉しいような気もしたが、同時に反発するものを感じた。こんな同情めいたことを言って来る奴に限って、何か自分に対して汚い野心を持っているんだ——という戒心〈用心〉だった。

彼女は極めて不愛想に、突き刺すような鋭い視線でその男を睨めながら、

「間違った考えかどうか知りませんが、私はただ、私の夫と別れたくないからです。私の夫は商人です。それが無理やり兵隊に取られて、ここへ連れて来られたから、私も兵隊になったんです」と、やり返した。

そう言いながら、彼女は胸の中がむかむかした。が、そのむかむかは、この若い中尉に対してではなく、方家然のような男を、目的のためからとはいえ、仮にも夫と呼ばなければならない自分が情けなく、腹立たしく、いまいましいからだった。若い中尉は、その時はそれきり何も言わなかった。ただ、「そうですか」と言って、おとなしく、あっけないくらいおとなしく、彼女の前から姿を消したのだった。が、そうした素直な、厭味のない中尉の態度は、かえって、彼女の頭に何か深い印象を植えつけたようだった。

「あの人は案外、いい人かも知れない」――そんな風な印象だった。そして、同時に、「あの人、怒ったのかも知れないわ」といったような、妙な不安に似た気持ちが彼女の心の隅に芽ばえたことも事実だった。それはまた、ただちに、

「あんないい人を怒らせるなんて、結局、自分の損じゃないかしら？　ああいう人の好意を得ておけば、何かというとき役に立つんではないかしら……」といった風な、功利的な考えに発展していった。

中尉は、それきりしばらく秀蘭のそばへ来なかったが、ある日、彼女がいつもの追憶病に罹《かか》って涙をぽろぽろこぼしているところへ、ひょっこり姿を現した。そして、

「どうかしましたか」と、いつかの通りの、妹でもいたわるような調子で言った。

彼女は全く兄のような気がした。しばらくアメリカに行って帰って来ない兄……その兄を思い出すと、彼女の口から思わず知らず、すらすらと、一つの嘘が出て来た。

「母に無断で家を飛び出したんですけど、アメリカに兄が一人行っておりますの。その兄のことを思い出したもんで……」

この嘘は、決して悪意のあるものではなかったし、兄のことに関する限り、嘘とは言えなかった。が、彼女の今の涙は、決してこの兄を思い出しての涙ではなく、あの方家然のような男との腐れ縁に縛られている、あまりにも不憫《ふびん》な自分の運命に泣いての涙であった。が、彼女の事情は、それを言うことを許されなかった。それを言ったが最後、この自分に対して多少の好意を持っているらしい中尉は、方家然の罪悪を憎んで、あるいは銃殺のような極刑に処するかも知れない。それは彼女にとって非常な、ありがた迷惑というものだった。

が、秀蘭の言った嘘の中には、一つの矛盾があった。初めには、陳坤林と名乗る方家然の妻で、商品を仕入れに夫と二人、田舎へ行く途中を拉致《らち》されてここの兵隊にさせられたのだと言い、今はまた、母に無断で家を飛び出したのだと言う。しかも、一人の兄がアメリカに留学しているという。天秤棒をかついで商品の仕入れにゆくような小商人の妻である女の兄が、アメリカに多額の金を費して留学するという。これは誰に聞かしても、うなずくことの出来ない大きな矛盾である。秀蘭の言うことは、何がなんだか、さっぱりわけが分からなくなる。その矛盾は、聡明らしい若い中尉の頭にすぐ、ぴんと来た。中尉は黙って、秀蘭の涙に汚れた顔を見ていたが、

「貴女の一身上には、何かわけがありそうですね」と言った。それから、

「しかし、貴女がそれを言いたくなければ、僕もそれを無理に聞こうとは思いません。だが、僕で出来ることだったら、なんでも便宜をはかりましょう。言って下さい」

そう言ってから、今度は独り言のような低い声で呟いた。

「貴女は何か事情のありそうな人だ」――

秀蘭は、黙ってうなだれていた。が、この人には、方家然のことを除いては何を打ちあけてもいいような気がして来た。単に打ちあけ話を聞いてもらうだけでなく、力になってもらえそうな気がして来たのだった。それで、

「私、アメリカの兄に電報を打ちたいんですけど……」

そう言って、懇願するような眼で、若い中尉を見上げた。

「電報？　今すぐといっても、こんな山ん中にいたんじゃどうにもならないが、いや、そのうち何か

便宜が得られるでしょう。司令部のあるところには電報局もあるんだし……。僕か、僕でなけりゃ誰か友だちが連絡に行くから、そのとき頼んであげましょう」

秀蘭は、そこで中尉の鉛筆を借りて、電文と、兄の滞留しているところの地名アドレスを書いた。

「チチシンダ　スグ　カエレ」

そして、その発信人の名は母にした。

「ほう、お父さんが死んだ……。なんで死なれたか知らないが、貴女はどうして、死んだお父さんをほったらかし、お母さんに無断で家を出られたんです?」

中尉の眼は、好奇心と言うよりか、むしろ詰問的だった。裁判官のような態度で、じっとうなだれている秀蘭の、うなじを見つめていた。彼は初め、無意識に、薄い生毛《うぶげ》の巻いた白いそのうなじを見つめていたが、そのうなじを見ているうちに、彼はなんということなく、一個の熟した桃を連想した。その連想は、彼の食欲を刺激した。いや、食欲に似た魅惑と言った方がいいかも知れない。じっと、ただ見ているだけではつまらない、それを手で触れて、ざくりと歯を当てずにいられない、性欲的な衝動だった。

が、その刹那、彼はハッと我に返った。桃の幻想が破れたのである。白いうなじは、わっと声を立てて泣き崩れたのである。

「ど、どうしたんです?」若い中尉は、にわかに我に返って言った。彼は、自分の今の詰問が秀蘭の心にどんな痛みを与えたかを知らない。それで、そう聞いたのであるが、彼女の答えは意外だった。

「お父さんは殺されたんです。兵隊に殺されたんです」

「なに……。兵隊に殺された？」訊き返した若い中尉の声も、うわずっていた。「その殺した奴は誰です？　下手人《げしゅにん》〔犯人〕は分かってるんですか？」

そこまで来ると、秀蘭の口はまた栄螺《さざえ》のように固かった。ただ嗚咽をつづけるだけで、なんと問われても、それ以上の説明をしようとしなかった。が、中尉の鋭い直覚力は、あの陳坤林と名乗る男に何やら曰《いわ》くがありそうなことを見抜いていた。で、秀蘭への質問はそのままにして、

「じゃ、ともかく、電報のことは引き受けました……。が、また何か相談事があったら、遠慮なく僕を呼んで下さい。副官の徐中尉と言って兵隊に呼ばしてくれれば、ここにいる限り、すぐ来ますから……」

徐中尉はそう言って、踵《きびす》を返しかけた。と、中尉の後ろ姿に追いすがり加減に二、三歩あとを追って、秀蘭は少しばかりきまり悪そうに一個の指輪を差し出しながら、

「私、お金がないんです。すみませんが、これ、お金に換えて電報料に使っていただきたいんですけど……」と言った。それは、たった今まで彼女の指を飾っていた紅玉《ルビー》の指輪だった。

「あ、電報料……」徐中尉の顔にちょっと、困ったような色が浮かんだ。彼は電報料に気づかないことはなかったのだが、ほかのことで頭がいっぱいで、全く忘れていたのである。といって、金で差し出されたのならともかく、今さら金を持たない女から金の代わりに指輪を取るというのは、自分の行為が初めから親切から出発していることだけに、心苦しいことだった。

が、彼の財布の中も、はなはだ怪しげなものである。第一、この電報料がどのくらい取られるものか知らなかったが、アメリカまでといえば相当高いものだろう。自分の財布を空にしても足りないと

いうのでは、はなはだ困る。

彼は全く困ってしまった。そんなものいりませんとも言いきれないし、自分から親切を買って出て、指輪を受け取るのも面子《メンツ》にかかわるような気がするし、この難関をどう切り抜けたものか……。が、思案にあまっている彼の鼻先へ、このとき再び秀蘭の肉体の一部分のような気のする指輪が突き出された。彼女の手の中で、紅玉は、彼女の切り立ての指から出た血のように、無惨な感じを与えた。

が、彼はそれを受け取るほかなかった。

「じゃ、とにかくお預りしときます」そう言って、無造作《むぞうさ》にポケットの中にしまい込んだ。

秀蘭は、これまで母に対して、その庇護と愛撫を受けるだけで、何ひとつ、意識的に親孝行と言ったようなことをしたことはない。しかもその母に対して、彼女の最後に投げつけたものは、「無断失踪」だった。彼女はさすがに心が重かった。それでいつも、夜、自分たちの寝る時間が来ると、その寝る前に、お母さんすみません……と、母のいる町の方向に手を合わせた。

が、徐中尉に頼んで、アメリカにいる兄に電報を打ってもらうことにしてからというもの、秀蘭の心はいくらか静まった。これで、兄が戻って来さえすれば、母の生活もやっとよくなるだろう。彼女はそういう段取りにまで運んだだけの行為で、これまで母から受けている債務の何分の一かを返し得たようで、なんとなく気持ちが明るくなった。それで、徐中尉からの知らせを、毎日毎日それとなく待っているのだった。

「やっと電報打ちましたよ。今ごろたぶん、貴女の兄さん、あの電報を読んでることでしょう」――

徐中尉の口から聞かれるだろうその言葉を、彼女は暇さえあれば自分の口で言って、自分の耳に聞かせていた。それほど、徐中尉の来てくれることを彼女は待っているのだった。

が、徐中尉はなかなか来てくれなかった。二日待ち、三日待ち、五日待った。それからまた三日ばかり待った。それはわずか十日たらずの日数であったが、彼女には、それは半年にも一年にも匹敵するような長い日数だった。その十日ばかり経った日の昼ごろ、待ちこがれていた徐中尉は、やっと彼女のところへやって来て、

「どうも、いろんな用事が後から後からと重なるもんで……」と、いかにも忙しかったように、息をはずませながら言った。

秀蘭は、つつしみ深く、次の彼の言葉を待った。が、徐中尉はなかなか、彼女のしびれをきらしている電報のことについては言ってくれなかった。何を言うかと思うと、

「秀蘭さん、貴女の御主人の陳坤林はなかなか前途有望、評判がいいですよ。新兵教育の係をしている同僚がしきりにほめるんで、僕も四、五日、暇を見ては新兵の練兵ぶりを拝観と出かけたんですが、どうして、御主人はなかなか確かなもんだ。鉄砲の扱い方、射撃、手榴弾の投げ方……ことに、青龍刀の扱い方にかけては、その手さばきの鋭いこと、鮮やかなこと。なかなかどうして、たいしたもんです。僕の睨んだところでは、玄人《くろうと》も玄人、素晴らしい手練家です、よほどの経験家です。どうです、秀蘭さん、違いますか」

秀蘭は返事が出来なかった。だんだんに顔を下げていって、しまいには彼の靴の先を見つめているばかり。顔を上げることも出来なかった。言葉はただ普通の、方家然の、ごく表面的な観察の報告みたいなものである。別に何も気にするには当たらないことばかりである。が、秀蘭には、その言葉以

外、言葉を構成する音の調子の中に、あの陳坤林と名乗る男の正体を、すっぱ抜いてやるぞ——といった、一種の底意地悪い気迫を感じたのだった。

秀蘭があまり黙っているので、若い中尉は重ねて、しかももっと端的に、

「御主人は、もと兵隊をやったことはありませんか。え、あるでしょう。それもただの兵隊じゃありませんね、下士官……」

彼女は、さっと、血の気の頬から引くのを感じた。しかも、変わった自分の顔色を見られたくないところから、じっと下を見つめたまま、

「さァ……」と言った。それには、自分は何も存じませんが——という意味が含まれていた。それは、出来るだけ曖昧にしておく必要があるからだった。

が、いずれにしろ、この会話は彼女には耐えられない苦しさだった。こんなことなら早く別れた方がいいと思った。と、ありがたいことに、徐中尉はやっと話頭を転じてくれた。

「あ、そうそう……」と言った。彼女はほっと救われたような気持ちで、やっと少しばかり顔を上げた。「あの電報ですね、四、五日前、司令部に用があって行ったんで、ついでに打って来ましたよ。それからですね……」

感謝をこめて見上げた彼女の眼は、その時またチラリと不安の影を浮かべた。が、徐中尉はそんなことには頓着なく、

「これは僕が行って調べたわけではない、兵隊にやらしたことだから、詳しいことは分からないんだけど、貴女のお母さんは今のところお変わりはないようです。大きな家に小女とたった二人、穴熊の

ような生活をしているということです。そういう報告でした。それから、貴女のお父さんを射殺した下手人の名も分かりました。方家然とか言う、山西軍の軍曹だそうです……」

秀蘭は、ぼうっと眼の前が暗くなって、今まで眼にしていた一切の物象、一切の音響といったものが自分から離れ、遠くかすかに消えてゆくのを感じた。しかもその自分は、どこか知らぬが、深い深い水の底にでも引き込まれてゆくような、暗い、頼りなさの中に、だんだんと意識をなくしていくのだった。

「どうしたというんだろう?」徐中尉は慌てた。見当がつかないのだ。血の気を失って、死人のように意識を失っている秀蘭を眼の前にして、ただうろうろしていた。

が、彼は間もなく、あまりにも慌てた自分が愚《おろ》かしくなって来た。これはただ、ちょっとした脳貧血を起こしたにすぎんということに気がついたからである。

彼は、軽々と秀蘭を抱き上げて、彼女のベッドに枕を低く寝かしてやった。それから自分の居室にとって返し、老酒の瓶を取って来ると、ほんの少し、彼女の口に注ぎ込んでやった。そしてしばらくそのそばに立って、様子を見ていた。

静かな静かな真昼……が、ふと気がつくと、ここはやはり戦場だった。砲弾こそまだ飛んで来ないが、遠くかすかに、砲弾の発射される音、それの炸裂する音が、さかんに山谷に木魂《こだま》しているのだった。

外国新聞記者

冒険ごのみの外国新聞記者が、戦線視察に来るという噂が立った。その噂が決して単なる噂でないことを立証する、いろいろの指令が、次々と司令部から伝達されて来た。

——塹壕の中は、なるべく清潔に。いかがわしい民家からの掠奪品を留め置かぬように。

——軍律風紀は厳格に守ること。

——兵卒への給養は十分に気をつけること。

そういった数々の指令の中に、医療設備には特に注意し、完全をはかること。娘子軍を適宜徴募し、傷病兵の看護に当たらしむべし——。そういう一項があった。そして、それが将校たちの間に最も喝采《かっさい》を博した。

が、さりとて、彼らはともかく一方の部隊を指揮する将校である。そんな喜びを表面に表すような浅はかなことはしない。ただ、何事につけても不精《ぶしょう》で、億劫《おっくう》がりで、暇さえあれば、煙草と、酒と、麻雀と、女の話に憂《う》き身をやつしている彼らではあったが、彼らが急に活潑な行動を起こしたことによって見て、彼らがその指令にまんざらでないことが分かるのだった。

彼らは出かけた。戦線の清掃、整備に出かけたものもあったらしいし、兵に対する給養品の潤沢をはかるため、徴発に出かけたものもあったようである。が、何よりも先を争って出かけたものは、姑娘の徴発隊だった。

大きな声で怒鳴っている。

「第二小隊集まれーッ」

「番号！」

それにつづいて、たくさんの靴の音がザクザク……と、どこかへ出て行った。

狭いながらも、徐中尉は副官としての部屋を与えられていた。彼はその部屋で椅子にもたれたまま、思うともなく、秀蘭のことを思っていた。そのために、彼は外の騒ぎを何も知らなかった。天幕張りの病院をこしらえる騒ぎも、戦線の掃除に出かけたもののあることも、姑娘を捕らえに出かけた部隊のあることも、何も知らなかった。そんなことより、彼は秀蘭について何もかもを知りたかったのだ。が、考えて見ると、彼には秀蘭のことがまだ何ひとつ分かっていない。たいがいの女というものは、初めのうちはみんな、底の知れない深さを持っているように思われるものだが、二言三言話しているうちに、すぐに底をさらけ出してしまうものだ。ところが、秀蘭ばかりは違う。話せば話すほど分からなくなるのだ。そして、その分からないところに、彼は妙な魅力を感じるのだ。

しかし、彼は思うのである。あの女は何かしら、いろんな秘密を持っている。その秘密ゆえに底が分からないような感じを与えるのではないか——。彼はその秘密を探ることによって、彼女の謎が解けるような気がした。だが、彼の探りの針がそろそろその秘密の急所に近づくと、彼女はわけもなく、わっと泣き出してしまう。それで何もかもぶち壊しだ。が、その間に彼の知り得た一つの事がある。それは、彼女の持つ秘密の鍵は、彼女の夫だという陳坤林が握っているらしいことだった。

そこで彼は、自分の信頼出来る兵隊を三人ほど便衣《べんい》〔民間人の服〕に変えさせ、間諜《かんちょう》〔スパイ〕として彼女の実家を探らせた。そして彼らが探り出して来たところのものは、太原戦に敗退して来た山西軍の一部があの家によった日、方家然という男が、仲間の兵隊五、六人とあの家へ押し入り、掠奪暴行の限りを尽くした上、その家の主人を射殺してしまったという事実だった。が、そのくらいのことなら、どこの軍隊もやりかねないことである。

ところがそこに、不思議なことが起こった。十日あまりもそこにとぐろを巻いていた兵隊どもがようやく退散した日、それと前後して大勢いた女たちが、一人残らずどこかへ失踪してしまったというのだ。娘の秀蘭までが、どこかへ行ってしまったというのだ。が、秀蘭のことはいい。現に、ここにちゃんと厳存しているのだから。ただ、どうしても分からせなければならないことが三つある。周家に使われていた五、六人の女たちの行方《ゆくえ》と、方家然はその後どこで何をしているかということ。それから、秀蘭が夫と称する陳坤林の正体暴露……。

徐中尉は、毎日練兵場の一隅に立って、一ヶ月で一人前の兵隊に仕上げようというので猛訓練を受けている、三百人ばかりの新兵たちの上に鋭い観察の眼を向けていた。

ここで大きく対抗している勢力というものは、言うまでもなく日本軍と支那軍であるが、その支那軍はいくつもの勢力の集合体であって、それが困ったことに個々に反目し合っていて、何かというと血で血を洗う仲間喧嘩を始めることだった。その争いの原因にはいろいろ種類があるが、まず最も多いのは、縄張り争いだった。

ある一つの部隊が占拠している地方へ他の部隊がやって来ると、そこには必ず両者の間に争いが起こる。ことに最近のように、軍隊に対する給与が中央から全然得られず、現地において総て賄《まかな》わなければならないということになって来ると、その争いは一層深刻になるわけだった。

例えば、ここに現に徐中尉を含む一ヶ団の部隊が駐屯している。そして、この地方としてはどうにかこうにかこれだけの軍隊を賄い得る力があるとする、そういう余力のない地方へ、いろいろの事情から他の部隊が入って来るということになると、それはつまり双方が立ちゆかないことになる。ことに、前からいるものは、自分たちの既得権利を侵害されるという風な観念から、猛然と後来者に対して攻撃してかかる。そして、負けた方はすごすごとここを立ちのいて、また流浪の旅を始める。自分たちの安住の地の見つかるまでその旅をつづける。が、その旅には限度がある。自分たちの主力のある地点から絶対に遠く離れられないことだ。

もっとも、たまにはその主力を離れ、極めて小さな部隊のまま独立行動を起こすものがある。が、それは軍隊と呼ぶことの出来ない、いわゆる匪団ではあるが――

だから、各部隊は、日本軍に対抗するということのほかに、友軍に対しても常に備えなければならない。そういう関係から、各部隊では盛んに兵員を狩り集める。武器、弾薬、被服、糧食……そういったものの間に合い得る程度に兵力の増員に努力する。

この兵力の増員ということは、いま述べたように実際の必要から行うことであるから、量ばかりでなく、質においても徹底的に訓練を行う。個々のものを強くしなければ、部隊としても強くあり得ないからだ。

訓練を受ける新兵たちは、夕方にはもうへとへとになってぶっ倒れるものさえ出て来る始末だ。

「前へーっ」の号令で、一群の新兵は散兵の形のまま、わーっと走り出す。彼らの走ってゆく前方には、壕がある。その壕を跳び越さなければならない。一跳びに跳び越せないものは、いったん壕の中へ入って、さらにそれをよじ登って走って行く。と、今度は、自分の背丈よりもまだ一メートルも高い土嚢の壁にぶつかる。彼らはまたそれを跳び越さなければならない。いずれも敵陣に突撃して、塹壕を飛び越し、土嚢を突破するための訓練だ。彼らはそのほかに、高いところに架せられた丸太の上をも走らなければならない。焼き落とされた橋梁を渡る訓練だ。それから今度は、鉄条網の前まで迫って手榴弾を投げる稽古《けいこ》をする。鉄条網を越して、その先に掘られてある壕の中へうまく投げ込み得るまで、何十回でも繰り返させる。へとへとになってぶっ倒れる者があると、それは列外につまみ出される。が、それは決して休養を与えられるのではない。シャベルを持たされて戦車壕の掘削工事にやられるのだ。塹壕も鉄条網もほとんどここでは完成している。それで、それからさらに、その前方九十メートルほどのところへ、大々的に戦車壕を掘ることになった。その工事に使われるのである。

徐中尉は、彼ら新兵のそうした激しい訓練を、毎日、飽かず見ていた。もっとも、その新兵教育は彼の直接の担任ではないので、決してかれこれと口出しはしない。その教え方がどんなにへマであろうと、また、兵隊がどんなにぼやぼやしていようと、ただ、黙って見ている。そして初めのうちは、ただ漠然とすべてのものを見ていたが、やがて、彼の眼は、一人の特定人物以外、何も見なくなった。その特定人物というのは、秀蘭の夫の陳坤林だった。

ある日、その激しい訓練の終わった後の夕方だったが、新兵教育主任の温炳臣《おんへいしん》中尉が、新兵たちと同じにへとへとに疲れた顔つきであったが、

「毎日御熱心ですね」と言いながら、徐中尉のそばへ寄って来て、その肩を叩いたのである。

「いや、熱心なのは君の方だ。僕のはただ、漫然と退屈しのぎに見に来てるんだ……。が、それはとにかく、ひとり凄い奴がいるじゃないか」

「うむ、陳坤林だろう」温中尉も、即座に彼の言う意味が分かって言った。「あいつ、商人だなんてしらばくれているが、どうも見たところ、ただの鼠《ねずみ》じゃないな。相当、兵隊の飯を食ってる奴と睨んでるんだが、君はどう思う?」

「君も、やっぱり……」徐中尉が言った。

「しかし、どんな前科があろうと、ああいう奴の一人でも多い方が結構というもんさ。兵隊なんかに、そんなに氏素性《うじすじょう》の正しい奴がいようとは、我々は初めっから思ってやしないんだからな」温中尉は、そう言いながら、彼がさっきから気にしている、にやにやとした薄ら笑いを、この時もまた、鼻先の薄あばたの上に浮かべていた。

彼はどだい、この温中尉という人間をあまり好かなかった。いつも、何を言うにもにやにやしている。それが第一、気に入らなかったし、そのにやにやとした薄笑いは、ただ漫然としたその人間の習慣ではなく、常に相手の腹の中を見抜いて冷笑している、そうした意地悪さの一つの表現だからだった。それから、彼には最近、温中尉に対して、ことに気持ちを悪くしている一つの出来事があった。

「僕はあの秀蘭という女が好きで好きでたまらないんだ。暇がないし、機会がないんでまだ直接、

拝眉《はいび》の〔お目にかかる〕光栄に浴さないんだが。ここで、仮に、彼女に対して僕がある行動を起こしたとする。その時、もし、君から故障が出ると困るんで、一応の挨拶《あいさつ》を述べる次第なんだが、どうだね、差しつかえはありませんかね」

例の、にやにやした笑いを浮かべながら、そういうことを彼に対して言ったものだった。

無論、彼は言ってやった。

「どうぞ御随意に……」――と。

が、それ以来、彼は秀蘭に対しては、今までとは違った関心を持つようになった。つまり、彼の裏に潜んでいて、彼の気づかなかった彼女に対する恋ごころ……そう言ったものを、温中尉の今の言葉によってはっきりと認識させられた。その結果が、猛然と、よし、温中尉と競争してやれ――ということになったのだった。が、温中尉は、秀蘭に陳坤林という夫があることを知らないからこそ、そういう考えを起こしたものだろうが、その点、彼は非常に不利の立場に置かれている。彼女に夫があるということは、つまりそれを知っていることは、彼の行動を非常に掣肘《せいちゅう》〔制限〕するからである。そういうことを知らなければ、平気でずばずばと恋をしかけることも出来るし、愛を囁くことも出来る。何もかも大胆に振る舞える。そして、その結果は案外の成功を納めるかも分からない。が、それを知っているとなると、その大胆に振る舞うということが絶対に出来ない。言いたいことも言えないで、結局、軽蔑を買うのがオチになるくらいのものだ。

が、またそうでない場合も考えられる。何も知らない温中尉が遮二無二、彼女の愛を得ようとして彼女に押し迫ってゆく、その時、

「私には夫があります。もう何もおっしゃらないで下さい」という一言を温中尉の面上に叩きつけたとしたらどうだろう。ぎゃふんと度肝を抜かれて、すごすごと引きさがることになりはしないだろうか。が、それはいずれにしろ彼女の心の置きよう一つだ。それから、彼女の夫に対する愛情の軽重いかんだ。夫に対して少しの愛情も持っていないのだったら、これはどういうことになるか、全然予断を許されないだろう。

ところが、徐祥慶の見るところでは、彼女は夫に対してあまり関心を持っていないようである。それどころか、むしろ憎悪の念をすら、いだいているようである。それは、二人きりで話している時、話がたまたま彼女の母や、兄や、父に関することになると、彼女の感情は極端にまで高揚し、それが嬉しければ嬉しいように、また悲しければ悲しいように、それが極めて遠慮がちにではあるが、純真に、心の奥まで覗《のぞ》かせて、笑ったり泣いたりするのであるが、ひとたびそれが夫のことになると、彼女は固く心の扉を閉ざしてしまって、夫と別れ別れの生活をしていることを悲しみもしなければ、淋しがりもしない。口で言わないばかりでなく、何事をも偽ることの出来ないその眼すら、いささかの愛着をも示してはいない。憎悪に近い感情を表すことはあっても、まず大抵の場合、無関心である。

そこで徐祥慶は、こういう考え方をしてみる。……あの二人の夫婦関係というものは無論、親の許したそれではない。そのことは、兵隊をして彼女の実家の方を調べさせた結果、よく分かっている。つまり、あの二人は、初めはお互いに相愛し合っていた、そして、手に手をとって無断家出をした。が、何かの理由で今はその熱が冷めてしまい、お互いに……いや、少なくとも秀蘭の方だけは、もうどうでもいいような心の状態になっているのではないか……。

徐祥慶は、秀蘭に会うために部屋を出た。彼のポケットには、秀蘭から預かっている紅玉の指輪がまだころころしている。電報料は彼のポケットマネーでどうやら間に合ったし、いつか返してやろうと思いながら、まだ返さずにいるのだ。しかし、彼は絶対に、それを自分のものにしてしまおうなぞとは思っていない。いつも返そうと思っているのであるが、さて彼女に会って、返そうとすると、急に、彼女との交渉がそのままそれで断たれてしまうような、妙にうら淋しい残り惜しさを感じて、返しそびれているものだった。今もこうして、彼女に返すつもりで出かけるのではあるが、さて彼女に会ったのち、果たして返し得るかどうか、彼自身にもそれは疑問だった。

が、秀蘭はいなかった。どこを探してもいなかった。秀蘭はいなかったが、彼は一歩自分の部屋を出たとたんに、外の空気がどことなく、今までと変わっているのを感じた。なんとなく騒々しく、なんとなく忙しそうなのだ。みんな何か用があるのか、あっちへ駆けて行ったり、こっちへ走って来たり、ただ、むやみに忙しそうなのだ。

「またこの陣地を撤退するのかな」――

瞬間、彼の頭に浮かんだことだった。が、砲弾一発交えないで撤退するのもおかしいし、第一、この陣地を撤退するからには、その前に、これより前線にいる味方の友軍がどっと、なだれを打って来るはずだった。結局、彼には何も分からないのだった。

「徐中尉殿……副官殿……」

後ろから彼を追っかけて来るものがある。彼はハッと我に返って、後ろを振り返った。一人の兵が息をきらして追って来る。

「大隊長殿が巡察に出られるそうです。すぐに副官殿を連れて来いということです」

徐中尉は、その兵と連れだって大隊長のところへ行った。彼のほかにも、大隊中の将校がほとんど一人残らず集まっていた。無論、その中には、新兵教育主任の温炳臣中尉もいた。温中尉は彼の顔を見ると、にやりと例の気に食わない薄ら笑いを浮かべながら、

「どうです？　秀蘭は落城しましたか？」と小声で囁いた。

「落城にもなんにも、僕はまだ秀蘭を攻撃しないよ。攻撃しないのに落城するわけがないじゃないか」

そうは言ったものの、彼は、そんな質問をして来た温中尉に、ちらっと、ある不安と、疑惑を感じた。

「あいつ、あんなしらばくれた顔をしていて、それこそあの秀蘭を落城させたんじゃないだろうか」

——彼の顔を見るより早く、秀蘭のことを話しかけて来たことと、いくら探しても見当たらなかった彼女のことを結び合わせて、何か、そうした面白くない感じをいだかされたのだった。しかもさらに気になることは、これまでのすべての女に対する彼の辣腕《らつわん》ぶりと、ふっふふふ……という例の鼻先の笑いだった。温中尉は、そのいやな笑い方をしながら、

「攻撃しないもないだろう……。とにかく、評判だよ。今度は徐中尉もきっと、秀蘭をものにするだろう——って」

その言葉の裏には、徐中尉がいつも、女のことで仲間から出し抜かれ、指をくわえて引っ込む、はなはだ気の毒なカリカチュア〔風刺画〕が描かれていた。それは、他の仲間と比較して、彼が割合、女に対して道徳的であるのと、責任を感ずることの強さを物語るものではあったが、しかし、その底に何か嘲笑的な悪意が感じられて、やりきれない気持ちだった。といって、顔から湯気《ゆげ》を立てて反駁《はんばく》

するのも大人《おとな》げないし、黙っていてはなおさら自分がみじめだし、胸の中をもしゃくしゃしながら口をとがらしていると、温中尉はぷいと彼のそばを離れて、大隊長のそばへ飛んで行った。大隊長に呼ばれたのである。

「温中尉……陳坤林という兵はどれか？」

大隊長が訊いている。いつの間にか、一同は練兵場へ来ていたのである。新兵たちは、一人の下士官を指導者として、盛んに飛んだり跳ねたりしている。そして、誰の眼にも異常な練達ぶりを見せている陳坤林は、噂では、大隊長の特別のおメガネで、一ヶ月の教育期間終了と同時に、一足飛びに下士に任官されるとか、そんなことを彼は聞いていた。

が、陳坤林は別に大隊長の前に呼び出されるわけではなかった。温中尉の指さす陳を、大隊長は遠くから眺めやって、ふむ、ふむ……と言いながら、その一挙一動に特別の注意を払うだけだった。無論、他の将校連中の眼も一斉に陳の上に注がれていた。陳は、兎のように障害物を跳び越え、馬のように走り、また犬のように鉄条網をくぐり、そして手榴弾を投げていた。それは、誰の眼にも全く見事な、抜群の技量だった。

「全くあいつは素晴らしい」

皆は唸るように言って、なおも飽かず、陳の動作を眺めている。が、徐中尉の眼には、彼のそうした技術なぞ、てんで映りはしなかった。陳の上に視線を注いでいることは他の者と変わりはなかったが、中尉はただ漠然と、彼と秀蘭とを結びつけている、眼に見えない一本の綱に、身を削る思いの思索をつづけているのだった。

「あの陳坤林と称する男と、秀蘭の父親を射殺した方家然とが同一人だったら……」――

徐中尉は、暗中模索の中に探し当てた自分のこの想像に対して、愕然とした。

「そんな馬鹿なことがあるものか。絶対にあり得ようはずがないではないか」――彼は慌てて打ち消した。第一、その想像は、秀蘭に対してこの上もない侮辱だ。冒涜だ。父を殺した男を、あの聡明な秀蘭が夫と呼ぶなんて、それからして理屈に合わないではないか――

が、そう言って打ち消せば打ち消すほど、彼のその想像ははっきりと、理屈でなく事実として彼の頭の中に映し出されて来るのをどうしよう。秀蘭は陳坤林を夫と言っているが、彼女の母は、秀蘭はまだ結婚していないと断言している。南方の女学堂から最近帰って来たばかりではあり、それからあとも、家の奥深くにいて一歩も自分一人では外へ出たことがない。自由恋愛をする暇もなかった――と証言している。その上、陳坤林なんて男、見たことも聞いたこともないと言う。だが、方家然なら彼女の家に半月近くもいたのだ。そして、その間に、方家然が彼女に対してどんなことをしたか……それを想像すると、彼は眼がくらみそうだ、錐で揉まれるように胸が痛くなって来る。それからもう一つ……方家然は多年軍隊生活をした軍曹である。軍事教練には最も熟達しているはずである。そういう点を合わせていってみると、陳坤林と方家然とは、ぴったり一致する……。

「そうだ！」

徐中尉は、素晴らしいインスピレーションを得て、思わず横手を打って〔手を叩いて〕叫んだ。

「そうだ、あいつを今度連れて周家へ行って見よう。そして秀蘭の母親と対質《たいしつ》〔対面して尋問〕させよう。そうすれば、何もかもがはっきりするんだ」――

徐中尉の胸の中は、近ごろになく明るく、晴れ晴れとした。彼らの一行は、新兵教育の現場を切り上げると、またぞろぞろとつながってどこかへ歩き出した。そして、立ち止まった。大勢の兵隊が、この寒さにもめげず、額から汗を流して、大きな壕を掘っている。そして、戦車壕だ。が、彼の眼は、ただ、うわの空で見ている。なんて馬鹿々々しいでかい壕を掘ってるんだ……とより意識しない。次に彼らは、やがて第一線として血と砲弾の洗礼を受けるはずの散兵壕へやって来た。敵もいないのに、大勢の兵隊はちゃんと銃を構え、銃眼から外を睨んでいる。一行は、ぞろぞろと壕の中を押し進んだ。と、誰だろう、先頭の将校が、大きな声で、そばの兵隊を怒鳴りつけている。

「おい、貴様だろう、ここへ痰《たん》を吐いたのは！　壕の中で痰を吐いてはならんということを貴様、聞かなかったのか！　馬鹿！　すぐに掃除しておけ！」

痰を吐いてはならんなんて、めずらしい小言だ。痰どころか、いったん戦争となれば、糞も小便も垂れ流しにするのが塹壕の不文律ではないか。糞や小便どころか、夏の暑いとき、戦死して三日も経った奴からぞろぞろ蛆《うじ》が這い出して来ても、まだ、ほったらかしておいたこともある塹壕ではないか――

が、それを嗤《わら》った徐中尉こそ、実は大の迂闊者だったのだ。その翌々日、中央からの案内将校に案内されてやって来た外国の新聞記者を見た時、彼はやっとすべてが呑み込めたのである。将校も、兵卒も、総動員で、弾薬庫から弾薬箱をかつぎ出す。そして、塹壕の至るところにそれを積み重ねる。それもいい。その積み重ねた箱の下の方は、ほとんど例外なく空の弾薬箱だった。外国の記者連中に、弾薬の豊富なところを見せようというのである。それから、彼らの通過する場所では、時でもないのに食事をさせた。しかもその食事が、最近しばらくお目にかからなかった米の飯である。お菜《さい》〔おかず〕

には、最近では将校だってなかなか口に入らなかったであろうような、豆の煮たのと、豚肉の焼いたのがついている。

通弁〔通訳〕を介してではあるが、大隊長が主として、記者連中の質問にも答えるし、説明の役を勤めている。中央からの案内役か、監視役か、そこの区別ははっきりしないが、その将校の口添えもあって、大隊長の外交ぶりは、まさに満点である。

「なに？　軍費の現地支弁〔支払い〕ですって……？　ははは……そりゃあ、どこかよその国の話じゃないですか」

そう言って煙《けむ》に巻いてしまうのである。

「弾薬も、糧食も、ちょっともったいない話であるが、我々の隊員だけでは消費しきれないくらい、潤沢です。そのためか、兵隊の中には、どうも弾薬を粗末に使う傾向が見えて、感心しない場合もあるが……」

それこそ図に乗りすぎて、言葉を使いすぎた傾向がある。一人の記者から、すぐ突っ込まれた。

「弾薬を浪費すると言って、どういう風に浪費するのですか」

兵隊が弾薬を浪費するなんて、誰も聞いたものはない。変なことを言い出してぼろを出さなければいいが……と、思わず皆が顔を見合わせていると、大隊長はぬけぬけと、

「つまり、みんな、弾薬と一緒に暇がありすぎるんですな。退屈しのぎに、山へ行って鹿や兎を撃って来る……。我々は実際、愉快にやってますよ」と、それこそ顎《あご》を空に突き上げて、煙草の煙をぷうっと輪に吹いている。

そのことでは、後になって皆が、なかば感心して笑い合ったものである。

「俺んとこの大隊長は、そもそも軍人になったってことが失敗のもとだったな。あれは外交官になるべき人間だよ。外交官になってみろ、今頃はもう外交部次長ぐらいにはなってる人間だ……。どうだい、鹿を撃ちに行くと言ったろう、我々は町の中を走ってる豚は撃って来るが、鹿なんてものは足あとひとつ見たことはないじゃないか」――

実際、豚はよく撃って来た。今ではもうよほど遠くの村へでも行かなければ、豚など見ることも出来ない。それも、泣いて哀願する飼い主のおやじを銃口を向けておどしつけ、撃って来るのだ。無論、一銭だって金なぞ払いはしない。麦を買ったって、粟を買ったって、金は払わない。軍費の現地支弁ということは、つまり必要品を金を出して買うことではない。買うための金を中央政府が送れるくらいなら、軍費の現地支弁なんてことはあり得なくなる勘定だ。

が、それはとにかく、外国の新聞記者なんてものは、なんというお人よしが揃ってることだろう。彼らには、何ひとつ、事実の裏に横たわる真実というものが掴み得ないのだ。それは、彼らが町はずれの天幕小屋へ引っ張っていかれた時、彼らはお世辞なしに、彼らの一つ覚えの「好々《ハオハオ》」を連呼したものである。

「ここが野戦病院です」やはり、大隊長の説明である。「我々がここに駐屯すると同時に設営したものですが、今までに一人の傷病兵をも収容したことがありません。それが何ゆえであるか、皆さんお分かりになりますか」

そう言って、大隊長はじろりと、記者連中の顔を見回した。が、ここへ来たばかりの外国記者連中よりも、仲間うちの将校連中の方が顔を見合わせてしまった。

「ここへこんな野戦病院がいつ建ったんだろう?」大部分の将校連中が、そういった疑問の眼の色をしている。知らないのが当たり前である。これは、一昨日から昨日へかけて完成した、ほんとのにわかづくりの病院ではないか。が、それにしては、全くよく出来ている。藁もたっぷり厚く敷いてあるし、その上に敷かれた毛布も、そんなに汚れ目のない、新しいものであるし、それよりも感心したのは、三十人に近い看護婦が整然と、一同を天幕外に出迎えたことである。

最近、部屋にばかり引っ込んでいた徐中尉のごとき、全くびっくりしてしまった。まるで狐につままれた感じだった。まじまじと、そこに並んでいる紅十字〔赤十字〕の腕章を巻いた婦人群の顔を見回した。が、彼の眼は、たちまち一人の顔の上に止まって動かなくなった。そこに、秀蘭を発見したのだった。

「ふーむ、こんなとこにいたのか」彼は、やっと口の中で呟いた。

得意満面の隊長の声が、このとき再び、一同の注意を集めて言った。

「ここに一人の負傷兵も収容されてないということは、それは我々がここへ来て一度も敵と銃火を交えないことのしるしであります。一名の病兵もいないということは、何に原因するのでしょう!我々の軍隊が申し分なく完備した衛生施設のもとに生活しているということ……それ以外に説明の仕様がありません。このことは、あるいは諸君の方が熟知されてるか知りません。が、昔から、どこの国の戦争に例をとっても、戦病死者は、戦傷死者の何倍かに当たると言われています……。諸君、このことはようく牢記《ろうき》〔銘記〕しておいて下さい。我が軍には、その戦病兵が一人もいないのであります」

かくして、彼ら新聞記者に見せるだけのものは見せてしまった。あとはただ、彼らに休息を与えることと、食事の饗応とだけが、残された唯ひとつのものとなった。が、町にはいま、彼らに御馳走を食べさせるような料理店は一軒もない。みんなどこかへ逃げ出してしまったのだ。彼らは、練兵場を右に見ながら、老酒と、米飯と、豚肉と……そうした兵隊料理の待っている兵舎の方へと案内されて行った。ぴょこん、ぴょこん……兎のように跳ねている新兵たちの教練を見ながら……。

偶然の督戦

ある朝、いつもの何層倍か激しい銃砲声の音で、一同は眼を覚ました。同時に、おびただしい飛行機の唸り声が、頭上近く襲って来るのを聞いた。そして、眼に見た。

「空襲だ！」

「空襲！　……空襲！」

大叫喚《きようかん》、大擾乱《じようらん》が陣中に起こった。小銃、高射機銃が猛然と、空に向かって唸り出した。

が、敵の飛行機は、我関せず焉《えん》の態度で悠々と、頭の上を輪を描いて飛んでいる。ある時は低く、ある時は高く、まるで、獲物を狙う飢えた鷹のそれである。塹壕陣地からは、ここを先途《せんど》と銃弾が送られている。届きもしない迫撃砲までが空に向かって吠え出した。

戦線の真正面に迫って来た先頭機が、その時突如ダイブ……墜落？　と見ていると、そうではなかった。二百メートルの低空で立ち直ると、いきなり、機首から火を吹き出した。機銃弾が雨あられと頭上から降りかかって来た。叫喚、呻吟《しんぎん》……銃を持ったままのけぞる者、突っぷしてしまうもの……。その血と砲火の荒れ狂う大嵐の中で、突然、誰も彼もが一斉に耳を奪われてしまった。ぐわんっという爆音を聞いたと思った瞬間、その耳は何も聞こえなくなってしまったのだ。ただ、眼だけは、意識を失ってしまったもののほかは、何百メートルとも知らない天に向かって奔騰する黒煙と火の柱を見た。その火と煙の中に、埃《ほこり》のように飛散する人間の手らしいもの、小銃らしいもの、迫撃砲らしいものを見た。壕壁には、くちゃくちゃになった肉塊があちこちに叩きつけられ、こびりついている。血の川が流れている。その血の川にのめり込んでいる一人の兵士は、顔が半分、削ぎ取られてなくなっている。

その地獄図のような塹壕の中を、一人の下士官が声を限りにわめきながら走り回っている。

「撃て、撃て！　低いぞ、三百メートルだ、何をみんな、ぼやぼやしてるんだ！」

見ると、陳坤林である。彼はいつか、新兵教育を卒業すると同時に、噂の通り一足飛びに下士に昇進したものらしい。

が、彼の号令にはなんの反響もなかった。淋しい無抵抗の沈黙となって、彼の耳に返って来た。彼も、今さらのようにあたりを見回した。

全く、見るに耐えない大悲劇だった。しかもこの大悲劇は、ほんの一瞬間の出来事だった。十五分ほど前までは、誰もこの朝こんな惨禍が自分たちの上にのしかかって来ようとは夢にも思ってはいなかった。朝の寝床の中で、いまに鳴り出すであろう起床ラッパを待ちつつ、それぞれの空想にふけっていたのだった。ある者は、この近所の百姓家でまだ誰か豚の一匹ぐらい隠して飼ってる奴はないだろうか……ということを思っていたし、ある奴は、まだどこかに女の隠れている家はないだろうか、と今までに経験した兵隊にだけ許された特権らしい享楽を、かれこれと思い返していたり。中に、昨日今日、窮屈な新兵生活を脱し、一躍、下級幹部の位置に成り上がった陳坤林のごとき、「ようし、そのうち機会を見て秀蘭に会ってやろう。だが、あいつ、俺よりも男ぶりのいい大勢の将校の中にいて、俺のことなんか忘れて誰かといちゃついているんじゃないだろうか。もしそうだったら……。なにしろ、せっかく逃げ出した兵隊の生活にまたもずるずると引きずり込まれちまったというのも、結局あいつのおかげなんじゃないか。あいつさえ俺の後をくっついて来なけりゃ、俺は今よりか、ずっといい生活が出来てたかも知れやしないんだ。そうだ、もしあいつが男をこしらえて、俺のことを忘れたようなツラをしやがったら、あいつも、男も、二人とも殺《ば》らしちゃって……」と、そんな空想をしているところへ、遠く遠く、羽虫の唸るような飛行機の音を聞いたのだ。つづいて、空襲、空襲……という大勢の叫び声を聞いたのだ。そして、それから先は……地獄だ。命をなくさなかったのが何よりの幸せだ――

が、悲劇はこれでおしまいでなく、これが序幕だった。これから、本当の戦争らしい、血と鉄の取っ組み合いが始まるのだった。それが証拠には、遥か離れた山西軍の陣地らしい方面に当たって、いつもより一段と激しい砲撃戦が展開されているらしい砲弾の音が、どろどろどろ……と間断なしに、遠雷のような音をさせていた。しかもその遠雷は、刻一刻、黒雲を伴って近づいて来るようだった。それは全く、単なる形容ではなく、東の空はなんとなく殺気を含んだ妖雲でどんよりと薄曇り、太陽の色までが全く光りをなくして、血のように重苦しかった。いつものだらけきった空気は、士官室から全く一掃されていた。徐中尉も帽子の顎紐を固く締め、大隊長のそばに詰めきっていた。

司令部からは間断なしに電話がかかって来た。それの応接は徐中尉の役だった。電話は司令部からの命令を受けるばかりでなく、こちらからも戦況の報告をした。今も彼は、我が第十三大隊は敵機の空襲を受け、損害莫大……約一ヶ中隊の兵員を失ったこと、傷兵も約五十名出たが、それに要する薬品、包帯の類が、ほとんど欠乏している、大至急補給を乞う――と言ってやったところだった。

大隊長李鵬《りほう》は、口舌の雄ではあったが、今の爆撃ですっかり度を失っていた。

「おい、徐中尉……包帯や薬品なんかはどうでもいい、それよりも補充兵の増遣方を早く頼め！　武器なんかにしても、だいぶ使用に耐えなくなったのがあるらしいし、弾薬だって欠乏している……。おい、耳をすましてみろ、砲弾の音が、だいぶ近寄って来とるぞ」

徐中尉はまた電話機に齧《かじ》りついた。彼は大隊長に言われた通り、兵員の増遣と、小銃弾薬の補給を大至急頼む……と言ってやった。

が、司令部からはなかなかいい返事はしてくれなかった。小銃……といったって、そんな余分の武器なんか一つだってあるものか、戦死傷者の不要になった分を使え――と言って来た。それから補充兵も同じだった。一人も余分の兵なんかおりやせん、必要な人員だけ適宜に徴募しろ――と言うのだった。

それを聞いた大隊長は、いきなり気ちがいのように突っ立ち上がり、怒鳴りつけた。

「馬鹿野郎！　これからすぐ戦争をしようっていうのに、百姓を引っ張って来て鉄砲が撃てるか！……おい、徐中尉、司令部から誰でもいい、引っ張って来て、あの塹壕の中に散らばっている鉄砲や機関銃を見せてやれ。そして、この床尾板〔銃床の末端部〕の消し飛んじまった小銃はどうやって撃つんですか？　と射撃の仕方を教われ。それから、機関銃だってそうだ、あの九十度にへし曲がった銃身の機関銃で射撃したら、弾は一体どっちの方向へ飛んで行くものか、よく教わって来るがいい！」

それは全くそうだ。大隊長の言うことに無理はない。ところが、その無理でない当然の要求が容《い》れられないとすれば、自分の方でもなんとか方法を講じなければならない。もっと守備陣地を縮小するとか、本隊に合併するとか……。

大隊長に智恵をつけてやるのも、徐中尉の一つの役目である。彼はこれまで忠実にその役目を果たして来た。が、李鵬という人は、これまでにかつて、彼の忠言を素直に取り上げてくれたことが無い。後ではきっとそれを採用するのだが、その場では必ず——と言ってもいい、ふふん……と鼻の先で嗤うのだ。すぐその場で「それはいい」という言葉を吐くことが、何か大隊長としての沽券《こけん》〔プライド〕にでもかかわると思っているらしい。愚かなことだ。だから彼は、いつもその時は、もう何も考えてやるものか、自分一人で困っているがいい——と、突っぱねてやろうかと思うのだ。が、彼には、人の困るのを黙って見ていられない、多少おせっかいと言えば言える性分があった。で、今も、司令部からの要求拒否に対する最善の策を講じようとしていると、そこへ慌ただしく、扉をノックするものがあった。

「よろしい、入れ！」

徐中尉は大きな声で怒鳴った。いつものように、兵隊が、何か報告か要求に来たのだろうと思ったのだ。

が、扉をあけて入って来たのは秀蘭だった。秀蘭は、つい最近、看護婦がわりに強制徴募して来た女童軍の中での班長だった。つまり、傷病兵の手当てについては何も知らない看護婦長だった。無論、他の女たちは秀蘭以上、何も知らなかった。鎌で草を刈ったり、鍬で畑を耕《たがや》すことは知っていたが、その鎌で誤って指でも切った時は、乾燥した馬糞を粉にしてなすり込み、治してしまうような女たちだった。

入って来た秀蘭の顔は蒼かった。

「どうした?」

言葉はぶっきらぼうだったが、その調子の中には、普通、部下に対する時のそれとは全然違った、優しみがこもっていた。秀蘭は多少、脳貧血の気味でもあるらしい、ふらふらする体を後ろ手に壁で支えながら、

「あのう、包帯はまだでしょうか」と言った。

「腕のぶらぶらになった兵隊さんが、あまり血が出るんで、そのまんま息を引き取りそうなんです。それに、早く軍医さんをよこしていただかないと、私たちの手では、どうにも始末がつきませんので……」

「ようし、俺が今、行ってやる!」

なんと思ったのか、李鵬大隊長は決然とした口調で言った。それから、徐中尉の方に顔を向けて、

「ともかく、軍医のことも司令部へ言ってやってくれたまえ。無論、軍医なんかおりゃせんだろうが……」

徐中尉は、言われるより早く、受話器を取り上げ、軍医を二人でも三人でも、多いだけ結構だから大至急向けてくれ――と頼んだ。そして大隊長のあとについて、秀蘭と肩を並べ、天幕病院に足を向けた。が、秀蘭も徐祥慶も何も話をしなかった。大隊長がそばにいるからというばかりでなく、こうした大悲惨事に当面すると、不思議に体も心も固くなって、話をするという気にならなかった。それでも、彼女の眼の中にかすかにそれとくみ取れる、よくご無事で……といった色を見て、彼の胸の中はなんとなく、堅く凍った厳冬の荒野にそよそよと来る南からの暖風のようなものを感じた。

傷兵たちの看護に当たっているはずの急造看護婦たちは、一人として天幕の中にいなかった。みんな天幕の外に出て、額を押さえたり、こめかみを揉んだり、血の気のない顔をして、溜息をついていた。

「どうしたんだ、なぜ傷兵のそばについててやらんのだ」李鵬少佐はいきなり怒気を含んだ声で怒鳴りつけた。「さ、早く入れ！　お前たちには、あの大勢の唸っている声が聞こえんのか！　こらっ、何をぐずぐずしとるんだ」

それは、いきなり腕をふるって殴りつけはしないかと思われるような怒り方だった。女たちは渋々と、それこそ屠所の羊といった形で、李鵬たちの後をついて入って来た。

「うむ。どれだ！　腕のもげかかっている兵というのは……」

李鵬は、女たちにわざと反発するようなカラ元気で威張り返った。

女の一人が、無言のまま遠くから、一人の男を指してそれを教えた。が、仔細に見ていくと、どれ一人として、腕のもげかかっているという、それより軽いものはなかった。機銃の掃射に遭って、一つの体に十発もの銃弾を食わされて、それでなお息をしている兵もいた。

とにかく、天幕の中は屠殺場のような重苦しい血の匂いでいっぱいだった。そこに充満する唸り声は……彼にはその表現が出来ない。これは文字によってはおそらく誰ひとりとして表現出来るものはあるまい。これは、その音をそのまま活かす表現法によるほか方法はないのだ。

せっかく、女の指して示してくれた傷兵をろくすっぽ見るでもなく、李鵬は鼻を押さえてとっとと天幕の外に出てしまった。天幕から出た瞬間、彼はよろよろとよろけたようだった。そして彼は、うなされるような声で呟いたのだった。

「こりゃ、どうしても軍医を呼ばなくちゃならん。新聞記者に見せるための飾り物ならあれでもいいが……。が、それはともかく、飛行機という奴はなんという恐ろしい悪魔なんだ」

彼の軽い脳貧血は、青空のもとへ出て、清々《すがすが》しい空気を吸呼すると一緒に、常態に回復して来た。彼は、なんのために病院を見舞う気になったものか、初めの目的も何も忘れて、あたふた隊長室へと急いでいた。

「おい、徐中尉……もういっぺん、医療材料と軍医の派遣方を大至急頼むと電話をかけてくれんか……。いいか、それから兵隊を絶対に病院のそばへ近づけちゃいかん。あれを見たら士気を阻喪《そそう》させる。誰でも戦争がいやになる……」

彼は昂奮している。立ってみたり、腰かけてみたり、眉を吊り上げて窓から空を見上げたり、唾をつづけさまにペッペッと床の上に吐いてみたり。それから、不意にコツコツと大股に歩き出したので、

どこかへ出て行くのかと見ていると、くるりと扉のところで回れ右をして、
「おい、中尉……電話はかかったか？　司令部ではなんと言ってる？　すぐよこすと言ってるか？……」

徐中尉は、いま電話にかかっているところだ。彼は、一本の針金を伝って来る頼りない音声に時々かみつくような、え？　え？　という声を出して聞き通している。どこかに故障があるらしいのだ。声が非常に遠く、かすかになったかと思うと、ががが……と意味のない雑音が混じって来たり、しかも話の内容が非常に重大なものを含んでいるだけに、彼は泣き出したいような苛立《いらだ》たしさを押さえつけながら、そばから余計なことを話しかけて来る李鵬少佐に腹を立てているのだ。
「え？　え？　……何……潰滅状態に？　で、で……我々の十三大隊が……あ、そうですか……大隊長に伝えます、必ずこの線は死守すると……」

李鵬少佐はいつか鳴りを潜めて、徐中尉のかたわらに立って、耳をすましていた。電話の内容が非常な重大性を含んでいるらしいことに、彼も気がついたのだ。で。徐中尉が受話器を置くのを待って、
「なんだ……なんて言って来たんだ？」と突っかかるような調子で問いかけた。

徐中尉はきちんと李鵬の前に姿勢を正し、その眼に食い入るような視線を注ぎながら言った。厳粛な気持ちがひとりでにそうした態度を彼にとらせたのだった。だいたいの状況、つまり、第一線における山西軍は数日来の日本軍の猛攻によって大打撃を受けている。そして最右翼をなす二個師の損害最もはなはだしく、やがて後方への退却を始めるであろう。現在の線は、一兵となるとも死守せねばならぬ。現在の戦線を捨てる時、山西軍は黄河の線まで後退せねばやまぬだろうし、それはやがて、

隴海線の死命を制せられることで、絶対に避けねばならぬ――

中央からの命令は、この戦線における全部の将兵の耳に叩き込まれている。だが、命令と、現実における戦争とは決して一致するものではない。現に、李鵬少佐がいま徐中尉から聞き得た電話の内容は、すでに最右翼の山西軍二ヶ師が怒濤の勢いで後退を始めたらしいことを告げている。そして、我が第十三大隊の陣地は、まさに彼らの退路に当たっている。彼らの敗走をこの線で食い止めない限り、彼らはどこまでその敗走を続けるか分からない。それこそ、戦略上最も恐るべき黄河の線まで、いや、その黄河の線を支えることさえ困難であろう。よって、中央軍第十三大隊は、いかなる手段方法を講じてでも、彼らの敗走を食い止めねばならぬ、それを命令する――と言うのだった。

が、そうは言うものの、この第十三大隊が現に、三十分ほど前に敵の飛行機から受けた爆撃によって、一個中隊からの兵員を潰滅せしめているのである。どうして残余のわずかばかりの部隊で、死にもの狂いになって敗走して来る何十倍という友軍の敗走を食い止められるものではない。

「こうなっては仕方がない、非常手段だ！」

李鵬少佐はそう叫ぶなり、外へ飛び出した。徐中尉もそれに続いた。命令によって全線から幹部将校が駆け集まって来た。大隊長李鵬は命令を伝えた。それからさらにそれに付け加えて、

「よろしいか、友軍だからといって躊躇してはならぬ、彼らの敗走を食い止め得ぬ限り、我々とも全軍死滅あるのみだ……。すぐ部署につけ！」

小さな故障を生じた機関銃には急速に修整が加えられ、小銃には油が引かれ、迫撃砲には砲弾が装填された。が、不思議なことに、誰の顔を見ても、これから戦争が始まるのだぞ――という緊張が欠

けていた。各自に自分の気持ちを振り返って見る時、全く、平常の演習とあまり変わらない静かな気持ちを発見して、驚くくらいだった。が、誰も、ことさらこのことについて反省したものはないらしいが、もし、これは一体どうしたわけだろう？　と反問するものがあるなら、きっと誰かが、こう答えたに違いない。

「それは、相手が攻撃意識を持たない敵だからさ。ただ自分の安全を求めるばかりで、そのために盲目《めくら》になってる相手だからさ」――

命令を受けてから三時間ばかり……。それでも、さすがにいつもとは多少違った緊張感のうちに待っている彼らの眼に、もうもうと上がる土けむりが見え始めた。味方の斥候《せっこう》が、その土けむりに追われるように、息をきらして歩哨線内に飛び込んで来た。

「斥候報告！」

大きなしゃがれ声が叫んでいる。

「前線の山西軍は総崩れです……。すでに千メートルの距離にまで迫っております……」

一人の士官が走って行った。そして、せかせかした調子で聞いている。

「兵力はどのくらいか……。だいたいの見積もりでよろしい……」

「三、四万はあろうと思います」

「なに？　三、四万……？」

士官は慌てて飛んで帰った。穴倉の掩蔽壕《えんぺいごう》の中である。彼は叫んでいる。

「足りない、足りない……。これっぽっちの兵力で、どうして三、四万もある大部隊が防げるもんか……。そいつがすでに千メートルのところまで来てるんだぞ」

誰かがすぐそれに応じた。

「じゃ、女童軍を引っ張って来い！　あれだって何かの時には役に立つだろう。……いや、役に立たなくたって、ああいうむき出しの天幕に置くなんて罪悪だ。鉄砲の弾なんてもなァ、紅十字の旗だからって必ずしも避けて通るとは限らん」

大隊長李鵬はそれを裁断し、許可した。

「よろしい、女童軍に鉄砲を持たせろ！」

鉄砲の撃ち方も知らない女童軍ではあったが、そして三十人足らずの数ではあるが、今の場合、それでもそれだけの小銃の数が戦線に増えるということは、何かしら多少の力を感じさせるものらしかった。ことに彼女たちは、傷兵のそばに付いていても、なんの役にも立たない土偶《でく》人形のような存在であることを、大隊長は知っている。そればかりではない、彼女たちをなんの防御もないところに放置するなんて、誰かもいま言った、罪悪である。せめて塹壕の中へでも入れておいてやるのが、部隊長としての情けであろう。そういう見地から彼は許可したのだった。

温炳臣中尉は、伝令をやって、彼が手塩にかけて教育した、下士の陳坤林に命令を伝えさせた。すぐに天幕病院へ行って、女童軍全部、第一線の塹壕へ連れて来るように……。

伝令が走って行くと間もなく、カタカタカタという機関銃の気味悪い唸り声が聞こえ始めた。迫撃砲も吠え始めた。そして、それよりも数多くの小銃が、まちまちに、性急に、ぴんぴん耳を刺すように鋭く、鳴り始めた。

「とうとうやって来たな」——

彼らは、直接まだその眼で見ない、雲霞《うんか》のような敗走軍を想像して、憂鬱な足どりで、それぞれの部署につくべく出て行った。あとに残ったのは、大隊長と副官の徐中尉だけだった。が、その徐中尉も、何かじっとしていられないものを感じて、

「戦況報告をするために、ちょっと様子を見て来ます」と言って、皆の後を追って行った。

彼は、敗走軍というものは、たとえそれがどんな大軍であっても、少しの戦闘力も持たないものだということを知っていた。それは、彼の属する部隊がすでに経験していることだった。彼の部隊もやはり、いま現に敗退して来つつある山西軍ともども太原の戦闘に参加して、一足早く、ここまで敗走して来た。その時、この辺一帯を固めていた第八路軍のために退路をはばまれ、猛烈な射撃を食ったのだった。今も現に、第八路軍は常に彼らの背後にあって眼を光らしているのだが、その時の彼らの戦闘力というものは、今になって分かったことであるが、まことに微々たるものだった。戦いに当たって敵の兵力を知らないということが、いかに致命的のものであるか、今になって臍《ほぞ》を噛んでも〔後悔しても〕始まらないことであるが、その次に大きな打撃となるものは、指揮統制の取れない、つまり、烏合《うごう》の衆〔無秩序な集団〕であることだった。

指揮官が「止まれ！」と言った時に止まって射撃をすれば、敵の兵力は分からなくとも、ある程度まで敵を圧迫することは出来る。ところが、それが止まらないで前進するから、ばたばた片っ端から打倒されてしまう。

が、実際の場合に当たって、恐怖心に駆られ、逃げ足の立った群集というものは、指揮官の号令な

んて、てんで耳に入るものではなかった。

徐中尉は、自分たちの経験したことを、今はっきりとこの眼で見ることが出来た。前を走る戦友がばたばた倒れる。その屍《しかばね》を踏み越え踏み越え走って来るやつが、またそのそばからなぎ倒されてしまう。悲惨とも、凄絶とも、浅ましいとも、なんとも形容の出来ない現実を、ありありとその眼で見たのだった。

屍の山は見る見る高くなってゆく。その屍の山で、彼らの敗走はやっと停まった。徐中尉は目測でそこまでの距離を測った。

約五百メートル……。

彼は大隊長のところへ走って行った。

「敗走兵は約五百メートルのところで停止しました。同時にそこで散開、追撃して来る東洋軍に対し、防御の工事を始めたようであります」

大隊長は苦い顔をしてそれを聞いていた。そして、

「それじゃ、あまり近すぎる……」と言った。その調子は、まるで徐中尉の責任でもあるかのように叱責的だった。

「近すぎる……と言いますと……?」

徐中尉が腑に落ちないような顔をしているのを見ると、李少佐は決めつけるように、

「それが分からんのか!」と言った。「我々が第八路軍に対する感情を思い起こしてみるがいい。あいつらは……表面は友軍だ。同じ中国の軍隊で、同じ抗日戦線に立つ友軍だ。だが、あいつらはかつ

て、我々の退路を遮断して我々を射撃した。我々を攻撃し、屍山血河を現出した……。我々は、あれらに対して友軍の感情を持っているか?」

「分かりました!」徐中尉は叫ぶように言って、李大隊長の口をつぐました。俺は全くどうかしている——と、彼は思った。あれだけ死人の山を築かれた山西軍の連中が、我々に対して友軍意識を持ってるだろうなんて、およそ想像出来ないことだ。我々が第八路軍に対して仇敵感情を持ってるごとく、山西軍が我々に対して仇敵感情を持ってることは、これは当然すぎるほど当然なことだ。その敵を、しかも自分よりはるかに優勢な敵を指呼の間〔近距離〕にとどめておくなんて、これはまるで、一つ檻《おり》の中に虎と同居するようなものだ。が、だからといって、我々の力で優勢な彼らを一体どうすることが出来るだろう。どうすることも出来ないではないか。こうなってはもう、自然に任すほかないのだ。

「これは、どうしても軍隊をもっと増遣してもらわにゃならん……。徐中尉、すぐに電話をかけてくれ! すぐだ」

李鵬は、いらいらした調子でコツコツ室内を歩き回っている。彼は何もかもが面白くなくて、不愉快でたまらぬといった顔つきである。そして徐中尉が電話機に飛びつくのを見ると、また慌てて、

「あ、ちょっと待ってくれ」と、慌てて電話をやめさせた。彼は迷っているのだ。「増遣部隊が糧食ご持参なら結構なんだが……。いや、これは考えなくちゃならん。そうでなかった日には、みんな餓死だからな」——

典型的な兵隊

塹壕内には、またもとの小康状態が復活するかに見えた。その後に敵の飛行機もやって来なかったし、前線における砲声も、しごく緩漫だった。ただ、一つ困ることは、糧食難が日一日と緊迫の度を加えて来ることだった。そのために、全部隊の三分の一は、糧食の徴発という仕事に没頭しなければならなかった。

徴発隊は毎日のように八方に向かって繰り出された。が、この徴発も、この頃のようにこうした辺境に追い込まれてしまっては、なかなか容易のことではなかった。しかもこの狭い区域の中に、お互いに仇敵視している各派別の軍隊が混交雑居しているのである。至るところで彼らは衝突し、銃火を交えるような騒ぎを演じていた。その上、徴発される農民たちの怨嗟憎悪というものが並大抵ではなかった。一人二人でそこらをまごまごしていると、時によると不意に後ろから棍棒でどやしつけられ、死骸はたちまちどこか眼に見えないところに処分されてしまう。事実、そんなことがたびたびあったのだった。

この農民たちも、時に飢饉《ききん》の年にでもなると、たちまち鋤鍬を槍や刀、鉄砲に代え、そこらを掠奪し回る匪賊と化してしまう類だった。相当そういう荒仕事に手慣れてはいるし、決して現場を押さえられるようなヘマはしなかった。

だが、そういうことというものは、たとえ現場は押さえられなくとも、なんとなく、そこらの空気によって感知されるものだった。

ある日、徴発隊の一組が帰って来て、人員を調べてみると一人足りなかった。陳坤林を隊長として出て行った新兵の一人だということは、すぐに分かった。

「陳！　お前にも似合わんじゃないか。戦争でもないのに部下を失《な》くして来るなんて、大失態だ！　私情によって逃亡を見逃したと言われても弁解は出来まい！」

散々な大目玉だった。

「すぐ探しに行ってまいります」

むっとしたような顔をして彼は言った。

すでに夜である。月もなく、真っ暗だった。彼はそのまま、真っ暗な塹壕の外へ歩き出しかけた。

「おい、一人じゃ仕様があるまい、兵隊を二、三人連れてったらどうだ」

誰かが言ってくれたのだが、彼は意地を張って言った。

「せっかくですが一人で行ってみます。また兵隊をどこかへ失くしちゃうと困りますから」

出かけるには出かけたものの、彼は無論、真面目《まじめ》に探すつもりはない。誰かに殺されたものなら、骨を折って探し出したところが死骸である。物の役に立つものじゃない。また、逃亡したものだったら、すぐ見つかるようなところに、まごまごしてるものじゃない。それこそ、探すだけ無駄骨と言うものである。

つまり、今夜はあまり砲弾も飛んで来ないし、機関銃も鳴りをひそめている。少しばかり息抜きの散歩にはもってこいの晩である。彼はその散歩をしてやろうと思い立ったのだ。が、実際の彼の腹の中は、決してそんな呑気《のんき》なものではなかった。彼は今、金に換算したら何十万元か分からない大分限者《ぶげんしや》〔大金持ち〕である。そして、彼の財産の大部分は、貴金属、宝石類である。そして、それのほとんど全部が、今はたぶん東洋軍の占拠しているだろう町の、ある寺の石仏の下を掘って隠してあるのだ。彼はそれが気になってならない。早くここをまた逃げ出して、その一部分なり掘り出し、最初の計画の通り、上海なり香港なりへ行って呑気な生活がしてみたい。そして、秀蘭が連れて行かれたらさらに申し分はない。このごろの彼は、そんなことばかり考えている。ことに、四、五日前の爆撃を食らってからというもの、それは一層切実に彼の頭を支配している。

とにかくその脱走が可能かどうか、一度、瀬踏み〔事前に検討〕してみる必要があった。もし可能ならば、脱走に必要な便衣を用意しておく必要もあったし、捕まっても詰問された場合、まごつかないように返事の言葉も用意しておく必要があったし、彼は毎日のようにその機会を狙っていた。そして、今夜こそ絶好の機会であるように思われた。

それにしても、一度、秀蘭の腹を確かめておく必要がある――。そう思ったので、彼は、散歩の道を天幕病院の方へ向けた。この三、四日、戦線が静穏になったので、女童軍の連中は、また元の病院付きになって戦線から返されているのだった。

秀蘭は、第三号舎で一人の患者に脚部の包帯を巻き換えてやっていた。彼女は、他の女童軍の連中と比べて、はるかに教養の度は高かったし、現実に対する批判の眼も持っていた。同時に、この現実に対していかに自分の身を処していかねばならぬかということも、単なる感情や諦めからばかりでなく、もう少し突き進んだ立場から、積極的に現実と取り組んでやろうという健気《けなげ》な考えを持っていた。

不平や愚痴を言い出したら、それこそ限りのないほどの不幸な運命を背負わされている彼女である。が、彼女は一言も不平を言わなかったし、愚痴もこぼさなかった。孜々《しし》として〔熱心に〕、自分の与えられた仕事に励んでいた。

が、ここには今もって、電話で請求した軍医も来なければ、専門の看護兵も来なかった。ただわずかに、不充分な医療材料――少しばかりの包帯と、石炭酸の類を送ってよこしたに過ぎなかった。だから無論、大きな負傷をしたものは、ばたばた死んでいった。彼女のなし得ることは、非常に苦痛が激しくて夜も眠ることの出来ない患者に対して、モルヒネの注射をしてやるとか、腕とか脚部の貫通銃創でぶらぶらになった患部に対し、あり合わせの板きれで副木《そえぎ》をしてやって、包帯をしてやること、患部を消毒薬で洗浄してやるくらいのものだった。が、それでも、患者たちの彼女に対する期待と信頼というものは、天下のいかなる名医に対するよりも大きく、厚かった。みんないつの間にか彼女の名を覚えてしまって、八方から彼女の名を呼んだ。

「秀蘭さん、苦しくて息が止まりそうです。どうか注射を一本打って下さい」

「秀蘭さん、ここが苦しい。水を……一杯でいいから……」

「秀蘭さん……」

「秀蘭……いた、いた、痛い……」

彼女は、その大勢の、今にも絶え入るような悲痛な叫び声の中から、どれが最も危険に瀕し、緊急を要するかをよく見て知っている。彼女は順ぐりに、その最も急を要する患者から彼女の出来る限りの手当てをしてやる。中に、包帯を換えるそばから流れ出る血でぐじゃぐじゃになってしまうのがある。そういうものにぶつかると、彼女には実際どう処置していいのか、わけが分からなくなってしまう。もしその患部が足の先なら、彼女はその患部を高くしてやるために、出来るだけ高い台をこしらえて足を載せてやる。彼女としては、それくらいのことよりほかに方法を知らないのだ。

彼女は全く忙しい。一人の始末をつけると、もう三人も五人もの患者が、苦しい息で彼女を呼んでいる。

「秀蘭さん、お願いです……。ただ、注射一本でいいんです。苦しくて……」

「秀蘭さん、水、水……」

女童軍は彼女のほかに三十人もいるのだが、患者たちは水いっぱいのことでも秀蘭の名を呼ぶのだ。夜になっても彼女は食事をする暇もない。それこそ、自分では水いっぱい飲む暇もないのだ。彼女はその時、大勢の呼び声の中に一人、底力のある、いかにも健康体のものの声を聞いた。

「秀蘭！」

その声は、強くはあるが、どこか陰気である。何かをはばかっている声である。彼女は思わず手を休めて、声の方を振り返った。

方家然だ。彼の陰惨な眼が、じっと彼女を見すえている。

瞬間、彼女の胸の中に、激しい擾乱が起こった。感情と理智との激しい格闘の嵐である。この悪魔め！　口をきくのも汚らわしい——といった憎悪感と、一方、この男はまだ自分につながれている、よかった、永遠に自分から離すことじゃない、自分の復讐のなる日までは是が非でも自分に引きつけておかなければならない人間だ——といった、感情を超越した冷たい理智が、惨忍なまでに冷静にと、騒ぎ立つ彼女の血を静めるのだ。

が、自分の心持ちを分析してみただけでは、彼女の感情の嵐は本当には静まらなかった。自分は今、全く暗い影のない生活をしている。なんら私心のない、神のような心持ちで患者との生活をしている。あの男にちょっとでも会って口をきくことは、やっと浄《きよ》められたこの自分というものが、たちまちに元の汚れきった体に還《かえ》るように思われたのだ——。彼女はどう処置したものか判断がつかなくなってしまった。と、方家然の声がまた呼んだ。

「秀蘭……ちょっと話がある、来てくれ！」

彼の眼には黒い炎が燃え立っている。彼の声には反発を許さない執拗なまでに重苦しい圧力が潜められている。

鑢《やすり》で注射用薬筒の口を切りかけていた彼女の手は、それをそのまま下に置くと、夢遊病者のようにふらふらと、自信のない足どりで天幕の外へ出て行った。

天幕の外は真っ暗だった。彼女は、その真っ暗な中で、いきなり手を掴まれた。臭い呼吸をすぐ鼻の先に感じて、彼女は身震いの出るのを我慢して、やっと顔だけ脇の方へ捻じ向けた。が、方家然はそんなことに頓着しなかった。彼の手に握りしめられている彼女は、煮ようと焼こうと、心のままになる一羽の雀《すずめ》にしか過ぎなかった。彼は安心しきった落ち着きをもって、彼女の示す小さな敵意のようなものを無視し、ぐんぐん天幕から、少し離れたところに積まれてある藁束の山の蔭に引っ張って行った。この藁束の山は、天幕病院を作る時、そこの敷藁用として徴発して来たものの残りの分だった。その藁の山は、冷たい風よけにもなれば、平らに並べることによって、格好の自分たちのベッドともなるものだった。

秀蘭は、男がいま自分に対して何を求めているかを悟った。そして今までにもかつて覚えたことのない嫌悪と羞恥感から、ぎゅっとその身を守るように、その胸を、乳房を、抱きしめた。

彼女は、その恐怖にも似た嫌悪感を努めて押し隠しながら、

「お話って一体なんでしょう？　私、今とても忙しいんだけれど……。あの血を止めないと、一時間と経たない間に死ぬかもしれない患者がいるんだけど」と、足をぴたりと止めて言った。なるべく冷胆に、厳粛に、男に乗ずる隙を与えない構えだった。

が、方家然ときたら、まるで無神経な豚である。相手がどんなことを思っていようと、また、どんな態度を取ろうと、全く、我関せず焉である。遠慮会釈もなく、ふうふう臭い息を吹きかけながら、ぐいぐい引っ張って行く。

彼という人間は全く典型的な兵隊である。過去においても現在においても、おそらく兵隊というものくらい、人に喜ばれないことをするものは無かろう。喜ばれないことをするためには、徹底的に相手の意志を蹂躙《じゅうりん》する必要がある。二年、三年、五年……そういう生活を続ける兵隊というものが、どんな人間になるか、けだし、それは想像のほかである。豚のような無神経さと、鉄壁に鎧《よろ》われた心臓とをもって、装甲車のように、がむしゃらに押してゆく。それが兵隊である。そして方家然は、その最もよき

代表者である。〔以下、□の部分は、原著では脱字／初版から13版まで同じ〕

　積み藁のところまで来ると、□□□□□□□□□□□□□□□□□□□た。が、彼は依然として無言のままだし、秀蘭も少しも声を立てなかった。ただ、わずかに小さな声で、息を切らしながら、

「□□□□□□□□□□□□□□□□□□□□□□□□□□□□□□□□……血を流してる人が待ってるんだから……」

　が、それでも方家然は口をきこうとはしない。秀蘭は、諦めるほかなかった。が、いくら諦めても、浅ましさの感情は嵐のように彼女の血の中で暴れた。

「すみません、すみません……」

　彼女は、激しく□□□□□□□□□□□□、一人の男……許嫁者の鮑仁元の影像を眼に浮かべていた。彼女は、その鮑仁元の影像に刺されるような呵責《かしやく》を感じ、あやまりつづけているのだった。しかも、その鮑仁元は、現在ここの部隊に一兵卒として銃をとっているのである。このことは、いつかは彼の耳にも入るだろう。そして、その彼といつ顔を合わさないとも限らないのだ。いっそ殺してもらった方が、どんなに気が楽かしれない——。彼女はつくづくそう思った。

　羞恥と、自己呵責との□□□□□□□。彼女は、やっと□□□□□□□。彼女は、□□□□□□□□□、踏みにじられ、ドブに叩き込まれた紙屑同然の自分を感じて、しばらくは眼があけられなかった。□□□□□□□自分を見るに耐えられないからだった。

　方家然は□□□□□□□□□□□□□□□。そして、そのとき初めて口を開いた。

「話ってのはなァ……」

　秀蘭は□□□□□□□□□□□□□□。が、今度は彼女が口をきかない番だった。

彼女は無言のまま、ちらっとした眼を上げながら、彼の次の言葉を待った。

「実はなァ、相談に来たんだ」彼はただ□□□□□□□□□□□□のような、しゃあしゃあとした態□□□□□□「こんなとこにいつまで兵隊してても限りのない話だし、ここをまた、ずらかろうと思うんだ。お前の方さえ用意がよけりゃ、すぐでもいいんだ」

　いつかはここを脱走することになるだろうと思っていたが、それにしても話があまりに不意だった。用意といって別にありはしない。ここへ来る時まで着ていた着物が手に入ればそれでいいのだが……。だが、彼女は何か気が進まなかった。ほんのしばらくではあったが、自分が手がけた傷病兵たちのことがなんとなく気になるのだ。それも、せめて自分と同じくらいにすべてのことをやってくれるものがあればいいのだが、他の者ときたら、包帯ひとつ満足に巻けない。誰も彼もが言い合わせたように「痛い、駄目だ、駄目だ、秀蘭さんを呼んでくれ」と泣き声を上げて叫ぶのだ。その声が、その表情が、彼女の眼にも耳にも焼きつけられたようにこびりついて離れないのだ。意力も、体力も、総てのものを喪失してしまった兵士たちは、これは赤ん坊にも等しいものである。この傷病兵たちから、無条件に「ありがとう」と感謝される時ぐらい、彼女は生きがいを感じる時はない。それこそ、今までの人生において感じた、ただ一度の勝利感である。その勝利感は、近頃の彼女の、ともすれば陥りがちな汚辱感を、心の底から拭い、浄化してくれる唯一の消毒剤であった。その喜びをもたらしてくれる患者たちを捨て、方家然と共にここを脱走するということは、自分からその喜びを取り上げてしまうことである。その後に彼女に来るものは、その身を、その心を、その魂を腐らせる汚辱感ばかりである。

「おい、どうするんだ。何とか返事をしたらいいだろう」

方家然の眼が、じろりと、彼女の心の底の底まで見抜くように光って、思案に暮れている彼女の顔を覗き込んだ。

「さァ……」言いかけて、彼女は、唇が凍ったように動かなくなってしまった。

と、それを見ていた方家然の眼が、にたりと、薄刃の刃物のような底気味の悪い笑いを浮かべて、

「ここを逃げ出すのがいやだって言うんだろう……。ふん、俺にゃ分かっている。何もかも分かってるんだ」と、本当に何もかも分かってるぞ——といった口ぶりで言った。

が、秀蘭は聞きとがめた。

「おかしな言い方をして……何が分かってると言うんです」

「それを俺の口から聞きたいと言うのか」方家然は、むっと口をとがらして言った。「それより先、お前の両手に聞いてみろ……。いや、両手を出してみろ！」

彼女は、悪びれもしないで、ぬうっとその両手を方家然の前に突き出した。が、それを見ると彼は、いかにも憎々しげに口をゆがめて言った。

「お前っていう人間は、思ったよりずうずうしい女だなァ……。度胸がいい。よく出せたよ」

今度は、秀蘭がむっとした顔をして、その手を引っこめてしまった。からかわれていると思ったのだ。すると、方家然の手が、突拍子もない鋭さで、彼女の耳を打った。

「誰が引っこめろと言った！　お前は自分でその手に聞いてみろ！　その指にはまっていた、紅玉の

「その指輪はどこへやりました？　ってな」

彼女は鸚鵡《おうむ》返しにやり返した。

「そんなこと、あんたの関係したことじゃありません！」

「いや、関係がある。お前は俺の女房だ。理由はそれだけでたくさんだろう。亭主のある女が、その亭主に内緒で指輪をほかの男にやったとしたらどうなんだ？　さァ、言え。あの指輪は誰にやったんだ」

彼女は堅く口をつぐんで、黙りこんでしまった。が、それは答えられないのではない、答えることが、何か自分を侮辱するように感じられたからである。むっとした二つの顔が、しばらく無言のまま睨み合っていた。

この睨み合いは、しかし、方家然の方が負けた。彼が先に口を開いた。

「どうだ、いくらなんでも自分の口じゃ言えなかろう。言えないのが当たり前だ。それとも言えるか……？」

が、彼女はそれには何も答えないで、

「私、今日は帰らしてもらいます。その相談は、またのことにしましょう。患者が待ってますから……」と言うと、くるりと彼に背を向けて、天幕の方へ歩き出した。

「待て！」方家然は鋭く呼び止めた。彼はすっかり腹を立てていた。「動くとぶった斬るぞ！　貴様を信用して俺は秘密を打ちあけたんだ。その秘密の相談ごとを蹴飛ばしといて、無事に帰れるなんかと思うと大間違いだぞ！」

秀蘭はぎょっとしたように歩くのをやめ、方家然の方に向き直った。歩く後ろから、冷たい刃物がひたひたと、右頬を叩いたからである。この男なら平気でそれくらいのことはやってのけるし、彼女としては、なんとしても彼の刃《やいば》にかかって死にたくない。どうせ死ぬにしても、逆に、この手でもって彼を殺してから死にたい。だから、彼女はぐっと妥協的態度に出て、「あんたがそんなに気になるなら言いましょう。あんたは私の口から徐中尉の名が聞きたかったんでしょう。そうです。私はあの人に私の紅玉の指輪を渡しました。が、それは進上したのではありません。アメリカにいる兄のところへ電報を打ってもらった、その電報料としてお金に換えてもらうためにあの人に渡したものです」

方家然は、疑わしそうな眼でじっと、そう言う秀蘭の眼を見つめていた。そして、

「それはいつのことだ」と言った。

「もう一ヶ月近くも前のことです」

「なに？　一ヶ月近く……？」方家然は、冷たいせせら笑いを片頰に浮かべて「嘘だ！」と言いきった。

「俺はつい最近、徐中尉が手の中であの指輪をおもちゃにしているのを見たんだ。おかしいぞ——と思ったから、俺は機会さえあればお前たちの上を見張っていたんだ。そして、俺は二度も、お前と徐中尉とが、こそこそ話をしてるところを見たんだ。どうだ、それでもまだ徐中尉となんの関係もないと言えるか……。人を舐めやがって、貴様、俺がどんな人間かってことを、もう忘れたのか」

秀蘭はもう何を言うのも面倒くさい気がして来た。こう事がこんがらかって来ては、ちょっとやそっと弁解を試みたって、どうにもこの誤解は解けるものではない、という気がして来たのだった。それで、彼女は全く口をつぐんでしまった。方家然も、彼女の弁解を待っているのか、口をきかなかった。また、沈黙の睨み合いが始まった。

突然、秀蘭はじりじりと後ずさりを始めた。何か、身に迫る殺気といったものを感じたのだった。

暗いために、方家然がどんな顔をしているか、彼女は見たわけではない。また、鞘走《さやばし》った軍刀の光りを見たわけでもない。それにもかかわらず、彼女は何かしら、ひしひしと身に迫って来る殺気といったようなものを感じたのだった。

彼女が眼に見えないほどずつの後ずさりを始めると、方家然の方では、これまた眼に見えない程度に、じりじりと呼吸を詰めて、彼女に迫っていた。

兵隊らしい単純さから、彼は、もうこれまでだ——と思ったのだ。脱走の計画を打ちあけて同意を求めたのに、彼女は何かと言いわけをしてそれを避けようとする。しかも、なんとか胸のすくような弁明を聞きたいと思っていた徐中尉と彼女との関係は、彼女の沈黙にあって全く疑問のまま残されてしまった。それもただの疑問だけでなく、どうやら自分の疑惑をさらに裏書きするような、後味の悪い沈黙だった。取りようによっては、自分の提出した疑問に対して彼女にはもう弁解するだけの余地さえない、そのための沈黙であった。

「どうせ自分に還らない女なら、秘密を聞かされたことを不運と諦めてもらうよりほか仕方がない。気の毒だが、この女の命も、もらってやろう」——彼女の沈黙にあったその瞬間、彼の決心だった。

じりじりと呼吸を計り計り秀蘭を追ってゆく彼の耳は、その時ふと、すぐ自分の近くに自分たち以外の人の気配を感じて、ぎょっとしたように追うのをやめ、腰を低めてあたりを見回した。確かに、誰か人である。しかも、その人は一人や二人ではない。ずらっと、かなり大勢の人間が、遠巻きに自分たちを取り囲んでいるのである。

棒杭のように、じっと呼吸を呑んで突っ立っていた方家然は、そのとき突然、調子を変えたなごやかな声で彼女に話しかけた。

「俺もこれから、ちょっと用事があるんだ。そのうちまた会うことにしましょう」

そう言うと、さっと身をひるがえして、闇の中に姿を隠してしまった。

「どうしたというんだろう？」――秀蘭はしばらく、ぼんやりと突っ立っていた。喉にぎりぎり巻きつけられていた縄を切りほぐされたような、ほっとした安堵を覚えながら……。方家然の足音も全く聞こえなくなった。彼女は天幕に向かって歩き出した。

影が、それまで遠く彼女を取り囲んでいた黒い影が、そのとき急に動き出して、彼女の後を追って来た。

「まァ……」急にざわめいて来た人の気配に、彼女はびっくりして後ろを振り返った。女童軍の連中だった。

「まァ……あんたたち、どこへ行ってたの」

秀蘭はそれこそ眼をぱちくりやりながら、みんなの顔を見回した。

「秀蘭……あんたを見に行ったのよ。あんまり遅いんだもの」

「あの男、知ってる人なの？　あたいたち、様子を知らないもんだから、秀蘭が悪い奴にかどわかされて、つらい目に遭ってるんじゃないかって見に行ったのよ」

「私を見に……？」秀蘭はぎょっとして聞き返した。じゃ、何もかも見られたんじゃないだろうか――

全身の血がカーっと沸騰して、頭にのぼって来るのを感じた。彼女は、いたたまれない羞恥感に思わず両手を顔に当てて、

「私のことなんかどうでも。あんたたち、ここをほったらかしてみんな出ちまうなんて、駄目じゃないの……。みんな、よっぽど前から出て来たの？」

「ううん……たった今しがた……」誰かが首を振りながら言った。

秀蘭は、顔に当てた指の間から、そっと、みんなの顔をうかがった。その顔に軽蔑の色は出ていないか、嘲笑の色は出ていないか……。

彼女はそっと口の中で呟いた。

「私は、どうしても方家然と一緒に、ここを出なければならないように出来てるんだわ。それが私の運命なんだわ」——

草鞋と女の問題

ここ西北の奥も、三月の月に入ると、どこともなく春の気配が感じられて来た。樹々の小枝はまだ新芽の萌え出す気色《けしき》も見えず、蕭条《しょうじょう》として〔もの寂しげで〕痛々しい姿を寒風にさらしているが、その肌を刺す寒風の吹きすさぶすぐあとから、人々は、忍びやかにやって来る春の足音を聞くことが出来た。窓の色に、水の色に、それを見ることが出来た。霜どけのした大地には陽炎《かげろう》が立って、時によると、雲雀《ひばり》のさえずりさえ聞くことが出来た。

塹壕の中の日だまりで、鮑仁元はせっせと草鞋《わらじ》を作っていた。それは兵隊になってから、この塹壕の中で習得した、彼の唯一の生産的方面における技術だった。彼の履いて来た靴は、もうとっくに破れて役に立たなくなったし、といって隊の方からは新しくもらえるあてもないし、今ではもう、兵隊という兵隊は一人の例外もなく、草鞋だった。

「お前も近頃、だいぶ手つきがうまくなったよ」

彼は周り中からほめられたり、冷やかされたりした。しかし、これを覚えるのには、決してただということはなかった。それは、彼が身につけていた、たった一つの金目のもの——腕時計と交換の技術だった。塹壕の中で、彼は初め、同僚たちが草鞋を作るのを実に無関心の態度で見ていた。彼らの手の先から繰り出される藁の小さな束が、みるみる草鞋の形になり、その足に履かれるのを、ただ感心して見ていたのだった。

「うまいもんだなァ」と、彼が感心して口に出して言うと、

「こんなもの造作ありゃしねえ。草鞋一足こしらえるのに十分とかかるようじゃ、一人前の兵隊とは言われねえ」

それは全くそうだった。行軍の最中に履いている草鞋が切れたとする。一時間か二時間ぐらいのうちにはきっと、十分か十五分の休憩時間が与えられる。その短い休憩時間のうちに一足の草鞋を編んでしまわなければならない。実際の必要から生まれた熟練であり、技術だった。それは一握りの藁さえあれば、すぐ間に合うことだったたし、その藁は、またどこへ行ってもあるものだった。藁が無けれ

ば、ぼろきれでもよかったし、実際には、ぼろきれで作った草鞋の方が丈夫でもあり、履き心地もよかった。が、材料がたやすく手に入らないので、大抵のものが藁の草鞋で我慢してるのだった。

鮑仁元もいよいよ、自分の革の靴と別れる時が来た。底が破れて、ぱっくり大きな口が開いてしまったのだった。彼は早速、藁を持って来て、草鞋を作りかけた。が、造作ないと人も言い、自分も思っていたその技術が、なかなか容易のものでないことが分かった。編む方法は分かっていても、その形を成さないのだった。長すぎたり、幅が広すぎたり、右と左と大きさが違っていたり……。

それらのことを我慢して無理に履いてみると、藁を締める力の呼吸が分からないので、ものの二、三丁〔200～300メートルほど。一丁（一町）は約109メートル〕も歩くと、たちまち穴があいてしまったり、ぐざぐざに崩れ、ほどけてしまうのだった。

「おい、そんな草鞋を履いててみろ、命にかかわるようなことが出来るぞ」

誰かにおどかされて、彼が、なぜ――といった眼を向けると、

「そうじゃねえか。そんな草鞋履いてて、いざ退却ってことになってみろ。ふだんの行軍の時と違って、休憩時間ってものはねえんだぞ。履いてる奴が切れたって破れたって、こしらえ直している暇はねえんだ。しまいには足の皮が破けて歩けなくなっちまう。そうすりゃ、いやも応もなく取っ捕まって、突っ殺されるか踏み殺されるかしちまうんだ」

言われるまでもなく、それは実際あり得ることだった。彼は、今さらのように危険が身近に迫っていることを感じて、急に慌て出した。

「すまないけど、僕にもついでに一つ作ってくれませんか」

彼はそう言って、自分に注意してくれた男に頼んでみた。こんなものの一足や二足、造作ありゃしねえ——と言った、その男の言葉をそのまま信じて、造作なく作ってくれることと思ったからだった。ところが、その男はぶっきらぼうに、彼の頼みを拒絶した。

「冗談じゃねえ、俺はいま忙しいんだ。誰か暇なもんのとこへ行って頼んでみねえ。こしらえてくれるかもしれねえ」

取りつく島もない挨拶である。といって、なんとなく、ぐずぐずしていられない気持ちだ。その男のごとき、二足も三足も予備のやつをこしらえていて、

「いざという時になると、どうしたって、三足や五足の草鞋は履き切っちまうからな」と言った。そして、みんなは誰も彼も、一生懸命にそのいざという時の用意をしているのだ。

仕方がない、鮑仁元はまた他の者のところへ行って頼んでみた。ところが、やはり同じ返事だった。

「馬鹿言うもんじゃねえ、俺だって忙しいんだ。……それよかお前、草鞋一足出来ねえ人間が、なんだって兵隊なんかになったんだ」

彼は周り中の人間にそう言って頼んだ。それもみんな、ふだん割と親しく口をきく連中だった。が、それがみんな申し合わせたような拒絶だった。しかも、彼らはそう言って断《ことわ》った後できっと、にやりとした眼を、彼の手首に光る時計にやって、

「おめえ、そんなもの持ってて、よく今まで無事でいられたなァ」と、感心したような言い方をした。

「たいがいな奴は、軍服を着せられる前に、腕から引んむしられちまうか、ひでえ奴になると、手首ごと掻っ切られちまうんだ」

その眼つきから、言葉の端々から、彼はみんながこの腕時計に眼をつけてることを知った。聡明な彼の頭は、同時に、この腕時計が結局どんな惨禍を自分に与えるか分からないということの見通しをつけた。物質的に困ることを知らず、親からも、周囲からも、今日までずうっと坊や、若旦那で立てられて来た彼は、割と、そうした物質には執着を持たない方だった。すぐに、こんなものくれちまえ——という気になった。

が、彼は一応考えた。もしそれが、彼が家庭にいる時そういう目に遭ったとしたら、すぐ誰にでもやってしまっていいものだ。が、今は事情が違う。彼は今、一銭の金も持たないし、これという金目のものは何ひとつない。ただ、この時計があるばかりだ。よほど有効に使わなければならない最後の切り札だ。瞬間、彼は頭の中で思案した。

「どうだね、この時計をみんなに提供するけど……。一杯も二杯も飲めるぞ。戦争の始まる前、上海で八十ドル出して買ったもんだ」

「なに……八十ドル？」周り中の眼がぎろりとその時計に集まって来た。「そいつを……俺たちにくれるんだって？」

「うむ！」鮑仁元はこっくりをして頷《うなず》いた。

「その代わり……」と言いながら、彼はずらりと時計の上に眼を光らしている連中を見回して、「みんなで五人だね……。他の者には聞こえないようにした方がいいだろう。分け前が少なくなるからな……。これを提供するについて頼みがあるんだ。俺の必要の時、君たち五人の者が、かわりばんこに草鞋を作ってくれることと……」

「そんなこと造作ねえ」

「ようし、引き受けた！」

周り中から、胸を叩いて彼の提案を受け入れた。そして、また口々に、

「それから？」と、まだあるらしい条件を催促した。

「それからもう一つ……」彼は悠々と落ち着いた態度で言った。

「僕を入れて六人のこの仲間は、今日からのち、兄弟としての交際をすること……。つまりだね、いいことでも悪いことでもだね、何をやるにも協同して事に当たる……」

言葉の途中で、彼はずらりと、皆の顔を見回した。自分の言葉が果たして誠意をもって受け入れられるかどうか、それを彼らの眼の中に読み取ろうとしたのだ。彼は満足して言葉をつづけた。

「例えばだね、この六人のうち誰かが負傷して歩けなくなったとする……。その時には、後の五人の者が心を一つにして、その負傷者を安全なところまで運んでってやる。必ず見捨てないことにする」

「よし、承知した。それは確かにいいことだからな」一人の男がそう言って賛成すると、あとの者も次々に、

「よし。いいとも！」と、賛成した。が、その賛成の下からすぐ、反問するものが出て来た。

「じゃ、こういう場合はどうなるね」と言って、じろりと、鮑仁元の眼に特に強い一瞥《べつ》を投げつけた。

「例えばだ、俺たち六人の者が、どこかの村か町へ行ったとする。そして、素晴らしい別嬪の姑娘ひとりと、あとは馬糞みてえな、まずい女を五人、見つけ出したとする……。その時にゃ、一体どうしたもんかね」

それは、冗談や何かではない、本当に真面目に言い出されたのである。しかも、それを聞いている他の者たちは一層真面目で、真剣で、熱心で、「全くだ、そういうこともある！」と、これはいかにも充分研究する価値がある——と言わんばかりに、膝を乗り出して来た。

鮑仁元にも、彼らの言う言葉の意味はすぐに分かった。真面目に討論するのも気恥ずかしい、顔をしかめたくなるような性質の問題であるが、しかし、彼らにとっては実に切実な、しかも始終、実際問題として当面し、紛糾争論を起こす、しごく厄介な問題であるらしい。

第一、それを問題として提出された時、彼はすぐに、方家然と秀蘭のことを思い出した。実に不愉快な、思い出すたびに眼の前が真っ暗になるような問題であった。出来ることなら頭の中から一掃し、方家然からも、秀蘭からも全然解放された、それこそ新しくこの世の中に生まれて来た、なんのわずらいもない生新溌剌とした一個の人間として生きてゆきたい彼だった。だが、彼ら二人から解放されたいと希望すればするほど、実際には、彼ら二人の関係を頭の中で追求して飽くことを知らない彼でもあった。そして、追求して得た結論は、秀蘭は暴力をもって方家然から一切のものを奪われたのだろうということを認識することだった。

彼にとっては全く苦しい、死にも増して苦しいことだった。以前は滅多に夢なんて見たことのない彼だったが、近頃の彼はよく夢を見た。それもいつも秀蘭の夢だった。彼の詰問にあって、秀蘭はさめざめと泣きながら言うのだ。私は潔白です。証拠って、何もお見せすることは出来ないけど、私の言葉を信じてちょうだい……。言葉が信じられなければ、私の眼を見てちょうだい……。

彼女のその態度は、決して嘘いつわりを言ってるとは思われない。が、それにもかかわらず、彼には秀蘭の言うことが信じられないのだ。それで、彼女の言葉に従ってその眼を見るのだが、その眼は、いつも涙がいっぱい溜まっていて、どうしてもその真実を確めることが出来ないのだ……。夢から覚めた時、彼はいつも後悔した。なぜあの時、秀蘭の眼から涙を拭い取ってやらなかったろう、あの涙さえ拭い取ってしまえば、彼女が嘘を言ってるか、本当を言ってるか、はっきりしたろうに——と。

夢の中の彼女が言う「私は潔白です」が真実であってくれればそれに越したことはないし、よしんばそれが逆であったとしても、彼は素直に諦めたろう。それは、彼女が自分から求めたことではなく、不可抗力から起こった結果なのだから……。が、だからといって、彼は加害者である方家然に対しても平気であるとは言えなかった。方家然こそは、この問題に関する限り、徹底的に糾弾しなければならない張本人であるし、どんな刑罰を加えても、なお足りるということのない人間だった。鮑仁元の心の底には、いつつちかわれたともなく、彼に対する復讐が植えつけられていた。そしてその復讐は、暗闇から出し抜けに躍り出て斬り倒すとか、撃ち殺すとかいうのではいけなかった。それでは刑罰にはならなかった。あくまでも彼の口からその犯行を自白させ、その罪の重大さを認識させ、その上で、心のすむまで彼の四肢を寸断してやろうというのだった。それは、どんな重い刑罰を加えても、決して足りることのないものだった。

「大将……すっかり考え込んじゃったな」

鮑仁元は、自分に向かって言われたらしいその言葉に、はっと、我に返った。そして、そう言った男の顔にまじまじと、不可解な、狐につままれたようなぼんやりした眼を向けた。すると、その男は

にたりと下卑《げび》た笑いを唇に浮かべながら、

「もっともな、この問題は初めによっぽどしっかりと決めておかねえと、その時になって、とかく文句の出るもんでな」と言った。

鮑仁元はやっと、その男の言う言葉の意味を思い出した。一人の美人と、五人の醜婦とを見つけ出した時、我々六人はそれをいかに分配すべきか――という問題だった。

「僕は棄権するよ。どの女もいらない……」

鮑仁元は、ただそれだけを言った。本当は、それ以上、そういう行為がいかに大きな罪悪であるかを言いたかったのだが、そういうことを兵隊の唯一の特権と心得、楽しみとしている彼らに説き聞かしたところが、それは結局、馬の耳に念仏であり、いたずらに彼らの反感を買うのがオチだということが分かっているので、彼はわざと控えたのだった。が、そのことに全然触れないというのも、彼には多少、気の差す〔うしろめたい〕ことだった。悪いと思うことは、どこまでも止めなければならない。そのためにたとえ命を亡くすようなことがあっても、決して躊躇すべきではない。――そういうことは、理屈の上でははっきり分かっているのだが、いくら口をすっぱくして言って聞かせても、微塵も分かってもらえそうにない相手を思うと、ついそれをあえてすることが億劫になるし、またここでつまらない彼らの反感を買っては、この頼りない、獣の集まりのような軍隊内で自分一人、孤立しなければならないし、その上、自分の目的のために彼らの力を借りようと思っている現在、何かにつけて不都合をきたすからだった。

が、鮑仁元の言った「どの女もいらない」という言葉は、彼らには到底理解の出来ないことらしかった。

「おめえ、ここではそんなこと言ったって、その時になりゃ、きっと欲しくなるぞ……。だからよ、そんなつまらねえ遠慮はしねえもんだ。ちゃんとここで約束を決めて、仲間に入っとく方がいいんだ」

鮑仁元はただ苦笑していた。すると、

「そうだとも……こいつの言うのが本当だ。この六人が兄弟分になろうっていうのに、一人でも仲間はずれがいちゃ、兄弟分の意味はねえじゃねえか」と、理責めにして来るものがあるかと思うと、

「そりゃ無論、草鞋はこしらえてやるさ。そらァ約束だからな……。だが、その金時計の方はどうするな。バラバラに壊して分けるわけにはいかねえし……」と、この六人同盟の、そもそもの発足点へ話を持ってゆく者が出て来た。それは、彼らにとって最も大きな問題であり、早くケリをつけておきたいものであることは、彼らの眼が一瞬の間も鮑仁元の手首から離れないことで、知ることが出来た。

「じゃ、きっぱりと話を決めておこう」鮑仁元は、一膝乗り出して言った。「女の問題は、その時その時、クジで決めたらいいだろう……どうだ、異存があるかね」

「それよりほかに方法もあるまいな」

「じゃ、そうと決めておこう」

「うむ、よかろう……」

女の問題はそれで片づいたようである。鮑仁元は、時計の問題に移った。

「それから、こいつだ」彼は手首から時計をはずして言った。「誰かこいつをすぐ金に換えられる方法を知ってるか。その方法があればすぐ金にして分配してやるけど……」

「質屋へ持ってけばいいだろう」

「その質屋がこの辺にあるのか？」

「さァ……あるにはあったんだが……。今でもやってるかどうか、そいつは知らねえ」

誰もはっきり知ってる者がいないのだ。それで、時計は皆が毎日かわりばんこに持つことにして、金に換えられる日の来るのを待つことにした。

鮑仁元は生まれて初めての草鞋を履いた。履き心地は悪くはなかった。壊れかかった革の靴より、はるかによかった。これを履いて、よく耕された畑の中を歩いたら、どんなに気持ちがいいだろうと思った。彼は、元来が土の嫌いな人間ではない。だからこそ、学校も特に農科を選び、そこを出たのであるが、兵隊になってからというものは、全くその土から切り離された生活だった。シャベルや鶴嘴《つるはし》で壕を掘ったり、土の上に寝ころがったり、表面だけを見ると、兵隊の生活というものは、なかなか土と密接な関係を持ち、親しんでいるようであるが、実際は全然その反対だった。毎日土の上を歩き、土の上に寝ころがっているが、それは決して、自分と土とが一体になり、土に親しみ、土を愛していることの現れではない。農民は、土の中に自分たちの生命を発見し、土に親しみ、愛することによって、自分たちの生命を擁護し、伸展させる自然の妙理というものを会得しているが、兵隊が土の上を歩くことは、他を攻撃してその生命を奪わんがためであり、その上に寝ころがることは、狙撃を正確にしてその効果を百パーセント発揮せんがためである。だから、兵隊の生活ほど、自然生命から遠く離れたものはないのだ。

見るがいい。この塹壕は、百姓が精魂を打ち込んで耕し、種子を蒔いたところの麦畑ではないか。壕の両側にはわずかに百姓たちのその努力の跡が残されている。踏みつけられ、踏みにじられた麦の芽が、あわれな姿で土の上を這いのたくっているのだ。そして、畑の土はコンクリートよりも堅くなっている。が、さらにひどいのは、この蜿蜒《えんえん》と〔うねうねと〕つながる何十キロ、何千キロ、何万キロという、畑をつぶして掘られた塹壕である。戦車壕である。そこに蒔かれた麦だの、粟だの、大根だの……それらは何千、何万という人間の生命をつちかうに足りる、何よりも貴い資源ではないか。それが、跡形もなく掘り返され、踏み固められてしまったのだ。砲弾や銃弾以外にも、戦争はこうした生命への脅威を伴っているのだ。

「今年はきっと、大きな飢饉が来るぞ」――鮑仁元は惨憺たる光景を眼に描くことが出来た。が、同時に、彼はこの飢饉を征服する大きな夢をも描いていた。この飢饉が天から来たものでなく人から来たものであることが、彼に豪快な、その夢を持たせたものだった。トラクターだ。この、コンクリートよりも固く踏みつけられた耕地を元通りにすることは、人力をもってしては到底、一朝一夕に出来ることではない。そこへ持って来て、縦横無尽に、そして無限に掘り散らかされた塹壕だ。が、トラクターならば、それが造作なく出来るのだ。彼は嬉しくてたまらないといった顔つきで、周囲のものに話しかけた。

「君たち、戦争がすんで、それぞれ家郷《うち》へ帰されるって日が来たら、どうするね」

彼は、その質問が大衆から遊離した、自分一人の喜びに有頂点になったものであることに気づかなかった。誰も彼も、自分と同じような喜びに浸っているものと思っての質問だった。

が、その質問にあうと、彼らは急に暗い顔をして、塹壕から見える遥かの地平線に眼を放ったが、ある一人は、

「家へ帰ったって食うものもないだろう」と投げつけるような低い声で呟いた。また次の一人は、「そんなこと、考えるだけ無駄じゃねえのかな……。俺たち始終聞かされてるじゃねえか。俺たちの国は長期抗戦によって東洋軍を叩きつけ、奴らを海の外へ駆逐するまで戦争するんだって……。これから先、何年かかるか分からねえのに、家郷の話をしても始まらねえだろう。そのうちにゃ、俺たち弾に当たって殺されちまうか分からねんだからな」と、永遠に太陽の光を見られない無期徒刑囚のような、暗い絶望的な声で言った。

それは全く、彼らの心から一切の希望と光明とを奪う、鉈《なた》のような一言だった。鮑仁元のトラクターの夢も消えた。たとえ家郷の山河は元のまま存在するとしても、生命がなくなったのではどうにもならないからだった。トラクターの夢が消えると、彼の胸の中に忽然と秀蘭の顔が浮かんで来た。それは、彼の心の中でいつも天秤のように、一方が消えると一方が出て来るのだった。秀蘭ならば決して夢ではない、確実に、この手で掴めば掴み得る近いところにいるのだ。これまでにも時々、遠くからその姿を見かけているのだ。

秀蘭こそは彼の生命であり、希望の全部である。だが……

彼は方家然を眼に描いていた。そして焼きつくような、憎悪の視線を投げつけながら、呟いた。

「いつか見ていろ！　俺は決して最初の計画を捨てやしないぞ」——

回し者

鮑仁元は、暇さえあれば草鞋をこしらえていた。いかに約束したからと言っても、そうそう他人の作ってくれる草鞋ばかり当てにもしていられなかった。どんな事情で、あの約束した連中と別れなければならないことが出来るか知れないし、第一、覚えていて損のないことだった。それに、一つのものを創作していくということは、事の大小にかかわらず、楽しいことだった。彼は、すべてのことを忘れて、草鞋の製作に打ち込んだ。

熱心は彼の技術を上達させた。彼の作ったのもその仲間たちが作ったのも、ちょっと見たところでは区別がつかないほどだった。二足三足と、こしらえてゆく草鞋のたまっていくのが、彼には嬉しかった。そして、ついにその草鞋を利用する時が来た。命令で、大々的に防空壕の工事が始められたからである。初めの日は、仲間の作ってくれた草鞋で間に合ったが、翌日は、彼は初めて自分の手で編んだ草鞋を履いて工事に出た。シャベルを握ったまま、それを手から離す暇もなく、掘って掘って掘りまくった。たちまち掌にはマメが出来てしまった。腕は、肩から抜け出すほど痛んで来た。疲れて、ほっと呼吸を休めていると、銃の床尾板が飛んで来て、背中を、尻を、まるで豚でもあるかのように、後ろからどやしつけられた。監督の眼を光らしている、下士官の連中だった。

「こら！　ここは戦場だぞ、軍令にそむく奴はぶった斬るぞ！」

あちこちで、そういう罵詈が叩きつけられている。鮑仁元は三度もそれをやられ、そのたびに尻を叩かれた。

「交代！」

工事の総監督をしている温炳臣中尉が怒鳴ったのだ。

シャベル組と、畚《もつこ》組とが交代させられた〔もっこは、物を運ぶ網状の入れもの〕。今度は二人が一組になって、畚で、掘り起こした土を運び出すのである。なるべく肩の負担を軽くしようとして、畚の土を少なくすると、

「それっぱかりでどうするんだ、糞虫め！」と、言葉より先に床尾板が飛んで来る。

夕方、薄暗くなってからやっと、皆は労働から解放された。鮑仁元の足の裏は、マメでいっぱいだった。一度足を投げ出して坐ると、次にはもう痛くて立つことが出来なかった。彼がふうふう言いながら足のマメを吹いていると、例の仲間の一人が、

「おい、草鞋が悪いんじゃねえのか」と言った。草鞋という奴は、藁の打ち方が足りなくてもいけないし、編む時の藁の締め加減が平均にいってなくてもいけない。力が平均に加えられてないと、堅いところと柔らかいところと出来るし、それがマメの原因となるのだ。

しかし、鮑仁元は、草鞋の話にはあまり気乗りのしない様子で、

「草鞋も悪いかしらないが……俺は今日は、三度もどやしつけられたんだ。畜生《ちくしよう》……」と、ぷんぷん

している。

が、相手の男には、鮑仁元がめずらしく、眼に涙さえ溜めて怒っている理由が分からない。

「だって、そんなこと、何も今日に限ったことじゃねえじゃねか」と、なおもしきりに、鮑仁元のこしらえた他の草鞋を点検している。そして、鮑仁元の頭の中には無関係に、

「これじゃいけねえ、こう藁が堅くちゃ、マメも出来ようってもんだ」と言っている。

「そんなことじゃねんだよ」鮑仁元は思わず声を荒くした。「あの野郎、俺を豚よりも口汚く悪態つきやがったんだ。そして、なんでもねえことで三度も殴りやがったんだ」

「誰だ、それは……?」

と、そこへ他の仲間の一人が口を出した。

「そんなこと分かってるじゃねえか……俺だってあいつにゃ腹を立ててるんだ。なんでえ、あの野郎……ついこないだまで俺たちと一緒に、兎みてえに、壁にぶつかって踊ってた仲間じゃねえか、それが……」

「うむ、陳坤林か……!」

「しっ! そんなでけえ声出すねえ……。あの影法師野郎、どこで聞いてるか分からねえぞ」

陳坤林は、新兵仲間では恐ろしく評判の悪い男である。あいつ、俺たちと同じ仲間じゃねえか――という腹がある。それが下士になったからといって、むやみに威張るからである。それに古兵仲間でも評判はよい方ではない。その証拠には、彼が何か言っても、みんな聞かない風を装っている。

そらっとぼけた顔をして、右を向けと言えば左を向いている。駆け足ーッと号令をかけたって、初

めの一度では決して駆け足に移らない。えへらえへら笑いながら、隣り同士、話をしている。

「命令にそむくか！」そう言って歯を剥き出すと、「ほう、駆け足だとよ」と、口々にわめき合って駆け足を始める。

が、これでは上官としての面子は丸つぶれである。上官に対して、これほどの侮辱はない。彼のこめかみには年中、青筋がふくれ上がっている。彼の怒りは、どこかにぶちまけられなければならない。それが、薄暗い防空壕の掘削工事場で八つ当たりとなって、あちこちに飛ばっちりを食らわしたわけだ。

しかし、鮑仁元にとっては、彼のその八つ当たりは、決して単なる八つ当たりではなかった。彼はかつて、ここへ来る途中で陳坤林を殺してしまうとまで思いつめ、お互いに石を投げたり、拳銃を撃ったりの闘争を演じた仲だった。しかも、その深怨を含むお互いの敵対意識は、今日になっても少しも消えてはいなかった。お互いに油断のならない相手であり、警戒を要する敵であった。お互いに口をきき合わないということは、必然的に両者の意志の疎通を欠くこととなり、それはまた同時に、お互いの上に疑心暗鬼を生み出す結果となった。

「彼奴……」

「彼奴……」

そういった具合で、お互いにその意識は尖鋭化していくばかりだった。

「彼奴は、俺の許嫁者の父親を殺しやがったんだ、そして……」言いかけて、彼の唇はぴりぴり痙攣した。彼の眼は、憑《つ》かれたもののように宙を見つめている。

「なに、あの陳坤林が……？」

「また！　声がでかすぎるぞ！」ぽつんと跳ね上がった誰かの声は、たちまちそう言って押さえつけられた。

が、鮑仁元の眼はまだ宙を見つめたままである。そばに他人のいるのを意識しないようである。ここが戦場で、しかも塹壕の中だということも忘れているようである。
「彼奴は、陳坤林なんて名じゃない。方家然て言うんだ。俺の家で以前に小作をしていた奴なんだ。それが、悪いことばかりするんでクビにしちゃったんだ……」

頭の上ではいつの間にか、星がチカリチカリ光り始めた。もうすっかり夜である。その真っ暗な中で、そのとき突然ラッパが鳴り始めた。このラッパという奴は、それがたとえ起床ラッパにしろ突撃ラッパにしろ、その内容に関係なく、いつも、妙に物悲しい、やるせない感情を起こさすものである。
「今頃、なんのラッパだろう？」

新兵たちはみんな耳をすました。食事のラッパでもない、寝る時のラッパでもない。聞いたようではあるが、誰にも思い出せない。そのうち、遠くの方で誰かが何かを叫び出した。

みんな、ごそごそ塹壕を這い上がり始めた。
「おい、集まれだとよ」

口々にそう叫びながら、その叫びはだんだんと塹壕の端から端へと伝えられて、這い上がった奴はばたばた銃を提げて、何か叫んでいる声の方へ走って行く。その中には機関銃を提げて行く何人かのかたまりも見える。迫撃砲らしいものを引きずって行く組がある。まるで蟻の引っ越しだ。身上道具一切提げて、穴からほかの穴へと引き移る蟻の大行列だ。

真っ暗な中で、それでもさすがにこの蟻の大群は、各中隊ごとに隊伍を整えて整列を終えた。まだどこかに整頓しきれない、ごたごたしたざわめきの声がしているが、その中で、大隊長の声が今度ははっきりと、皆の耳朶《じだ》を打った。

「民人の報告によると、今朝以来、我に対抗せる東洋軍は、続々と大規模の後退を始めたということである。戦区司令部からの命令により、我が友軍数個師はすでに追撃行動を開始し、着々と敗敵を圧迫し、甚大なる戦果を収めつつあるということである。以上情報伝達と同時に、我が本隊に対しても、ただいま命令が下った。我が友軍の敗敵掃討をより一層効果ならしむるため、その督戦を命ぜられたのである。右督戦中、万一、友軍の中に軍律を乱し、卑怯なる行動ありと認めたる時は、私情を交えず、厳格なる軍規に照らし、これが叱咤激励をせねばならん。多少の犠牲を厭《いと》うところではない。時と場合によっては友軍たりとも友軍に非《あら》ず。厳乎たる態度をもって、我らに与えられたる使命を達成せねばならん」

大隊長はそこでいったん言葉を切って、厳然とした口調で、

「命令！」と叫んだ。「各中隊は、ただちに行動開始ーッ」

暗い広野に、おびただしい足音と武器の触れ合う音がしばらくつづいて、その広野はものの五分と経たないうち、また元の寂漠に帰って行った。まるで、地の底にでも吸い込まれたかのように、今まで蠢《うごめ》いていた一切のものが、闇の中に姿を消してしまったのである。

どこか遠くで犬が吠えている。一つが吠えるとあちこちでそれに応《こた》えるように吠え出した。敵か、味方か、どこか遠くで機関銃がダダダ……と叫び出した。思い出したように、時々、小銃の音がパン、

パンと孤立無援の叫びを上げる。塹壕の上から、するすると五、六人ひとかたまりになった人影が這い出して、たちまち前方の闇の中に姿を消していった。斥候が出て行ったのだ。

星の位置が、だんだん高くなって来る。だいぶ夜のふけたという感じだ。さっと一本の直線を引いて星が飛んだ。寒いことも寒いが、みんな歯の根が合わずに、がちがち歯を鳴らして震えている。

闇の中からぽっかりと五、六人の黒い影が浮かび上がって来た。さっき出て行った斥候の数と同じ数である。しん！　とした闇の中で、

「報告！」という底力のある声が、叫ばれている。「前線にある我が友軍には、なんの異状もありません。元のままの陣地により、即刻運動を起こす形跡は少しも見せておりません」

塹壕の中に、ちょっとしたざわめきが起こった。ほっとした安堵の溜息の合唱である。

「おい、徐中尉……すぐ司令部へ電話をかけい。前線の友軍は、まだ少しも追撃運動を起こしておらん――と、な」

この今の斥候の報告で、一時、剃刀の刃よりも鋭くとがった全部隊の緊張感は、その瞬間、暖風に会った氷のように、もろくも崩れとけて、急に今までと変わらない塹壕風景に変貌してしまった。あちこちで急に、雑談の囁き声が交わされ始めたのである。

「今晩一晩中ぐらいは、このまま居すわりだぞ」

「一晩ぐらいってことはあるまい。俺は二、三日は大丈夫と睨んでいる」

「いや、そりゃみんな間違いだ。俺は第一、あの民人の密告ってやつが臭いと睨んでるんだ。あの東洋兵がよ、戦争らしい戦争もしねえで退却するってわけがねえじゃねえか……。それとも何か、退却

しなければならねえという理由でもあるかな」

中に、そんな分別《ふんべつ》くさい考えを洩らす者があるかと思うと、中には、その眼で何もかもはっきり見て来たかのように、詳しい情報を聞かせる者もあった。

「俺はあの大隊長の従卒から聞いて知ってるんだ。東洋軍は最近、津浦線、京漢線の二個所で大敗してるんだ。大敗と言うより全滅させられたと言った方がいいんだろう、そんな打撃を受けてるらしいんだ。それで急に兵力をその二個所へ集中させるために、あちこちに散在してる部隊を後退させていると言うんだが。そいつは、現にラジオで放送されてるのを聞いたと言うんだから確実だろう」

そういう話というものは、誰にしても聞いて嬉しいものである。ことに、その話の出所が確実である以上、それは誰の心にも勇気と元気を与える力を持っている。

「それはそうと、我々の持っている青龍刀の威力というものは素晴らしいもんらしいな。白兵戦の時なんか、あいつをぶんぶん振り回して行くと、東洋兵の顔色がさっと変わるって言うからな……。よっぽど恐ろしいもんらしい」

が、世の中には、つむじ曲がりという奴があるものである。人が右と言えば左と言い、赤いと言えば黒いと言う……こういう種類の男が、この隊の中にもいた。

「しかし、それにしてはおかしいじゃねえか。東洋兵は続々敗退するし、それの追撃命令は出ているというのに、どうして、あの前線にいる友軍は元の陣地に居すわっているんだろう？　何かそこに理由があるんじゃねえのか？　……誰にしたって、こんなへんぴな奥地でまごまごしてるよりは、総てに富裕な、海岸に近い町へ出て行く方が嬉しいだろうによ」

しかし、これにも確かに一理屈ある。決して、単なるつむじ曲がりの議論として貶《けな》しつけることは出来ない。

「それもそうだな」といった様子が、それを聞いた瞬間、皆の顔にさっと浮かんだので知れた。が、自分の説にケチをつけられたと思ったのだろう、さっきの男は憤然と口をとがらして、

「理由は大ありさ」と、食ってかかるような見幕で言った。「だがその理由は、ラジオが放送したんじゃねえ。それこそ秘中の秘……我々の司令部のみが握ってる虎の子なんだ。いいか、言って聞かせるがな……あの前線の部隊を支配する大将って奴が、なかなか一筋縄でいかねえ軍閥あがりの古狸なんだ。利己のためにはどんな破廉恥行為もやりかねない男なんだ……。だから、中央でも抜かりはねえ、何百って密偵を放って奴を監視させている。やっこさんのしたことと言ったら、だから屁の数まで中央へ筒抜けだ。が、奴はそんなことに気がつかねえ。どえらい謀反心《むほんしん》を起こしやがった」

真っ暗闇の塹壕の中では、その聴衆の顔色は分からないが、一同の血管に脈うつ呼吸のリズムは、完全に恐ろしいまでに動転した驚愕を表すことで一致している。それは彼の胸に、眼に見るよりもはっきりと、自分のいま投げた一石が、残酷なまでに激しく聞き手の心臓を叩きつけたことを伝えて来た。

「その謀反心って、どんなことなんだい?」

言葉という表現形式でない、もっと直接的な心臓のわめくような鼓動が、彼の胸を苦しいほど強く、周り中から圧迫して来る。彼はべろりと唇に湿りをくれて、周り中の心臓から訴えて来る質問に答えた。

「どうだ、おめえたちにその想像がつくか。おそらく、つくめえ」その男はそう言って、もったいをつけてから「彼奴は、我々党国を東洋軍に売ろうとしてやがるんだ。自己の利益と安全のために降伏

を申し込みやがったんだ……」

「じゃ、なぜそんな奴をほったらかしておくんだ?」

周り中から轟々とした非難の声が起こった。

「まァ、待て!」その男は闇の中に大きく手を振った。「その不審はもっともだ! 無論、ほったらかしておくことは出来ねえ……。だが、残念のことに、確固とした証拠が手に入らねんだ。東洋軍の首脳者と通謀していることは密偵がその眼で掴んだんだが、それだけじゃ彼奴の首根っ子を押さえつけるわけにゃいかねえ。なにしろ彼奴には十万という手兵がある。下手を突っつくとえらい内輪喧嘩になる。この党国の危急存亡の時に当たって、そんな馬鹿なことは出来ねえ。出来るだけ、彼奴と東洋軍との通謀の邪魔をし、彼奴と東洋軍との間に激烈な戦闘を開始せしめるように仕向けなければならない。それが我々に与えられた任務なんだ……。まァ見ているがいい、そのうちに面白いことが始まるから……」

皆は、その雄弁に、酒にでも酔ったように陶然としていた。が、やがてハっとしたように眼をみはって、闇の中に眼をこらした。今おしゃべりしていたその男が、ついと立ち上がると、すたすた隣の中隊の方へ向かって、闇の中へ姿を呑まれていったからである。影のようなその男の姿が、まるきり闇の中へ溶け込んだ時、

「あの男、誰だったろう? 顔は見えなかったが、ついぞ聞いたことのねえ声だったが……」と、一人の男が、ひとりごとのように呟いた。

「そう言やァ、俺も聞いたことがねえ。いやにしゃきしゃき物を言う男じゃねえか」誰かがすぐそれ

に応じて言った。「しかし、あんなこと本当だろうか?」

「嘘ってこともあるめえが……。しかし、ややっこしい事になったもんだな。味方の中にそんな裏切り者がいたんじゃ、安心して戦争も出来ねえじゃねえか」

「俺なんか初めっから安心なんかしちゃいねえ」と、誰かがその尻について言った。「俺たちが初めてここへ逃げ込んで来た時も、いきなりダダダ……って機関銃をぶっかけて来た奴があったろう。俺は初め、あ、ここにも東洋兵が来てたぞ——と、びっくりしたもんだ。が、それはそうじゃなかった。第八路軍の奴らだったんだ。それから俺たちも、いま前線にいる奴らが退却して来た時、機関銃と、小銃と、総動員でぶっくらわしたろう。……つまり、俺たちは周り中みんな敵だと思ってなけりゃならねんだ。味方だなんて安心してたら、それこそ尻の毛まで抜かれちまうんだ」

得体の知れない男の出現以来、それまで死のような静けさに覆われていた塹壕内は、ちょっと納まりのつかないくらい賑やかに、論難、雑談の花が咲いた。そのがやがやした声の中から、例の六人組の一人が、

「おい、鮑はいるかい?」と、鮑に呼びかけた。鮑仁元は、さっきから一言も口をきかない。それに、鼻をつままれても分からない暗さである。だから、眼と鼻の先にいる彼に気がつかないのだ。

「うん、ここだ!」鮑仁元は、腕組みをし、眼をつぶって、自分一人の考えにふけっていたのである。その眼を開いて、彼は言った。「何か用か?」

「用ってこともねえが、おめえ、今の男、知ってるか」

「知らない……知らないが、あの男は戦争が商売の兵隊じゃない。あれは、ああやってしゃべって歩く

のが商売の男だな。それが証拠にゃ、俺は、あの男が立って歩きかけた時ちょっと見ただけなんだが、全然武装していなかったじゃないか。鉄砲も持ってなけりゃ、剣も提げちゃいない……。軍事政治部のもんじゃないかと思うんだが……」

「へえ……おかしな商売もあるもんだな」

「おかしいことはない、立派な商売だよ。我々にしたって、あの男の言うことを聞いて、なんとなく昂奮したじゃないか。ただの昂奮じゃない、公憤だよ。国家と国民を裏切って日本に寝返りを打とうとしているという軍閥に対して、何か誅伐《ちゅうばつ》を加えてやらなければ気がすまん——という、闘争心を振るい立たされたじゃないか」

が、そんなことをしゃべりながら、彼はなんとなく心の空虚を感じた。実際には、口で言うほどの公憤も感じてなければ、闘争心も振起《しんき》されはしなかったのだから。それどころか、あの軍事政治部員らしい男の言ったことなぞ、ちょいちょいとその断片を耳に挟んだばかりで、大部分、秀蘭のことばかり空想していたのだ。自分たちが督戦のため前線へ押し出して行く、そのあとに残った女童軍の連中はどうなるのだろう？　一緒に我々のあとについて来るのだろうか、それとも病院と一緒に後に残るのだろうか……。彼には、秀蘭との最悪の場面ばかり空想する癖がある。今までに一つだって、めでたしめでたしで、二人手をたずさえて家郷に帰る場面なんて空想したことがない。いつも、このまま秀蘭と離ればなれになって一生会えなくなるんじゃないか——そういった心配にばかり頭を疲らしている。

が、しかし、そんなことは今、皆の前に問題とされていることから見れば、まことに些々《ささ》たる私事だ。その問題の渦中に引っ張り出されて見れば、なんとか一人前の意見を吐かなければ納まりがつかない。それで、公憤を感じるとか、闘争心を振起されると言ったのであるが、しかし、彼は思うのである。何百万と号する中国軍人の中に、国家のために進んで一身を犠牲にして悔いないという士が、果たして何人あるだろうか。

彼はかつて、それもあまり古いことではない、彼の村が太原からの敗走兵によって占拠される直前のことだった。近所の町村一帯の地に撒布された、共産党関係の伝単で知ったのであるが、中国空軍総司令の要職にある宋美齢《そうびれい》は、その地位を利用して、国民の血と汗の結晶である献金全部と、救国公債の一部を合わせた三百万ドルという金をもって、アメリカに軍用飛行機の注文をした。ところが、発送されて来た荷造りを解いて見ると、それに立ち会った蔣介石《しょうかいせき》を始め、その他の国軍幹部連中も、あっと言ったまま、二の句が吐けなかった。というのは、箱から出て来た爆撃機とか戦闘機とかいう奴が、しかも一台十万ドルの割で注文した優秀機が、なんと、そのことごとくが、一台せいぜい二、三万ドルぐらいの価値しかない練習機ばかりだったのだ。

これにはさすがの蔣介石も、くわっと腹を立て、自分の細君である宋美齢めがけて一発、ずどんと拳銃の弾をお見舞いしたというのであるが、その伝単の記者は言っている。宋美齢と言う女はそういった欲の皮の突っ張った女である。いや、国民党の幹部要人連中は、そのことごとくが宋美齢と一つ穴の狢《むじな》である。私利私欲の前には国家もない。国民もない。宋一族の暴富は、その由来するところことごとく、右のごとき手段による、政権を私して得たところのもののみである。民族革命を僭称《せんしょう》し、救国抗日の美名に隠れて国民から簒奪《さんだつ》したところのものである。宋美齢個人が英国銀行に預入せるもの一億五千万ドルという。宋一族の預金全部を合する時は、実に十五億を算するのである。しかも彼らは、その莫大なる私財を棚に上げておいて、まさに餓死せんとする野の窮民から、なおも救国抗日の美辞のもとに、零細の金を強奪せんとしつつあるのである。

鮑仁元の眼にした伝単は、以上のように、宋一族の暴富を得た因縁を暴露したあと、「国民はよろしく宋一族に迫って、その預金全部を吐き出させるがよい。彼らの金というものは、ことごとく元国民のものである。かくする時、我が中国は国民に一銭の負担をもかけることなく、なお数年の抗日戦を続けることが出来るであろう」と結んでいるのだ。

鮑仁元はこれを思い出すことによって、自分が必ずしも国家のためばかり思わず、秀蘭のことのために、時に、銃をとることさえ忘れてぼんやり考え込んでいても、許されていいと思うのである。いま売国奴とさえ罵った、かの軍閥の行為にしてからが、神人ともに怒るといった風の罪悪ではないかも知れないのである。鮑仁元には結局、何もかもが分からないのであった。

脱走

塹壕の中で散々、得体の知れない男が宣伝演説らしいことをしゃべっている最中、これはまた銃や剣で完全に武装した一人の兵が、屋守《やもり》のようにぴったりと、その腹を大地につけ、滑るように塹壕を出て行った。

方家然だった。数日前、彼は久しぶりに秀蘭と会った。その時の味を思い出して、彼は矢も盾もたまらなくなって、彼女のもとへ忍んで行くところだった。いや、今夜の彼の目的は、決してそんな浮わついた情事を語るのが主ではなかった。数日前に会ったとき果たさなかった脱走の問題を、今夜一挙に決行してしまおうというのが、その唯一の目的だった。彼にしてみると、それはもう一日も延ばすことを許されないところへ来ていた。彼自身にしても、せめてもう二、三日余裕があったら――と、あまりに急に来すぎたその機会に面食らったほどだった。

が、機会とは言うけれど、その機会というものは決して自然に来るものではない、結局、その人間の個性が生み出すものだということを、方家然は漠然とではあるが、その思惟《しい》の中で認識した。

彼は元来が臆病の人間ではない。もし彼が臆病の人間だったら、鮑家から小作の仕事を取り上げられ、路頭に迷った時、彼は決して兵隊になぞならず、苦力《クーリー》にでもなったろう。あるいは乞食になったかも知れない。それは、彼の野心が進ませた道であったかも知れないが、確かに臆病でないからこそ、その道を選んだものだった。

ところが、近頃の彼は、小銃や機関銃、ことに大砲の音でも聞くと、思わず塹壕の底に腰でも抜かしたように居すくまってしまうのだった。そして、自分ながら驚いたように、あとで呟くのである。

「俺はこんな臆病じゃなかったはずだが……」

が、そのすぐあとで彼は、自分の臆病になった理由に気づいて、ににたとした笑いを浮かべながら、

「無理もねえ……」と、ぼやくのだ。「俺には大事な大事な女がいるんだ。何十万ドルって金もある

んだ。それをあとに残して、どうしてむざむざ死ねるもんじゃねえ」

が、彼に逃亡の機会を与えてくれたものは、その大事な大事な女のいることと、何十万ドルっていう金のあることばかりではなかった。もっと直接的な原因があった。ほかでもない、今夜にも敵軍に対して大々的に攻撃を開始しようという命令が出たのと、その戦闘が今までにない激烈を極めそうなのを予感したからだった。

塹壕からうまく滑り抜けて来た方家然は、そのまま誰にも見とがめられることなく、するすると一軒の廃屋の中へと姿を隠した。戦争が始まると同時にこの家の住人たちはどこかへ避難したものらしい。釘づけにしてあった入口の戸が、いつの間にかその戸は剥がされてしまい、目ぼしいものは掠奪され、がらくたは焚火《たきび》の材料にされ、今は何ひとつない、がらんどうだった。

が、鼻を捻《ひね》られても分からない、その真っ暗ながらんどうの中で、方家然はしかし、それが多年住み慣れた自分の家ででもあるかのように、三部屋ほどあるその一番奥の部屋まで入って行き、ペリッと、何か釘づけの板でも剥がすような音を立てて、ひとかかえ、着物のようなものを取り出し、床の上に放り出した。彼は、その品物をいちいち手探りで改め、改め終わると、にやっとして、

「今度こそうまくやるぞ！」と呟いた。

が、不思議のことに、彼はせっかく取り出した着物らしいものは、そのまま手もつけず、床の上に放り出したままで、また屋外へと出て行った。彼の眼は、前後左右、八方に配られていた。時々地の上にしゃがみこんで周り中を透かして見、耳を大地につけ、どんな微細な物音でも聞きのがすまいとするように首を傾け、そして、三歩五歩と目標へ向かって潜行した。

彼は歩く時、まったく足音を立てなかった。藁で作られた草鞋のせいかもしれなかった。そのくせ、目標を眼に入れたとなると、その歩くのの速いことは稲妻のようだった。誰にもその姿を見せないで、あっというまに、三百メートルぐらい一気に走り抜け、呼吸の調子すら変えず、自分に必要な姿態で相手に対していた。それが自分の敵である場合は、その敵のすぐ背後でなんらかの地物を利用し、相手のすること、しゃべることに全身の官感を緊張させている。もしそれが平和の友人である場合は、いきなり、その後ろから「やァ」と言って肩を叩く。誰もがびっくりして飛び上がる。地の中からでも湧き出して来たかのように驚くのだ。

が、それは必ずしも彼のみの特技ではない。長年、軍隊生活をしたものは、その必要から誰しもがたいがい、多少の差こそあれ、そういう特技らしい傾向を持っている。

ことに今は黒白《こくびゃく》も分からない真の闇夜だ。例の天幕病院へと急いでいる彼の姿は、誰の眼にもとまりはしない。彼は、ほとんど一直線にその病院の間近まで来てしまったのである。が、その間近の、例の積み藁のところまで来た時、彼の足はぴたっと止まってしまった。そこからぼそぼそと聞こえて来る、男と女の話し声を耳にとめたのである。しかも、その女の声が、彼には確かに聞き覚えのある秀蘭の声だった。

「糞！　売女《ばいた》め〔売春婦め〕……！」

彼の頭は、カーっとのぼって来た血のために、くらくらッとした。前後の考えもなく、その藁の中へ飛び込もうとした。が、彼はわずかにその一髪というところで踏みとどまった。これ……という理由があったわけではない。ただ、なんということなく、相手を確かめてから……と思ったのである。

方家然の睨んだことに狂いはなかった。積み藁の中にいた女は、まさに秀蘭だった。彼女はこの日、夕方頃から妙に落ち着かない気持ちでそわそわしていた。副官の徐中尉が来て、

「今夜、これから敵を攻撃することになったについて、野戦病院もこのままここへ置いとくわけにはいかなくなった。収容中の傷病兵は、今夜中にトラックをもって後方の病院へ送り込むことになるかも知れない。だから、そのトラックがいつ来ても差しつかえないように、万全の準備をしておいてくれ」

そう言って何やら忙しそうに、あたふた戦線へ引き返して行ったのだ。が、この一言は彼女の頭に何やら青天の霹靂《へきれき》と言った強い衝撃を与えた。といって、彼女のこのごろの生活が決して青天が象徴するような明朗快適なものである、というのではない。ここも戦線の一部であり、現に五十人からの相当の重症患者を収容している。そして夜昼間断なく、肺腑をえぐるような呻吟の声を聞かされ続けているのである。それは断じて、明朗でもなければ快適でもない。それにもかかわらず、この生活に慣れたというのだろうか、これから敵を攻撃し、患者は全部トラックで後送すると聞いた時、彼女は、どかん！　と、爆撃でもされたような衝撃を感じたのだった。それは、現在より以上の、不幸と惨鼻の世界を招来現出することを予想したがためでもあろうが、彼女にはそれ以外、そうなったら方家然はどうなるだろう？　自分はどうなるのかしら？　このまま離ればなれになって、一生二人は会う機会がなくなるのではないだろうか――そういった不安……恐れの気持ちが直感的に彼女の心臓をとらえたからだった。

自分は彼に復讐しなければならない。彼に奪われた財宝のありかを自白させなければならない――。

それは、今に至って、ますます熾烈に彼女の頭の中に燃えつづけている、恐ろしいまでに執拗な欲望

だった。

こうした場合、彼女は実際自分で自分をどう処置していいか分からなかった。彼女はただまごまごして、天幕を出たり入ったり、なんにも手につかないで、そわそわしていた。そのうちに日は全く西の地平線に沈んでしまい、夜がやって来た。夜はだんだんとふけて来る。体は綿のようにくったりと疲れている。それでも秀蘭は、自分の椅子に落ちついていることが出来ない。腰をおろしたかと思うと、すぐふらふらと立ち上がって、外の様子を見に行くのだ。そして、遠くからトラックの音が響いて来はしないか、耳を澄ますのだ。そのとき彼女の耳に、むせび泣くような、物悲しい余韻を引いて、何かのラッパが鳴り出した。が、なんのラッパか彼女には分からない、ただ、漠然と、今夜決行するという攻撃の合図のラッパかしらん——と思うばかりだ。そして、いよいよ、いても立ってもいられない、焦燥の気持ちが募《つの》るばかりだ。彼女はじっと戦線の方向に眼をこらし、そのまま大地の中にめり込んでしまうのではないかと思われるほど、じっと、動かずに耳をすましていた。

何かしら、ど、ど、ど……と、大地を揺するどよめきが、彼女の胸に伝わって来る。それは、一寸刻み、五分刻みに彼女の心臓を切り刻む刃の刃音だ。

いよいよ戦争が始まるのだ——。秀蘭の肩は、星空の下に細かく震えている。

「おい、秀蘭じゃないか？　……何をぼんやり見てるんだ？」

彼女はその声に跳び上がってびっくりした。恐怖のあまり、その声が誰であるかも気がつかず、声の主の誰であるかを見きわめようという勇気も出なかった。その時、彼女は戦争がもたらす惨禍、殺戮《さつりく》の凄惨さを眼に描いて、ただ、落とし穴にかかった兎のように、おどおどしていたのだ。

「おい、どうしたというんだ」

肩を掴まれた手の下から、わけもなく身を脱しようともがいていた彼女は、やっとその声で、それが誰であるかを知った。三、四時間前の夕方会ったばかりの徐中尉だったのだ。

「まァ、徐中尉……」

恐怖におびえ、震えていた彼女の胸は、その刹那、破裂するばかりの歓喜に変わった。日頃のたしなみも、遠慮も、つつしみも、そうした一切の心の垣が取り払われて、彼女は夢中で徐中尉の胸の中に飛び込んで行った。徐中尉は、あっけにとられたように、しばらく秀蘭の頭を静かに撫でていた。

そして言った。

「一体どうしたんです？　何かあったんですか？」

が、秀蘭はそれには答えないで、

「戦争はどうなるんです？　私たちはどうなるんです？」と、立て続けて質問の矢を向けて来た。

が、今度は徐中尉が黙ってしまった。彼には簡単に、どう説明したら秀蘭が納得出来るか、その言葉が見つからなかったのだ。事情があまり複雑していたし、切迫していた。順序を追って、女子供にも分かるように説明するには、彼の心も少し慌てていたし、乱れすぎていた。

「ともかく、あの藁のとこへ行って話そう」

徐中尉は先に立って行って、その藁の上に腰をおろした。秀蘭は渋々それに従ったが、彼女には、そこはたまらなく不愉快な思い出の場所だった。そして、行っても突っ立ったままで、坐ろうとはしなかった。徐中尉も、別に無理に彼女をそこへ坐らせようとはしないで、

「戦争もむずかしくなって来た」と言った。

秀蘭は立ったままで、じっと徐中尉のそう言う口もとを見つめていた。が、徐中尉は、彼女のその鋭い視線には無関心に、独り言のような呟きを続けている。

「それに、この戦争は一体いつまで続く戦争なんだろう？　死んだ時が戦争の終わった時ではないのか……。とにかく、俺たちの生きているうちは戦争は終わらないのだ」——

「すると、方家然も死ぬんでしょうか？」秀蘭は鋭く言葉を挟んだ。

「方家然？　方家然って誰です？」

「いいえ、方家然ではありません」彼女は慌てて訂正した。「陳坤林です……。陳坤林も死ぬんでしょうか。お願いです。どうか陳を死なないようにして下さい。安全な位置にやって下さい……」

「陳坤林？　……ああ、貴女の御主人でしたね」

徐中尉の口からその名を言われると、それが何気なく言われたものであったらしいのにもかかわらず、彼女はぞくぞくっと、悪寒にも似た、屈辱感と羞恥の感情が氷のように背中を突き抜けるのを感じた。彼女は顔が上げられなかった。が、この時の彼女の心持ちというものは、単にきまりが悪いと言ったような、なまやさしいものではなかった。まさに爆発せんとする直前の噴火山のようなものだった。どろどろに灼熱沸騰した憤怒《ふんぬ》の感情が、その爆発の捌《は》け場を求めて、彼女の全身をのたうち回っているのだった。しかも、その憤怒の感情を押さえに押さえて、一寸刻みにしても飽き足らないその男のために、生命の安全を願ってやる彼女だった。その矛盾相剋の苦しみというものは、よくも心臓麻痺を起こさないで……と思われるくらい激しいものであったが、事情を知らない第三者の眼には、それは実に美しい夫婦愛の極致とでもいった風に映ったかもしれない。

秀蘭は、その苦しみを自分一人の胸に噛みしめつつ、なおも方家然のために懇願した。

「私、自分の身に換えられることならなんでも致します。どうか、陳を……なんでもよろしゅうございます。後方勤務の、炊事でも、病院の方でも、安全のところで使って下さい……。お願いです」

彼女は、唇を噛み切れるほど強く噛みしめながら、そう言って、涙のたまった眼でじっと徐中尉の眼を見つめた。やっと聞き取れるくらいの小さな声だった。

「そうですか……」と、徐中尉は重苦しく一つうなずいたが、しかし、それは彼の自由になることではなかった。

「さァ……」と言い換えてから、今度は思いきって「それはむずかしいでしょう。第一、僕の自由になることではないし、この戦線にしたって、前進攻撃に移るものか、このまま居すわりか、それとも後退か、全然見通しがつかないんですからね」と言った。

秀蘭のしょげ方は、見るも気の毒なくらいだった。根を切られた草花のように、ぐったりと首を垂れて、うつ向いたまま、眼に見えない闇の中の自分の足を見つめていた。その時、彼女の頭の中を嵐のように一つの考えが暴れ狂っていた。——方家然がもし敵弾のため死ぬんだったら、自分が今日まで耐えて来た生活というものに、なんの意味もないことになるんじゃないか。敵弾で死ぬ前に、あの男の命は、ぜひこの自分が奪わなければならないのだ。あの男が隠した財産の所在なぞ、今は問題にしている時じゃないのだ——

武器は……今なら彼女は自由に手に入れることが出来る。病院で死んでいった士官たちの拳銃が、彼女の選び取ってくれるのを待っているのである。

彼女がそんな考えにふけっている時、徐中尉も、この忙しい時間をさいて来た自分の用向きについて、なんと切り出したものか迷っていた。実を言うと、彼は秀蘭に会った初めの日から、何か彼女にひきつけられる自分を感じていた。が、彼は、秀蘭がひとの妻であるということを知っていながらも、別に自分のその気持ちを警戒もしなければ、また悪徳とも思っていなかった。なぜというのに、彼女が夫である陳坤林を愛しているどころか、むしろ、極端に憎悪している様子を見て取ってからというもの、この二人の男女を、夫婦として見ることをやめてしまった。別々の男と女という風に見て、自分の気持ちも無理に矯《た》めず〔変えず〕、すべてを自然に、なるままに任せて来たのだった。

が、彼のその態度というものは、元来が消極的だった。これまでについぞ一度、彼女の唇を求めたこともなければ、「愛」という言葉をその耳に囁いたこともなかった。彼は、それでいいのだ、いや、それでなければならないのだ——という見解を持していた。本当に愛している以上、言葉や行為に表さなくとも、それは必ず相手に通じるものであり、相手を動かし得るものだと信じていた。

だが、今夜という今夜、彼はその考えをベリベリに引き裂いて、ドブの中へ叩き込むことにした。その考え方が間違っていると思わなかったが、その考え方の通用するのは、春日遅々〔のどかな春の日〕……といった静穏平和の日のことだった。何もかもが瞬間ごとに変わっていくこの戦場では、その意志の通じないうちに、いつなんどき、千里の遠きにお互いが別れ別れにならないとも限らないし、また永遠に逢うことのない白骨とならないとも限らなかった。ことに先ほど司令部から受けた前線部隊の督戦を命ずという一言は、駘蕩たる彼の気持ちに、ぴりっとした衝撃を与えたようだった。ぐずぐずしてはいられないという気持ちが、猛然と、彼の心に動き始めたのだ。彼女との完全なる魂の結合を本能的に要求し始めたのだ。そのために、前後の考えもなく飛び出して来て、ともかく、この衷情《ちゅうじょう》〔まごころ〕を彼女に訴えようと思ったのだ。

が、来て見て、彼はすっかり勇気の阻喪するのを感じた。秀蘭は、彼の予想だもしないほどの熱烈さで、陳坤林を愛していた、それをこの瀬戸際に来て発見したからである。彼ら二人の魂こそ、完全な結合をしている。それを壊すことは絶対に出来ないだろう。

「じゃ、どうしてもお願い出来ないのでしょうか」……秀蘭は絶望しきった様子でもう一度言って、これも何やら絶望的な顔つきをしている徐中尉に眼をやった。

が、その瞬間だった。闇の中にぱっと黒い影が閃《ひらめ》いたかと思うと、ぐわッ！　という何かを砕いたような、鈍重にしてしかも激しい音がして、よろよろと、秀蘭の眼の前の徐中尉が地に這ってしまった。その不気味な物音がした瞬間、徐中尉の口から、ぎゃっ……というようなうめき声の洩れたのを、秀蘭はぞっと毛穴立った総身の戦慄の中に聞いた。

「うぬ！　この野良犬め！」

一人の男が、激しく肩で呼吸をしながら、地に這っている徐中尉を蹴飛ばした。

「あ、方家然だ！」……そうと分かると、彼女は夢中で、その悪鬼のような男に組みついていった。

「な、何をするんです？　馬鹿なことしちゃいけません、それは徐中尉です」

が、方家然は耳にも入れない。激しい憤怒を嵐のような呼吸で表しながら、なおも夢中で息の絶えた徐中尉を蹴りつづけている。

「畜生！　……よくも、よくも……」

秀蘭は初め、方家然がなぜこのような残虐をあえてしたのか、なにゆえこのように激しい怒りに駆り立てられたのか、全然見当がつかなかった。が、あえぎあえぎ、嵐のような呼吸の下から言う「よくも、よくも」という言葉で、それが深刻な嫉妬《しっと》に根ざしていることを知った。

「方家然……お前は……」

この不意打ちに遭って、彼女の頭の中もすっかり動転し、混乱してしまった。徐中尉のために釈明すべき言葉が、いっときに口もとに押し寄せて来て、何から先に言っていいか分からない。ただ、唇をびくびく痙攣させながら、方家然を後ろから抱き止め、その暴行を阻止させようとしている。彼女は時々奔馬のように暴れ狂う方家然のために、振りもぎられ、大地に叩きつけられようとした。彼女は、根限りの力で彼にしがみつき、やっと、彼に対する釈明と、詰責《きつせき》の言葉を叩きつけた。

「あんたは誤解してるんです。徐中尉はあんたが責めてるような人じゃありません」

方家然はやっと力がつきたのか、それとも徐中尉がすでに死んでいることに気づいたためか、静かになった。激しい息づかいで肩に波打たせながら、ぐったりと、積み藁のところへ来て腰をおろした。

秀蘭はその機会をつかまえて、

「私はいま、徐中尉に、あんたの安全にいられるように頼んでいたとこです。それを、それを……あんたはなんていうことをしたんです。何もかも駄目になってしまったじゃありませんか」

が、正直のところ、彼女はあまり大きな声で、はっきりとそれが言いきれなかった。彼のために身の安全を計ったことは事実であるが、それには裏の裏がある。肉を得るために、豚に充分の飼料を与えるようなものである。充分の飼料を与えることで、豚に恩を着せることは出来ない。自分の弾で彼を斃す日の来るまで、敵の弾から彼を守ってやろうという、豚のたとえと似た、はなはだ変なジレンマが彼女にあるのだった。

放心したようにぐったりしていた方家然は、しかし秀蘭のその、はなはだ自信のない言葉を耳にとどめていた。

「自分と同じように屠殺場へ入れられる身分の徐中尉に、なんで仲間の俺を助ける能力があるんだ……。お前はなんにも知るまいが、ここは今すぐに大変な修羅場になるんだ。命を助かろうと思ったら、ここを逃げ出すほか方法はないんだ」

それは秀蘭にも承知出来る。が、承知出来ないのは、なんの罪もない徐中尉を殺した彼の行為である。

「それにしても、徐中尉をなぜあんな惨たらしい方法で殺したんです？　ひとこと釈明を求めてから……それからにしたって決して遅いことはなかったのに……」

「ふん……」方家然は鼻の先で嗤った。嗤っただけで、てんで、そんな問題は取り上げようとしない。頭から、徐中尉と彼女との関係を決めてかかっている。

「俺は兵隊なんだ。そんな面倒くせえことは嫌いだ」そう言って、いかにも兵隊らしい本領を発揮し出した。

彼は積み藁の上から立ち上がった。そして、つかつかと、闇の中から眼をすえていた徐中尉の死骸に向かって歩き出した。そして、その上にかがみ込むと、内外のポケットを調べ始めた。しばらくのあいだ無言で、その工作を続けていた。ドル入れ、時計、地図、拳銃……手当たり次第に自分のポケットに捻じ込んでいる。

彼はやがて秀蘭のそばへ戻って来た。彼は、秀蘭の眼に浮かんでいる限りない軽蔑を弾き返すように、昂然と肩をそびやかして、

「おい、これはなんだ？」と、掌に握っている、一つの小さなものを彼女の眼の前に突きつけた。

ずっと前、彼女の指に光っていた指輪である。電報料に換えられた紅玉の指輪である。が、彼女は別に驚かなかった。

「あんたに、前に話さなかったかしら？」

彼女は、その指輪のいきさつは、すっかり彼に打ちあけたように覚えている。だから、その現物が手に入ったからといって、今さらのように鬼の首でも取ったように、「これでもか！」という態度を見せられることは、たまらなく不愉快だった。

「何を話したというんだ！」

方家然はこの上もない仏頂面をして、秀蘭を睨めつけている。

「俺は何も聞きやしない。この指輪が前にお前の指にはまっていたということを知ってるだけだ……。が、今さら、この指輪がなんで徐中尉のポケットにあったか、そんなことを聞いても、なんにもなるまい。第一、そんなこと聞きたくもない……」

「そうですか」秀蘭は、そう言って口をつぐむほかなかった。が、それだけではなんとなく秀蘭の胸は納まらない。「じゃ、私にわざわざ見せなくてもいいでしょう。黙って自分のポケットにしまっておおきになればいいのに……」と、わずかに自分の胸をさすった。

遠い第一線の方向で、このとき不意に、機関銃が唸り始めた。つづいて小銃が、まちまちの急射撃を始めた。

夜襲でも受けたのか。それとも予定通りの進撃が始まったのか。手榴弾らしい連続した爆音が、にわかに静かな夜の空気を破って、血なまぐさい戦場へと、その色を塗り換え始めた。

方家然は、どきっとしたように指輪をポケットに納めると、

「さァ、今度こそうまくやるんだ。今なら邪魔者は一人もいない。上海か、香港か……とにかく今夜中にこの危険区域を出来るだけ遠く離れるんだ」

方家然は、有無を言わせなかった。秀蘭の手をとると、さっき通って来た道を逆に、一直線に彼の空き家へと走った。

秀蘭は、すべてを運命に任せた。彼女の小さな力でいかに逆らったところで、どうにもなるものではなかったし、また、命をかけて逆らうほどの理由も見出せなかった。初めから兵隊になるのが目的ではなかったのだし、究極は、二人のうちどちらか一人が命をなくするまで同伴するのが、彼女に与えられた運命なのだった。

機会が来れば……

それが秀蘭の待ち望む、今は唯一の希望だった。方家然をして、掠奪した周家の財産をどこへ隠したか、それを白状させることと、彼の生命を断って、父の復讐を遂げること……。それまでの二人の道づれだった。

その機会がどういう形で来るか、また、ついに来ないものか、それは全然、想像のほかだった。

彼女は空き家に連れ込まれ、方家然の用意しておいたものらしい便服を着せられた。方家然も便服に着替えた。

「さァ、これでいい」そう言って、二人はそのまま闇の中に姿を消してしまった。

前線異状無し

その晩、第一線部隊に対して軍司令部から厳命が下った。――その部隊は、最初に占拠せる地点にまで進出し、いかなる犠牲を払うとも敵陣地を奪還せよ……というのだった。

方家然たちが聞いたその晩の機銃や小銃の音は、その厳命を受けてから第一線部隊の派遣した斥候が、だいたいに聞いていた敵の状況とは案に相違して少しも撤退しておらず、日軍は後方作戦に忙殺されてその陣地を撤退せんとしつつある、よろしくその退路を断って包囲殲滅《せんめつ》すべし――という司令部からの状況伝達に、ついうかうかと乗った斥候たちが、その時の十五分ばかりの交戦であべこべに包囲殲滅されてしまった際の音だった。

本隊では、予定の時間が経過しても一人も斥候が戻って来ない、そのために第二回の斥候を出すことになった。人選は厳重を極めて、新募兵や脱走の懸念のある兵は一人も加えられなかった。

十人ばかりの兵が、一人の将校に引率されて、しずしずと夜の闇の中を進発した。

その第一線部隊から斥候が繰り出された頃、督戦隊の李鵬部隊からも、同じように斥候が第一線陣地の偵察に派遣されていた。これは、軍曹の趙忠岐《しょうちゅうき》を斥候長とする五人ばかりの下士斥候だった。そして、この趙忠岐隊の任務は、第一線部隊が果たして軍司令部の命令を奉じ、敵攻撃を開始したかどうかを見きわめて来ることだった。

が、いずれにしろ、この下士斥候の行動は非常に極限されたものであり、また、その態度は常に慎重でなければならなかった。その斥候の対象が敵ではなくて友軍であり、その衝突は極力つつしまなければならないからだった。

だから、彼らは出発の時、くれぐれも注意された。

「あまり第一線陣地に接近しすぎてはいけない。眼で見ようとするな、頭で探れ！」

それからこんな注意も受けた。

「もし、相手のものに見つけられたら、どんどん逃げて来い。決して射撃したりしてはいかん」

いつもの斥候とは違っている。みんな不思議そうな顔をしてその注意を聞いていた。が、誰も分からないとは言わなかった。分かったような顔をして、銃に着剣をして出て行った。

その五人の斥候の中に、鮑仁元がいた。斥候長の趙軍曹とは不思議に気が合って、新参兵の鮑は、何かと彼からかばわれていた。その二人が親しみだした動機というものは、その二人がお互いに土に親しみを持つという、まことに些細《ささい》なことだった。が、ことによると、趙軍曹が彼に親しみ始めたのは、そんなことよりももっと現実的な、当面の問題に属しているかも知れなかった。

鮑仁元には、彼とともに六人の親しい仲間がいる。例の草鞋同盟の仲間だった。その六人の仲間は、不思議と今までに一人の戦死者も負傷者も出さず、一つの金時計を中心に仲よくかたまっていた。

あらゆる社会においてそうであるが、ある層における集団というものは、それがいかに小さくとも、小さければ小さいなりに、個々の間では見られない一つの力を持つものだった。その一番近い例は、軍隊だった。群集には、それ自身の意志もなく力もないが、それに訓練と統制を与えると、その訓練と統制の度合いに自乗〔二乗〕する強力体となる。軍隊がその強力体だった。だから、その軍隊内部においても、個々の兵士の集合よりも、ある一つのものを中心として結束したものの方が、より有力のわけだった。

つまり、趙軍曹はその理をよく呑み込んでいて、意識して、六人組の中心体であるらしい鮑仁元に近づいて来たと見て見られないことはなかった。趙は何かというと、鮑仁元に畑とか百姓のことについて話しかけて来た。それは、鮑仁元を一番喜ばせる話題でもあった。

「俺はもう十年から、鉄砲ばかりかついでいるけど、鍬の握り方だってまだ忘れやしねえ。いや、鍬の柄を握って、ぽかりぽかり畑の土を引っくら返している方が、どんなに気持ちがいいか知れねえ……。そりゃあ全くの話なんだ。百姓で食えさえすりゃあな、俺は今からでもすぐ、百姓になるんだけど……」

それは、まんざらのでたらめでもなさそうな話し具合だった。だが、それはよほど割り引きして聞かなければならない。鮑仁元は、そういうことを聞くたび、

「じゃ、俺のところへ来ないか。小作をさせてやるが……」という言葉が、喉のところまで出て来る。

が、あっと思って、言うのを控えるのだ。なぜというのに、彼の言う言葉がどこまで本当であるか分からないからだ。仮に一歩を譲って、彼の言う百姓希望がその本心であるとしても、その百姓以上、兵隊商売の方にその心をひかれているらしい態度をちょくちょく見せられるからだ。例えば、近頃のように給料はおろか、毎日の食事さえ日増しに質は悪くなり、時には出たり出なかったりするような兵隊商売の、どこに一体魅力があるのか。それよりも、苦力か乞食にでもなった方が、直接生命の危険に曝《さら》されることがないだけでも、どれだけマシかしれないのに、百人のうち九十人までは、兵隊を辞めようとはしない。

それはなぜか——

救国抗日のために進んで一身を犠牲にして顧みない最高精神の発動からだろうか?

中にはそんなのも幾人かいるだろう。いないとは言わない。が、心細いことに、鮑仁元が試みにその周囲の者に問うて見たところでは、それは無論、しごく狭い範囲に限られてはいたが、「日本とはなんぞや」に答えられるものは一人もいなかった。ましてや、「帝国主義とはなんぞや」に答えられるものなぞ、これはおそらく、彼の属する部隊中を尋ね歩いたところで、満足な解答者なぞ一人もいようとは思われなかった。彼らの知っていることは、そして昂奮を感じることは、新しい町へ突入した場合の掠奪以外、何もなかった。

趙軍曹も、そういう方法で得た金を、だいぶ持っているようだった。鮑仁元は見たのだ。かつての戦闘の時、夜に入ってから、味方の将兵の屍体収容をやった。その時、趙軍曹は実に熟練しきった手つきで、弾の飛んで来る中を、次から次へと敵味方の屍体に這い寄り、ポケットの中を探って来る。

そしてその任務を終えて引き揚げて来る時は、彼のポケットは、上も、下も、卵を呑んだ蛇のようにふくらみ上がっている。そして、一晩たつうちに、彼のふくらんだポケットは、蛇が胃袋の中で卵を消化してしまった後のように、ぺちゃんこになっている。それは全く不思議なくらいだ。誰かにやってしまうのだろうか――。そう思ってみたこともあるが、そんな様子もなかった。では、どこかへ隠すのだろうか――。が、戦場はいつその陣地を移動するかも知れない。一晩のうちに二十里も三十里も移動することは、しばしばだ。隠すと言っても、自分の体以外に隠すことは絶対にあるはずがない。

彼はその二、三日、そんなつまらないことが気になって気になってたまらなかった。が、ある日その秘密の一つは解くことが出来た。彼が、上着の軍服の下に、ぎっしりとふくらんだ胴巻を締めているのを、ふと、見つけたのだった。

「そうか、あの中にしまってあるのか」――

分かってみれば、なんでもないことだった。

が、もう一つ分からないことがあった。彼が戦場からあさって来るものは、紙幣や銀貨ばかりには限らない。時計もあれば双眼鏡もある。万年筆もあれば拳銃もある。ところが、そんなものは一晩たつうちに、きれいに彼の身辺から消えてなくなっている。

「ああいうものは一体どう処分するのだろうか?」――それは今に解けない謎だった。

が、とにかく、そういうことがあるために、趙軍曹は兵隊の足が洗えないらしい。――鮑仁元はそう見ていた。が、下士官なぞというものは、元来が威張り屋で、欲が深くて、自分より階級の下のものをいじめることによって優越を感じ、なんでもないことに腕力をふるうものであるが、感心のことに、趙軍曹にはそういうことが割に少なかった。したがって、他の下士官ほど、下級兵士から憎まれることも少なかった。とにかく、彼は人から憎まれるということが嫌いな性分らしかった。嫌いなところへ持って来て、彼は、人から憎まれることが、いかに恐ろしいものであるかということを、現実にその眼で見たのだった。

張《ちょう》という彼と同僚の軍曹が、彼の眼に今でも焼きつけられたように残っている、悲劇の主人公だった。張軍曹は、これはまた彼と反対に、人から憎まれたり、怨まれたりすることが、三度の食事よりも好きなような型の男だった。兵隊どもが、命を的に戦場からあさって来た掠奪品を、平気で半分ぐらい、その上前《うわまえ》をはねる。自分の意にかなわないものは、連続的に歩哨とか斥候のような危険な勤務に追いやるし、それでも腹が癒《い》えない時は、彼らが勤務についている間に食べ物が支給されたような場合、そのものを故意に無視して何ひとつ残しておかないようなことをする。それらの行為がいかに被害者たちの憎悪の対象となるか、想像のほかだった。

「張の奴、やっつけちまえ！」

「あいつ、ここが戦場だということを忘れていやがるんだ」

「それからよ、ついでがあったら彼奴に教えてやれよ。鉄砲の弾には誰それのって名前は彫りつけてないことをな……」

が、誰も公然と、そんなことを人の前で言いはしない。言ったものが分かったら、それこそ、どんな目に遭うか分かりはしない。それにもかかわらず、そういう言葉の端々が、誰の口からともなく洩れ出して、暴風のように皆の耳を打った。

無論、趙軍曹もそれを聞いた。彼は、同僚のよしみとして、それをそのまま聞き流しにすることが出来なかった。

「おい、少し気をつけたらどうだ。大変不穏の空気が流れてるぞ」

が、せっかくの彼のそうした忠告も、張軍曹は馬耳東風と聞き流した。

「ふん、そんなこと言う奴は、だいたい分かっている……。奴らに何が出来るもんか。もしそんなことを言い触らしてる奴があったら、言ってやってくれ。あべこべに自分の胸板を用心しろ……ってな」

張軍曹がいかに馬賊あがりのがむしゃらであったか知らないが、しかし、多数のものにはかなわなかった。斥候に出た帰り道、すぐその背後からずどん！　とやられて、ぶっ倒れてしまった。それで何もかもが終えてしまったのだった。一尺と離れないその背後からやられたことは、その着ている軍服が貫通孔を中心にしてぼやぼやと焦《こ》げていることで証明されていた。が、誰かの言った通り、彼の背骨で支えている弾には、「誰々の弾」とは彫ってなかった。したがって、事件はうやむやのうちに葬られ、「敵からの射撃」ということで、かたをつけられてしまったのだった。

趙軍曹は、それ以来一層、他人からの怨府《えんぷ》〔うらみの対象〕となることを避けた。六人組の鮑仁元たちに話を合わせ、近づいて来たのも、案外そんなところに原因があるかも知れなかった。

趙軍曹は、さっと翼を張ったように両手を左右に広げて、五人の部下に停止を命じた。そろそろ第一線の交戦部隊に近づいて来たのである。ここで彼は、さっきの部隊長からの注意を、改めて、部下の者たちに告げた。

「ここらで少し様子を見よう。眼で見ようとすると、勢い相手の方に接近しすぎるし、接近しすぎると、いやでもパンパンと射撃を食らうことになるからな……」

一同はしばらく、鳴りをひそめて前方の闇の中を凝視した。さっきの激しい銃砲声は静まっているが、まだ時々思い出したように、パン、パン……と、鋭い銃声が闇の空気を引き裂く。

五分間ばかり、緊張の時間がつづいた。お互いの心臓の鼓動の音すら聞こえはしないかと思われるくらい、それは静かな一刻だった。

「たいしたこともないらしいな」趙軍曹が言った。「まァもう少し楽な姿勢で、頭で敵状を探ることにしよう」

みんな視線を前方に向けたまま、膝の高さに伸びている麦の株を盾に、腹這った。まるで夜間演習の気分だった。これで煙草でも吸えたら、まことに申し分なかったが、そう思うだけで、それだけは皆さすがに我慢していた。が、雑談だけは、低声ではあるが、皆、隣り同士でこそこそやっていた。

「どうだろうな、今こんな戦争騒ぎで、畑なんか買うとしたら、随分安く手に入るんじゃないかな」

すぐ隣りにいる趙軍曹の声だった。

「そりゃあ安いでしょう」鮑仁元は答えた。「買うんだったら今が一番いい時期でしょう。軍曹殿なんか、もう兵隊なんかやめちゃって、今のうち、うんと畑を買っとく方がいいですよ。ごらんなさい、この麦を……もう二月半も経つと、ざくざく刈れるんですぜ」

そう言いながらも、彼は実際、他人ごとではなかった。自分の家の畑はどうなってるか。そのことを思うと、胸の中は煮えくり返るようだった。第一、あのへん一帯はもう日本軍によって占領されているんではないか。とすると、家の者たちはどうなってるだろう。父だの母だの、雇い人たちだの……。

家族の者の顔が一つ一つ、彼の頭に浮かんで来る。みんな元気で畑で働いている姿だ。父も額から汗を流して何か世話を焼いている。方家然もいる。秀蘭も出て来た。

「あいつだ、あいつがいけないんだ！」――彼が激しい憎悪の視線を方家然に注いだ時、偶然の暗合だった、趙軍曹が方家然のことを話し出した。

「前から、聞こう聞こうと思ってたんだが、あの陳坤林よ、あいつはお前と、どんな関係があるんだい？　よっぽど何か深い関係があると俺は睨んでるんだが、一口に言って、あいつは『悪党』じゃないのか」

「悪党です！」質問が率直だったので、彼も率直に答えた。が、なんといっても、方家然は伍長で、彼よりは上官である。詳しいことは何も言えない。いつどんなところから彼奴の耳に入らないとも限らない。その場合、どんな手段で報復の刃を向けて来るか……。それを考えると、彼は何も言わない方がいいように思われた。それで、

「昔、僕のとこの小作をしていたんだけど、あの男こそ、百姓よりか兵隊向きですね。人を殺すことを屁とも思わないんだから」と、しごく抽象的な言葉でごまかしてしまった。

と、その時、誰かが、

「しっ！」と、低い、力のこもった声で、彼のおしゃべりを封じた。

「誰か来るらしい。話し声がするぞ！」

瞬間、皆はぱっと耳を地につけた。確かに誰か人間だ。足音もするが、部隊ではない。二、三人より多い足音ではない。伏せていた斥候たちは、ぱっと立ち上がった。銃剣を構え、眼ばかり前へ突き

出すようにして、そろそろと、足音の聞こえた方向へ進んだ。

皆は、黄色く土の乾いた道路へ出た。が、どこにも、犬の影ひとつ見えはしなかった。

「誰か！　停まれ！」

突然、誰かが鋭い声で怒鳴った。

「どこだ、どこだ……いたのか？」低い声で、がやがやと、怒鳴った兵のそばへ一同が寄って来た。

「いや、何も見たわけじゃねえんだ。ただ、おどかしなんだ」怒鳴った兵が、これも声を低くして言った。「しかし、確かにこの近くにいるはずだぞ。そんなに遠くへは行けやしねえ」

「もう少し探してみろ！　そして引っ捕らえてしまえ！　いいおみやげが出来るぞ」そう言って、趙軍曹は先立ちになって、右へ走ったり、左へ走ったり、うろうろ闇の中を探し回った。

「こら！　そこにいる奴、出て来い！　出て来ないと撃つぞ！」趙軍曹が、今度は大きな声で怒鳴って銃を構えた。

「いたんですか、いたんですか」

趙軍曹を囲んで、また、わーっと集まって来た。

「いや、いねえんだ」趙軍曹は小声で、作戦を皆に授《さず》けた。「誰でもかまわねえ。二、三人、隠れていそうに思われるところを狙って撃ってみろ。隠れていれば、きっと出て来るに違いねえ。そこをみんなして、とっつかまえるんだ！」

三人ばかり、思い思いの方向に銃を向けて引き金を引いた。鋭い音が、弾丸と共に銃口から飛び出した。

パン、パン、パン……

皆は眼を皿のようにして、道路上から両側の麦畑に放った。が、鼠一匹、出て来はしなかった。

「おかしいなァ」

そう言ってる時、突然どこかで銃声がして、ぴゅん、ぴゅん……弾丸が頭の上をかすめて通った。

「伏せろ！」

趙軍曹が叫んだ。

「今の奴に違いねえ。あいつ、ことによると日軍の斥候だぞ……。こんな真っ暗闇の中で、かなり正確な射撃だ」

日軍と聞くと、みんな、ぴんと心臓が引きしまるようだった。銃を握る手に力が入って、自然と油汗が滲み出て来た。

「もう、二時間ぐらい経ちゃしねえかな」

誰かがぽつんと、思い出したように言った。婉曲な帰隊の催促だった。

「二時間は経ってるだろう……。だが、これじゃあまり報告の材料がなさすぎるな」趙軍曹はちょっと考え渋っているようだったが、またすぐ思い直して言った。「うむ、よかろう。前線異状なし……これが立派な報告だ」

かくして彼らは、立派にその任務を果たしたのだった。

激戦

斥候から帰って、銃を抱えたまま、とろとろと塹壕の中で眠ったと思うと、鮑仁元は途方もない大きな砲弾の爆発する音で、ぽっかり眼を覚ましてしまった。

が、居眠りしていたのは、それは必ずしも鮑仁元ひとりではなかったらしい。ぴょこんと物に弾かれたように跳び上がった兵隊が、何をどうしようということもなく、寝ぼけまなこをこすりこすり、壕の中をうろうろし始めたのである。

「火線につけ!」

誰かが怒鳴っている。

が、まだ真っ暗だ。ほのかに東の空が白みかかっているが、今の砲弾がどこから飛んで来たものか、てんで見当のつけようもない。

第一線部隊が破られたのだろうか――

誰の頭にもそういう疑問が浮かぶ。が、そんな様子もない。まだ一人の敗走兵もやって来ないのだ。が、第一線部隊がいま猛烈な戦闘を開始していることは、激しい銃砲声の音で察することが出来た。

今はもう一人も寝ぼけている者なぞなかった。がっきと銃把を握って、敵ならぬ友軍の敗走を食い止めるべく、その現れるのを今や遅しと待ち構えていた。

斥候は幾組となく出て行った。が、来る報告も来る報告も、戦闘の猛烈さと、損害の過大なことをもたらすだけで、どこにも味方の勝利を暗示するものはなかった。が、その中で気強さを感じさせられることは「塹壕に飛び込んで来た敵兵三人を、我が青龍刀兵は一刀のもとに斬り伏せ、おのれもまた敵の銃槍に貫かれ勇敢な戦死を遂げました」とか、「右翼部隊では襲撃せる敵の大部隊を撃退、目下追撃に移らんとしつつあります」といったような、多少、愁眉を開かせる〔ほっとさせる〕ような報告のあることとだった。

白みがかった東天を背景に、二ヶ所、三ヶ所から、猛烈な火の手の上がるのが眺められた。

「あ、どこかやられたぞ！」と、言っていると、それから三十分も経った頃、その報告が入って来た。

「農家の秣《まぐさ》小屋に敵砲弾命中。火を発し、炎々と燃え上がりつつあります」

秣小屋なんか……と言って笑っていると、第二の報告が、

「司令部に巨弾命中。多数将校が担架で搬出されました。なお司令部は火を発し、必死防火中」なんていう知らせを持って来た。

塹壕の中には、種々雑多な怒号叫喚が次から次へと飛び回っていた。

「壕の中は、きれいに片づけておけ！　凸凹の個所は修理しておけ！」

「おい、陳伍長！　……陳伍長はおらんか」

「弾薬を支給するから部署を離れるな！」

「第三小隊……小隊長はおらんか……将校斥候を編制してすぐ出発！」

それは、いかにも激戦の寸前を思わせる慌ただしさだった。うっかりしていると、聞き洩らしたり混線する恐れがあった。

「陳伍長……誰も知らんか……陳坤林伍長だ！」

まだ見つからないのか、さっきの将校がまた声を涸《か》らして怒鳴りながら走って来た。

「あいつ逃亡したんだぞ」——

誰の心にもそういった疑問が湧くに不思議はなかった。みんな、こそこそ彼の陰口をきき始めた。

「俺は、毎晩あいつが遅くなってから、どこかへ出て行くのを不思議に思ってたんだ……。逃亡の準備をしてたに違いねえ」

「いや、あいつはスパイに違いねえ。今になってみると、おかしいことだらけだ。あいつ、今ごろ敵の砲撃陣地へ行って、我々部隊の位置を教えてらァ。さっき飛んで来た砲弾が何よりの証拠じゃねえか」

「逃亡か、スパイか、とにかくあいつの女房を調べてみりゃ、すぐ分かることじゃねえか。まさか女房と連れだって逃亡もすめえからな」

皆は、口から出放題の揣摩臆測《しまおくそく》をたくましうして、てんで勝手にしゃべり合っている。が、口から出放題とは言うが、それぞれに、もっともらしいよりどころのある論難だった。

その兵隊どもの揣摩臆測が耳に入ったのか、それとも幹部自身でもそこへ気がついたのか、将校の一人が慌ただしく、女童軍の屯している野戦病院へと走って行った。

が、その将校は間もなく、顔色を変えて野戦病院の騒ぎを伝えて来た。

徐中尉が積み藁のところで殺されている――。秀蘭が見えない――。

この二つの事件を知らせるために、がやがや相談してるところへ行き合わせたというのだった。無論、彼は、女童軍の連中に対して臨機に取り調べはやった。そして得たところは、徐中尉はこれまでにもしばしば秀蘭を訪れて来て、長い時間彼女と話していたことがあるし、昨夜も二回ほど訪れて来たが、いつものことなので誰も注意を払わなかった。そして、けさがたになって、彼女が昨夜からずっと姿を見せないことに気づいて、いつもの彼女たちの密会場所へ行ってみたところ、そこで徐中尉の死骸を発見したというのだった。

「徐中尉もいかんよ、亭主のある女にあんなに深くなるなんて……。まァ自業自得と諦めるほかないな」

それは温炳臣中尉の批評だった。温中尉はかつての新兵教育の教官だったし、また、陳坤林を新兵教育終了と同時に伍長に抜擢したのも彼だった。したがって、陳伍長に同情を持つのも無理のないところだった。

事情に通じない他の幹部たちは、この事件に対しては、なんの意見を挟みようもない。温中尉の批評はそのままに受け入れられ、陳坤林の脱走と殺人罪は比較的同情の眼をもって見られたのであった。

が、そんな問題にかかわりなく、戦闘は予想通り、激化の一路を辿《たど》っていた。そのバロメーターとなるものは飛行機の襲撃だった。飛行機の襲撃を受けた日は、これまでの例によると、大抵その日の暮れるまで、息をつく暇もないくらいの激烈を極めるのが常だった。しかも、その最悪の場合は、その爆撃が連日にわたり、結局その陣地を放棄のやむなきに至らしめられるのだった。呪うべき悪魔は、第一線陣地の上空で盛んに乱舞している。それと呼応して、殷々《いんいん》とした〔大音響の〕敵砲弾は、連続した轟音となって、一人残らずの頭の組織を狂わせずにはおかないといったような狂暴の咆吼をつづけている。

第一線陣地は今、漠々たる煙塵に包まれていた。あの火と煙を見ては、あの中には今、生きたものといっては鼠一匹おりはしないだろうということを想像させた。誰も彼もが血走った眼を火線に曝し、汗ばんだ手で銃把を握りしめている。体は、寒いというのではないのに、がたがた小刻みに震えている。あの火と煙の中から、今にも日の丸の旗を押し立てた日軍が、どっとわめき叫んで突入して来はしないかという恐れをいだかされたからだ。中には、その恐れが昂《こう》じて日軍襲撃の錯覚にとらわれたものもあったらしい。ひときわ激しい火と煙の渦に向かって、パン、パン……急射撃を浴びせかけるものがあった。

「おい、どうしたんだ？　何を撃ってるんだ？」そう訊かれて、大真面目で、

「東洋兵《トンヤンピン》だ！　見ろ、あそこに、あんなに旗を立ててやって来るじゃないか」そう言って、なおもパンパン撃ちまくっている。

「あいつ、頭がどうかしたんじゃねえのか」

そうと気のついた時は、その兵はもう立派な気ちがいだった。

「ふふふ……東洋兵が逃げてくぞ。もっと撃て、もっと撃て！　平和が来る、平和だ、平和だ……」

そう言って、なんと思ったのか、帯革《バンド》を外し、上着の鈕《ボタン》を外し、ずるずる裸になり始めたのだ。

将校が飛んで来た。

「寝ぼけていやがるんだ！」

そう言って、ぱしッと、激しい音を立てて横面をくらわした。

「へへへ……」気ちがいは、にたにた笑っている。「平和だよ、平和だよ、さァ、みんな故郷へ帰るんだ。俺は早速、麦を刈らなくちゃならねえ」

そう言って、剣を抜いて、ざくざく麦の穂を刈る真似をしている。

「こいつァ本物だ！」将校は舌打ちをしながら、引き揚げて行った。「おい、誰でもいい、こいつを野戦病院へ連れてってやれ！」

夕方近く、ますます燃えさかる煙と火の中から、ぱらぱら……と、豆をまいたように、黒く、小さく、何かが麦畑の中に蠢き始めた。その小さな、黒い豆のようなものは、だんだん数を増し、津波のような勢いで李鵬部隊目がけて殺到して来た。

「第一線が破れたぞ」

誰かが怒鳴った。喉も破れよとばかり怒鳴りつづけている。

「退却だ、退却だ……。第一線部隊が退却して来る！」

今度のは、まさに本当だ。気ちがいのたわごとではない。しかも、敗走して来る友軍の頭上近く、こしゃくなまでに悠々と落ち着き払って、敵の編隊機は地上掃射を浴びせかけている。津波のように盛り上がって見えた友軍の大部隊は、たちまち櫛《くし》の歯の欠けたように薙《な》ぎ倒されてしまった。が、敗走の部隊は後から後からとそれに続いた。そして、それが上げ潮に乗って来る塵埃《じんあい》のように、ひたひたと押し寄せて来るのだ。

敵の飛行機は去った。弾を撃ち尽くしてしまったものらしい。が、地上部隊からの砲撃は少しも勢いをゆるめない。敗走部隊の後から後からと実に正確な照準で、砲弾を浴びせかけて来る。転んでは起き上がり、また転んでは起き上がり、跛を引き引き走って来る友軍の姿というものは、見ていて胸がつぶれるようだ。

「早く逃げて来い。ここはまだ安全だぞ」

李鵬部隊では、全員が、その感情の上では同情して叫びつづけている。が、その叫びは声にはならない。ただ、あ、あ、あ……と、唖者のように喉を鳴らして、手に汗を握って見ているだけだ。

が、このとき彼らは愕然として夢から覚めたように跳び上がった。

「督戦隊の任務を忘れるな！」

そういう叫び声を聞いたのだ。つづいて、

「彼らを激励し、鼓舞しなければならん。それが我々の任務だぞ！」

戦場では、あらゆる人間的な甘い感情は許されない。人道主義も博愛主義も悪魔の餌食《えじき》に投げ与えなければならない。戦争を勝利に導くためには、人は血と涙を捨てなければならない。鉄の意志……ただそれだけだ。督戦隊の鉄則は、つまり、銃弾に勝る激励は無いし、手榴弾を見舞うことより有効な鼓舞は無い……ということだ。

機銃手は、機銃の照準器を覗いた。擲弾兵は、手榴弾の安全装置を外した。小銃を抱えた歩兵は、それぞれの引き金に指をかけた。

「撃て！」の号令を待つばかりだ。が、このとき彼らに心から待望されるところのものは、そして気休めとなってくれるところのものは、ようやく西の地平線に没しかけている太陽が、一刻も早く地の下に没し、あたり一面を真っ暗にしてくれることだった。彼らの愁訴するようなその眼さえ見なければ、同じ射撃の目標にするにしても、まだしも心を痛めることが少ないだろう。が、それにしても、人を激励して奮起せしめるということは、個人にしても、部隊にしても、まだ立ち直るだけの余力を存してる場合だけである。ところが、いま現に麦畑の中をよろめきつつ走って来る友軍の一人一人を見てみるがいい。指の先でちょっと押しても、へたへたとくずおれてしまいそうに疲れきっている、兵隊の脱けがらだ。理屈の上からも、感情の上からも、絶対に銃を向けるに忍びない存在だ。ところが、命令はついに下った。

「撃て！」

機関銃は咆吼を始めた。

カタ、カタ、カタ、カタ……

いつもながら、冷たい、表情のない連続音だ。これこそ鉄の意志の、好箇《こうこ》の権化《ごんげ》〔まさに象徴〕だ。

無論、小銃も一斉に火を吐き始めた。銃口から走る火がよく見える。それだけ暗くなって来たのである。

敗走部隊は、敵味方の銃砲火の挟撃に遭って、二進も三進もいかぬ立ち往生をしてしまった。一連の土塀のごとく、黒々とした一線を麦畑の中に画して、瞬時、前すべきか、後ろすべきかを迷ってるようだった。独り立ちする力のない、支え棒によって立っている塀というものは、多くの場合、支える力の弱い方へ向かって、つまり圧力の弱い方向へ向かって倒れるものである。東洋軍の圧力が強いか、督戦隊の圧力が強いか……。麦畑の中の土塀は、俄然、砲火の中から督戦隊へ向かってなだれ込んで来た。ただ、哀願、愁訴の眼に物言わせて、尻尾を振って這い寄って来る痩せ犬ではなく、牙をむいて跳びかかって来る狼となって、なだれ込んで来たのである。

戦闘に当たって敗退する場合、そういう場合に逢着したものは誰でも経験するところだが、こうした敗走部隊に徹底した命令の行われるはずがない。にもかかわらず、彼らは実に整然と、銃口を揃え、隙間もない機銃小銃の垣を作って堂々と、督戦隊めがけて撃ちかかって来た。彼らは、退《ひ》くも死、進むも死、停止するも死……生くる道は絶対にない。彼らは死を期している。ただ、物理学の原則に従って、圧力の弱い督戦隊へ向かって倒れかかって来たまでである。

が、彼らは塀ではない、武器を持っている。意志を持っている。彼らの力が強ければ、督戦隊をぶっつぶして自分を生かすことが出来る。彼らはその本能に従って、督戦隊目がけて攻撃して来たのだ。しかも彼らの背後には、爪を研《と》ぎ、牙をむいた猛虎が控えている。まごまごしていれば噛み殺される恐れがある。彼らは機銃で払われても払われても前進して来た。しかも、数からいって督戦隊と比較にならない優勢な部隊だった。

部隊長李鵬は、急を司令部に報じた。が、こう事が急になっては応援軍など間に合うはずがなかったし、第一、司令部からの返事は、たとえ一兵となるとも、督戦隊としての任務を放擲《ほうてき》するな、命令にそむくものは厳罰に処する。なお、援隊として差し向ける予備隊は今、一兵もいない、現有部隊をもって善処せよ――と言うのだった。

いかに厳罰をもって臨まれても、「勢い」というものには勝てなかった。目前に潮のような敗走部隊を見ては、どうしようもなかった。われがちに、恐怖の喚声を上げて、後方への逃げ道である交通壕に飛び込んだ。第一線からの先頭が督戦隊の後尾に続いた。両部隊は揉みに揉んで、狭い交通壕から丘陵地の背面にひらけた麦畑に出た。両部隊の間には、もう殺戮はなかった。暗さが幸いして両者の区別が判然としなかったし、お互いに逃げるのに夢中になって、敵か味方か、詮議だてしている余裕がないのだった。ことに敵の砲弾は、逃げる後から後から追って来て猛烈な勢いで炸裂するし、一尺遅れれば一尺だけ死の危険に曝されるという、冗談や笑いごとでない真剣の立場に立たされていた。

その混雑の中において、鮑仁元を中心とする六人組の連中と、その六人組に囲われる形にいつもいる趙軍曹とは、不思議にばらばらにならず、ひとかたまりとなって、いつも隊の中間どころを要領よく走っていた。こうした場合における長年の経験家である趙軍曹が、まるで闇夜における提灯《ちょうちん》のごとく、六人の者を安全な場所、安全な場所と歩かせてくれた。彼はいついかなる場合でも、絶対に、自分自身を敵の砲火に露出させることをしなかった。いつも、何かしらの地物を利用していた。立木から立木、岩の蔭、道路と畑の間に掘られた小さなドブ……そんなものまで利用して、自分の体を隠した。皆それにならった。なんの遮蔽する蔭もない開豁地《かいかつち》へ出る時は、なるべく背の高い男を選んで、その男の前に回るようにした。万事がその調子だった。

とにかく、彼らは逃げるのに夢中だった。早く安全地帯へ行かなければならないという頭のほか、何もなかった。

が、彼らの向かって行くところに果たして安全地帯というものがあるだろうか。戦争の終わった時、この国土がすべて安全地帯であるが、然《しか》らざる限り、たとえ千里二千里の奥地へ逃げ込んだところが、依然として危険地帯の域を脱することは出来ないだろう。

一時間、二時間、三時間……彼らは呼吸も休めずに走った。行程にして約二十キロ……日軍の砲弾も、ここまでは追って来なかった。彼らは激しい渇《かつ》を覚えた。それにも増して全身の疲労を覚えた。

彼らの希望するところは、まだ一人の兵隊にも荒らされていない、物資豊かな町に入ることだった。そこで、何よりも先に、熱い茶と、酒と、温かい食事にありつきたかった。その時、前の方から、「町らしいものが見えるぞ」と言う言葉が、風のように皆の耳朶に伝えられて来た。へとへとに疲れた彼らの肉体が、精神が、その一語でぴんと、蘇ったように生気を吹き返した。

「町へ行こう！」

「町へ！」

「町へ！」

統一の無いこの敗残部隊は、その一語でぴたりと呼吸が合った。不規則な、何列縦隊か分からない縦列ではあったが、それがいつの間にか縦列らしい形を作って来るし、歩調までが整えられて来た。それればかりではない、今までどこに潜んでいたか分からない指揮官らしいものまで現れて来て、隊列の整理をし始めた。

茫漠とした麦畑の果てに、闇の中ながら、ひときわこんもり黒く、町らしいものの姿が迫って来た。燈火も一つ二つ、瞬《またた》いているのが見える。その燈火で、それまでまだ、森か丘陵地か、はっきりしなかったところのものが、ようやく町であることが確かめられて来た。

地図を持っている将校の中なぞには、あるいはこの町がどんな町であるか分かっていたかも知れない。が、大部分の者が地図など持ち出す暇がなかったろうと思われる。それほどこの退却は慌ただしいものだったし、たとえ地図を持っていたにしても、この闇夜の強行軍では地図なぞ見ていることも出来なかったろう。

果然、この行軍縦列は、ぱたっと停止して動かなくなってしまった。同時に、前方に当たって、激しい機関銃の咆吼が聞こえ始めた。

「なんだろう?」

首を傾けてる暇もなく、ぴゅんぴゅん、頭の上をかすめて飛ぶ弾丸の音が聞こえた。

「伏せ!」

誰かが怒鳴った。将校の一人に違いなかった。こうした場合、縦列はその場で散解させ、散兵の形になって応戦するのが原則であるが、この縦列は隊ではなく集合である。番号もつけてなければ、どこからどこまでが何中隊という隊の区画もない。だから、散兵の形を取ろうにも、どこを中心にするという基準がない。そこでやむなく、ただ、身を守るための「伏せ!」の号令をかけたものらしい。ことに、この集合体は今、李鵬の督戦隊と、第一線からの敗走部隊とが混然雑然と入り交じっているのだ。整備するにも、ちょっと簡単にはいかない形にあった。しかも、急速に整備しない以上、この雑然とした集合体では戦術の施しようもなく、ただ、敵の射殺にまかせるほかなかった。

「将校集まれ!」

どこかで、誰かが叫んだ。その声に応じて、二つ、三つ、四つ、五つ……ぱたぱた黒い影が、声のする方へ走って行った。

三十分もすると、その黒い影は縦列の方へ戻って来た。そして前の方から、ごく大まかな歩測で、ここからここまで何中隊、ここからここまでが何中隊——という風に、区分されていった。それで不完全ながら、今までの行軍縦列から戦闘隊形にと形を変え、得体の知れない敵に向かって応戦の態勢をとることになった。

だいたいの地利的関係から想像して、この町による敵は、第八路軍の一部隊であることが分かった。それから、機銃や迫撃砲、小銃の数によって、ここにはせいぜい一個師程度の兵力しか置いてないことが分かった。

「夜の明けないうちに、あの町を奪取しなけりゃならん。夜が明けてからでは都合が悪い。増援軍がやって来る……」

散兵線について、将校が激励して回った。が、味方には迫撃砲がなかった。機関銃もなかった。みんな退却の際、おいてけぼりにして来たのだった。わずかに、小数の軽機関銃と小銃に頼るほかなかった。ただ、たのむところは、数の多いということだった。それに、後ろに日軍を控えているこの集団は、前に進むことのほか道がなかった。彼らは夜明けまでに、幾回という数を知らず、突撃を敢行した。

戦利品処分

町はついに奪取することが出来た。遺棄死体によって、この町によっていた部隊が想像通り、第八路軍の一部隊であったことも分かったし、彼らの本隊から、近いうち、なんらかの形で報復の手段を講じて来るだろうということも想像された。

李鵬はその二、三日後、やっと本隊との連絡に成功した。そして、数次の戦闘で半分ばかりに減った部隊を率《ひき》いて、本隊に合するための行軍を起こした。

いよいよ明日出発という前夜、李鵬は努めて自分の部隊から多数の歩哨を立てることにした。今は一個の協同体としてお互いに助け合っているが、かつての第一線部隊からはかなり、深い怨みを買っていることを彼は知っている。だから、いざ別れるというこの瀬戸際になって、どんな仕返しをされるか知れない。それを警戒する意味から、そういう方法を取ったのだった。鮑仁元たち六人組は、あの激戦にもかかわらず今度も不思議と、一人の戦死傷者も出さなかった。趙軍曹も達者で、ぴんぴんしていた。そればかりか、趙軍曹は、あの激戦、退却、激戦の中で、いつそんなことをする暇があったか不思議に思われるくらいの素早さで、いつも腰に提げている例の合財袋《がっさいぶくろ》を張りさけるほどぎゅうぎゅう詰めにして、戦利品で満たしていた。それは相当重そうでもあった。

「あんなに重くちゃ明日からの行軍に困るだろう」——鮑仁元は横目でちらっとそれを見やりながら、余計なことを苦に病んでいた。

が、彼が、この町における最後の歩哨に立っているその晩、趙軍曹は厳《いか》めしい巡察の恰好でやって来て、彼の耳に囁いた。

「お前、あの金時計をいつか処分したいって言ってたな……。もし本当に売るんだったら、いい買い手を世話してやるぞ。俺もちょっと用があるし、ここで会うように連絡がつけてあるんだが……」

「じゃ、早速世話して下さい」彼は言った。が、言ってしまってから慌てて「でも、あれは今、僕ひ

とりの自由にならないんだけど」と言いかける彼の口を押さえるようにして、

「知ってる、知ってる……。あの仲間の共有物だと言うんだろう。いいとも、俺があの仲間をここへ呼んで来てやろう」

そう言うと、くるりと向きを変えて、どこかへ姿を隠してしまった。

鮑仁元は、着剣銃を肩にして、コツコツ歩哨区域を警戒していた。

明日はここを去るのだ――。そう思っても、この三日足らずしかいない町にはなんの未練もなかったが、だんだん自分の故郷から遠ざかって、奥地へ奥地へと追い込まれていくこのごろの境涯には、なんと言っていいか分からない寂しさが、拭っても拭っても拭いきれない黒い汚点のように心の底にこびりついていた。

「このまんま何もかもほったらかして家へ帰りたい」――それは全く痛切な願望だった。こんなだぶだぶな軍服を着、自分の手で作った草鞋を履き、鉄砲をかついで走り回っていることが、この上もない悲惨な滑稽とより思われなかった。

「全く意味のないことだ」――彼は、いらいらした気持ちをそのまま口に出して叫んだ。第一、あの陣地を退却する間際になって、幾度も幾度も「陳坤林はいないか？　陳伍長、陳伍長！　……」と叫び回っていた一人の士官の声を思い出すと、彼の胸の中は、それこそ煮え湯を注ぎ込まれたように苦しく、いらいらした。

「あいつ、逃亡したんだ。秀蘭を連れて逃亡したんだ」

それを思うたび、彼はよくも自分の頭が狂わないものだと感心する。方家然がいてこそ、自分もここにいることにいくぶんの意義も見出せるが、方家然も秀蘭も逃亡してしまった今日、ここに留まっているということは全く意味のないことだった。

「俺もここを脱走しよう。この秩序もなく混乱している時期をおいて、脱走する機会なんて絶対にあるもんじゃない」――

彼の頭がそういう決心をまとめかけている時、忽然と、彼の警戒区域に、変な乞食のような男が姿を現した。

「誰か！」

それは全く意識したものではない、習慣によって出て来る誰何の声だった。

彼の突きつけている銃剣の下に、乞食のような男は割合に横柄な態度で手を振って、

「怪しいもんじゃありません」と言った。「趙軍曹に用があるもんです。趙軍曹はどこだか知りませんか」

彼はしばらくその男の顔を睨みつけていたが、やがて、銃剣を手もとへ引いて言った。

「今すぐ来る……。そこで待ってたらいいだろう」

彼は、何も知らない顔をして、くるっと背中を向けた。二、三歩、足を運び出してから、また気になって、ちらっと後ろを振り返った。昨日も、どこかそこらの薄暗がりで見た顔のように思ったからだった。

そこへ趙軍曹がやって来た。

「今すぐ後から来るよ」そう小声で言ってから、「どうだ、変な男は来なかったか」と、行きかけた足を戻して、彼に訊いた。

「ええ、来ています」鮑仁元は暗がりの一方を指した。

そこへぞろぞろと、例の六人組の連中がやって来た。鮑は、彼らを迎えて言った。

「趙軍曹が、例の時計の買い手を世話してやると言うんだ。早く金にしちゃって分配した方が世話がなくていいだろう」

一人も反対者はなかった。

「それがいい」

「それがいい」

「一体いくらぐらいで買うのだろう?」小声でそんなことを言うものもあった。

「最初の買い値が八十ドルって言うんだから、安く見て四十ドル……五十ドルには行くかな」

「五十ドルは大丈夫だ。機械はいいし、金《きん》だって随分、目方《めかた》〔重量〕があるぞ」そう言って、手の平に載せて目方を量るものもあった。

「おい、ここへ来てみんなしゃがめ……。人に見つかっちゃううるさいからな」

趙軍曹の声に、みんな乞食みたいな男のそばへ行って、しゃがみ込んだ。そして、問題の時計をその男の前に出して値踏みをさせた。

男は無造作にそれを手に取ったが、その手の無造作とは反対に、その瞬間の目つきは実に真剣だった。しかも、ちょっとつまみ上げたその瞬間に、その時計の持つすべての値打ちを見きわめたらしい様子で、

「五ドルで買いましょう」と言った。

「馬鹿な……五十ドルの間違いだろう」誰かが声をはずませて言った。

「五ドルなんて、お前……。つぶしにしたって、それっぱかりってことはねえ……。その金の目方を見るがいいや」

「時計なんてみんなつぶしの値ですよ……。第一、金の目方って言うけど、金なんて紙みたいに薄いもんで、こりゃあ機械の目方ですよ」

「それにしても五ドルは安すぎる……」

「じゃ、七ドル……七ドルならいいでしょう」乞食みたいな男は、それでもう取り引きが決まったもののように、大きな財布を取り出して言った。

「七ドルなんてなァ、戦場相場じゃねえ。こんなの、五ドルなら誰だって大喜びで手離す代物《しろもの》なんだ」

それを聞くと、それまで黙っていた鮑仁元が、膝を乗り出して言った。

「これは去年、上海で八十ドルで買った時計だぜ。三年の保証つきで、三年以内に持ってけば、いつでも六十ドルで引き取ると言ってるんだ……」

が、乞食みたいな男はせせら笑いを浮かべていて、鮑の言うことなぞ相手にしなかった。

「上海とここは違いますよ。その代わり、上海相場より高く買うもんだってありますよ。例えばですね、牛酪《バター》一ポンド持って来なさい、百ドルで買いましょう。これなんざ、上海で三ドルくらいのもんですぜ」

こう出られては、一言半句も出るもんじゃない。誰がこんな奴に売ってやるもんか——と思うが、この時計は、今では彼の所有物ではないのだ。彼以外の五人の共有物なのだ。五人の意志によって決定されることなのだ。

この時、趙軍曹が見かねたように、助け舟を出した。

「そんな因業《いんごう》な〔あこぎな〕こと言わねえで、もう少し買えるだろう。上海へ行きゃ、すぐ六十ドルになる代物なんだ……。出所は確かだし、どうだ、二十ドル出しちゃ……」

「じゃ、十ドルまで出しましょう。出所は確かでも確かでなくても、どうせつぶしちゃうんだから、そんなことは問題じゃありませんや」

鮑仁元は五人の方を振り返って言った。

「どうも十ドル以上はむつかしいようだが、それで売っちゃったらどうだい。一人あたま二ドルにしかならないが、そうやって分けちゃった方が安心じゃないかな」

「安心は安心だが……」

「もう五ドル出せよ、十五ドルで売ろう」

一人あたま三ドルずつにしようという腹らしい。が、相手の男は、それでは話にならんという風にくるりと趙軍曹の方へ向きを変えて、

「軍曹殿は、どんなのをお払いになるんで？」と、切り出した。

鮑仁元はまだ歩哨の勤務中である。彼だけは立って、着剣銃を構えてそこらをコツコツ見回らなければならない。が、そんなことはこの二、三日中の激労から比べれば物の数ではない。斥候斥候と、斥候の連続で、そのあげくが息をもつかせぬ退却と激戦である。彼は今、それを遠い出来事のように回想しながら、この瞬間からまたどんな風に変転するかしれない自分の身の上を思った。

脱走――これが何よりの先決問題である。それから、どこへ隠れたか分からない方家然を探し出す

ことである。それは、はなはだ茫漠とした掴みどころのない問題のようであるが、しかしそれは案外簡単に目的を達し得られるようにも考えられる。その問題の鍵は、方家然が今、周家から奪った莫大な金銀宝玉を擁している財産家だということである。財産家が今、安全を求めて落ちつき得るところは、上海か香港のほかない。……あいつ、そのどちらかへ向かって、いま旅を続けているに違いない。彼は、方家然が秀蘭の手をたずさえ、麦畑の中にくねっている黄色い埃《ほこ》り道を、とぼとぼと歩いている図を頭に描くことが出来た。

だが、不思議のことに、あの事件のあった当時の、方家然に対するあの熾烈な憎悪、怨恨の感情は、うっすらと時代の靄《もや》をかぶった一枚の風俗画でも見るように、なんとなく実感の伴わない、よそよそしいものになっていた。方家然のことを思い出すたび、

「あいつ、どうしてもやっつけなければならない、不倶戴天の仇だ」――と思う。が、それは、考えてみると、どうも彼の今の実感ではない。情勢による強調された意識のようである。

が、彼の心の底には、そういう自分を恥ずる感情があった。それは、本当に秀蘭を愛するものの感情ではなかったからだ。本当に彼女を愛する者ならば、彼女を奪い、彼女の父の生命と財産を奪った男を憎み呪うのは当然の権利であり、義務であったからだ。その権利と義務を放擲する以上、彼は、彼女の一切について関与する資格がないのだ。なんの関心も持つことを許されない全くの路傍の人となることだ。そこで彼は自問自答してみる。

「俺はこれから先、秀蘭に会うことがあっても、全然路傍の人のごとく無関心でいられるだろうか?」

が、そう詰問されると、彼には、はなはだ自信がない。彼女が幸福に暮らすのを見るにつけ、また

不幸な生活をするのを見るにつけ、どうも平気ではいられそうにない。その時になってみなければ分からないが、彼女を支配する男に対して、案外、思いきった行動に出る自分のようにも思われるのだ。なんのきっかけもなく、いきなり拳銃で胸板を撃ち抜くとか、匕首《あいくち》〔短刀〕をとって喉をえぐるとか……。

「俺には結局、秀蘭を忘れることは出来ないようだ」——それが彼の結論だった。

「おいおい、とうとう売っちゃったよ」

誰かが彼のそばへ来て話しかけた。

「十ドル以上、一文も出しやがらねえ」

いまいましそうな口ぶりでもあったが、また、ほっとしたような様子も感じられた。

鮑仁元は、それを聞いて肩の荷のおりるのを感じた。あれを金に換え、各自が分けたことを知れば、自分がよし今日限りここを脱走してしまっても、あの問題で五人の者が諍《いさか》いを起こすことはないだろうし、自分としても責任を果たしたことになるのだから。

趙軍曹も、にやにやしながら彼のそばへやって来た。取り引きがうまくいったらしく、相当の御機嫌らしかった。

「軍曹殿、そんなに金を儲けて、早く田舎へ帰った方が、よかァありませんか。ずどん！　とやられたら、それこそ虻蜂《あぶはち》とらずですよ」

彼はちょっとばかし、趙軍曹を揶揄するように言った。

「馬鹿言っちゃいけねえ」趙軍曹はむきになって言った。「俺はそんなヘマはやらねえ。鉄砲玉なんかにやられてたまるもんじゃねえ」

見たところ、趙軍曹はまだやっと三十に手が届いたか届かないかという年輩である。何事もこれからという青年である。その若さが、百人のうち五十人は死んだろうという激戦を経験しながら、自分だけは絶対に死ぬようなことはないと信仰を持たせるのである。その信仰は、彼が鉄砲玉に当たって死ぬという間際まで保たれるだろう。今までにかすり傷ひとつ負わない彼は、だから嗤いながら言うのである。

「鉄砲玉に当たって死ぬ奴なんて、そりゃ、よくよく運の悪い奴さ。そんな奴は、たとえ戦争に出なくたって、まァ、例えばだな、平和な町の中を歩いていたって、自動車に衝突して殺されるか、雷に打たれて死ねか、する奴さ」

随分、無茶苦茶な論理であるが、そんな無茶苦茶の論理に安心して戦争していられる趙軍曹は、むしろ幸福である。こういう男というものは、たとえ鉄砲玉で死んだとしても、地獄に行って、そこにうようよしている戦友どもをとらえ、俺はやはり運が悪かったんだよ……ぐらいのことで笑ってすましているに違いない。

鮑仁元は、それから間もなく次番の者と交代して、塹壕に戻って来た。静かな夜で、銃声ひとつ聞こえなかった。首をあつめて何かこそこそ話していた例の五人の者は、おそらく彼の戻って来るのを待っていたのだろう、ごろっとそのまま横になろうとする彼を「おい、ちょっと……」と小声で呼んで、

「おい、これから宝物探しに行かねえか。趙軍曹はまた出かけたようだぞ。俺たちは今まで、あんまり迂闊だったよ。くだらねえもの拾って来ても荷にばかりなって困ると思ってたんだが、戦場には、ああいうさっきみたいな男がうようよいるらしいんだ。拾って来たものを、双眼鏡でも、拳銃でも、

煙草のケースでも、そりゃあなんでも買っていくんだ。……で、どうだい、出かけて見る気はねえか。お前だって、金の全然いらねえこともあるめえ」

戦死者のふところ探しに誘われたのである。何事をするにも、この六人は必ず協同してやること——という規約は、彼自身の発案になるものであり、この五人は、その規約によって彼を誘ったものである。が、彼は、むかむかっと込み上げて来る屈辱感というか、なんというか、浅ましい、情けない気持ちで、しばらくは口もきけないほどだった。

「僕は……」と言ったきりだった。

が、黙って一人、胸の中で煮えたぎるような怒りを噛みしめている間に、「俺も金は欲しいのだ」という事実に突き当たった。彼の嚢中には、この数日、一銭の金もないのだった。そのことのために、せっかく決意した今夜の脱走も、どうやら実行不可能の状態になっているのだった。

と、いうのは、脱走に必要なものは何よりも便衣だった。軍服のまま脱走の出来るものではなかった。その便衣は、普通のものだったら、そこらの民家へ行ってたちまち掠奪なり何なりして整えて来るだろうが、彼には性格上、それが出来なかった。せいぜい金を出して譲ってもらうほか、方法はなかった。ところが、その金が一銭もないと来ては、脱走は諦めるよりほかなかった。

「では、仲間に入れてもらって出かけようか」

が、そう決めようとすると、何か気にすまないものがあった。

「おい、どうするんだ？　行くのか、行かないのか……」

仲間は、ようやく焦《じ》れて来た。

「趙軍曹の話だと、早く行かねえと、ろくなものはなくなっちまうぞ。なにしろ、宝探しの連中は、戦場いっぱいに出てるって話だからな」

鮑仁元は、破れかぶれの気持ちで、叫ぶように言った。

「じゃ、行こう、俺も金は欲しいんだ」

擬装避難民

真っ暗な夜道を、避難民らしい、男と女と二人歩いて行く。昼といい、夜といい、いずれも安全という時とてない戦場近くではあるが、ことさら危険率の多い夜道を、この二人は歩いて行くのだ。これはよほど何か深い事情のあるものか、でなければ、急ぎの用を抱えたものでなければならない。それから、夜の危険なことを知らない迂闊者か、その危険に対抗出来る自信家か……。ほとんど無限と思われるほど長い麦畑の中の道を、二人は黙々として歩いている。が、女の足はともすれば遅れがちだ。それに、夜道に慣れないためもあろう、つまずいたり、滑ったり、ところどころにぼこんと大きな口を開いている穴の中に踏みこんだり、相当、足も痛めているらしかった。

とがった男の声が、時々剣突《けんつく》を食わす〔しかりつける〕ように、女を励ましている。

「もう少しの辛抱だ。くたびれたって、我慢しなけりゃ駄目だ。李鵬部隊の勢力範囲からさえ出てしまえば、あとは夜道を歩かなくたっていいんだからな……。それに、今夜は特に危険なんだ。斥候はうんと出ているし、まごまごしていると、ここら一帯にどえらい砲弾や機関銃の弾が飛び交うようになるんだ」

軍の動静にかなり詳しい男の言葉である。が、それは無理はない、姿形こそ百姓の避難民らしく作っているが、男は方家然であり、女は、言うまでもなく秀蘭であったからだ。あの空き家で服装を変えて、ここへ来るまで、まだいくらも歩いてはいない。それだのに秀蘭は、もう跛を引いている。道の真ん中の、砲弾穴らしいところへ落ち込んだ時、早くも足首をいためてしまったのだ。その足首の痛みを耐えて歩いていると、その痛みがずきんずきんと胸へ突き上げるように響いて来る。

「おい、もっと早く歩けないかな……。ここらが一番、危険なとこなんじゃないか」

方家然がそう言った時である。すぐ左側の麦畑の中からパラパラと……黒い人影が四、五人、音もなく湧き出して、二人の方向へ銃剣を構えながらやって来るのを見た。

方家然はぎょっとした。どこの部隊のものか分からないが、とにかく見つかっては厄介である。彼は、とっさに秀蘭の手をとって道路の上に身を伏せ、そろそろと、反対側の道路と畑の間に掘られた小溝に滑り込み、息を殺してその中に身を横たえた。それからおもむろに、懐中に忍ばしている拳銃を取り出し、いざとなったら一人でも二人でも相手をやっつけてやろうという決心で、堅くその弾倉の上から握りしめた。

「どこへ行ったろう？」

「確かにここらへんで声がしたんだが……」

そんな話し声が、二人の寝ているすぐ頭の上で交わされている。

方家然はぎゅっと、心臓の上から自分の胸を抱きしめた。あまり激しい心臓の鼓動なので、それを相手の者に聞きつけられはしないかという恐れがあったからだった。

四、五人の足音は、彼の頭の付近を中心にして、しばらく右往左往していた。残虐無道、人を殺すことを屁とも思ってない方家然ではあったが、さて、自分が殺されるかも知れないという段になると、平気ではいられなかった。神もない、仏もない彼ではあったが、生まれて初めて、彼は運命の神に祈った。

「どうか見つからないように、見つからないように、見つからないように……」

その時ふいに、二人の頭の上で、銃声が激しく鳴った。

「パンパン……パンパン……」

銃口から吹き出す火の方向で、慣れた彼の眼には、それが目標のない、めくら撃ちであることが分かった。が、めくら撃ちであるだけに、いつ自分の胸板を撃ち抜かれるかも分からない恐れは充分にあった。が、その銃声よりも彼を驚かしたことは、秀蘭が、きゃッ……というような恐怖の叫びを上げたことだった。馬鹿っ……と怒鳴る代わりに、彼はぎゅっと秀蘭の頰ぺたをつねった。

斥候の一隊はそれで去った。李鵬部隊のそれは斥候であり、その中には、彼を敵と狙う鮑仁元もいたのだった。

足音の遠ざかるのを聞きすましてから、方家然たちは立ち上がった。そしてまた、東へ、東へ……の旅を続けた。彼は、かつて埋蔵した宝石の一部を発掘するのが目的だった。その前に、あの埋め隠した宝石が、元のまま安全であるかどうかが彼には気がかりだった。彼の足は、急ぐともなく急いでいた。それが秀蘭には苦痛だった。

「もう少し急いだらどうだい。ぐずぐずしてると、またさっきみたいな目に遭うぞ」

「私にはそう早くは歩けません。あんた一人で先へ行って下さい」

二人は絶えず、そんな小さな諍いを繰り返しながら歩いていた。そして、それから四日後、二人はへとへとに疲れた体を引きずって、ともかく、秀蘭の故郷の町へ辿り着いたのだった。

このわずかな旅で、どうしてあの頑健な方家然までが、こうも疲れたか……。原因は第一に、食べ物のないことだった。第二に、夜昼を通していつ眠るということもなく不規則に歩きつめたことだった。方家然は初め、秀蘭の故郷までの行程を三日と見ていた。そして食糧も、倹約をすればどうやら二日分ぐらいはあろうという程度の麦粉を用意して出て来たものだった。足りないところは、途中に農家も少しはあることだし、そこでどうにか都合してもらえると思っていた。ところが、それが全然彼の期待を裏切って、その農家には食べるものが全然なかった。第一、住んでいる人がみんなどこかへ逃げてしまっていて、一人もいないのだった。それから、彼はその麦粉を煮るための小鍋を用意していたが、その食事の用意で燃料を集めることやら水を探して来ることで、案外の時間を費やしたし、秀蘭が足をくじいたことが最後までたたって、予定よりまる一日、日数を超過したため、結局、二人はまる二日間、何も食べずに歩いてしまったのだった。疲れたのも当たり前だった。

町は、彼女がいた頃とは、すっかりそのかたちを変えていた。ところどころに火事を出したらしい跡があって、醜い焼け残りの残骸を曝していたし、飴ん棒のように捻じ曲げられた高射砲のある周囲の家が、何十戸という数を知らず、まるつぶれになったり、ねじれたまま半つぶれになっていたり、屋根をどこかへ吹き飛ばされていたり、惨憺たる光景を呈していた。また、町の周囲を取り囲む城壁にしても、ところどころ滅茶滅茶に砲弾で崩されていたし、この町で相当の激戦が行われたことを物語っていた。

町は今、完全に日軍の管理下にあった。二人は初め、この城門を入る前、幾度となく日軍の兵士によって身体検査を受けたり、なんの用があってどこへ行くのだ？　と詰問をされたり、そんなことでだいたい、町が日軍によって占領されてることを知っていたので、そこの城門に辿り着いて、楼門高く日章旗のひるがえるのを見ても、さして大きな驚きは感じなかった。ただ、二人の心配したことは、方家然の埋蔵した宝石や金銀の類が、そのまま元のままの安全を保っているかどうか……ということだった。方家然にとってそれは第一番の問題であったが、秀蘭にとってもそれは一番肝心の問題であった。方家然にとっては、それは安全な場所に彼を保護し、生活させてくれる財産であったし、秀蘭にとっては、それは自分の手に奪還しなければならない責任と義務のかかっているものであるからだった。

秀蘭は自分に言い聞かした。

「これからは瞬きする間でも方家然から眼を離してはならない。彼の起きている時はもちろんのこと、寝ている時でも油断は出来ない。彼の行くところへついて行って、財宝の隠し場所を嗅ぎ出さなければならない」——

町は、日軍の兵士によって整然と秩序が保たれている。この様子では、どこに隠してあるか知らないが、方家然の隠した金銀宝石類もたぶん、その隠された場所に安全に保存されていることだろうと思った。

彼女は、方家然がどういう態度をとるか、細心の注意をもって、彼の後について歩いた。ところが、方家然の足と来たら、まるで目的のない散歩者のように漫然としている。町の中を横丁から横丁と、一つ余さず見て歩くつもりらしい。右を見、左を見、前に眼をやったかと思うと、ふいっと後ろを振り返り、彼の足がこの町の中の一体どこを目的としているのか、彼以外の者には全然、窺知《きち》する〔うかがい知る〕ことを許されない。二人の足はやがて、秀蘭の生まれ育った、そしてついこないだまで母と共に住んでいた家の前へ出る道筋にかかっていた。彼女の胸は躍った。母に逢える、兄ももうアメリカから帰っているかもしれない……。それを思うと、彼女の足は躍るように弾んだ。いつの間にか方家然を後にしてぐんぐん先に出ていた。が、いい加減行ってから、彼女ははっと気がついて、あともどりをして来た。方家然は、なんの興味もなさそうな顔をして、どこかの家の大穴のあいた屋根を見上げている。そして、彼女が小走りに戻って来たのを見ると、

「先へ行っててていいのに」と言った。「どうせ俺も、今すぐ後から行くんだのに……」

その言葉には少しもわざとらしいところは無い。が、それにしては、三日も四日も満足に眠らず、ろくなものを食べず、へとへとに疲れている体になんの必要があって、めずらしくもない砲弾穴のあいた屋根なぞ見ているのだろう。秀蘭を撒《ま》くためではないのか。秀蘭がしびれをきらして、とっとと家へ急ぐ……その隙を狙って財宝の埋蔵場所へ行き、その在否を確かめる。あるいはその一部を掘り出して来る……。

「確かにそれに違いない」——彼女はそう睨んだ。そして、いよいよ緊張した。ちっとも油断はなら

ない。眠っている間も彼の監視を怠ってはならない、と思った。

二人は歩き始めた。そしてとうとう、秀蘭の家の前に出た。が、店の表戸は堅く閉ざされている。二人は裏へ回った。ここもあかない。釘づけである。明らかに、母も、おそらく兄も一緒に、どこかへ避難していることを物語っている。

「困ったわ……どこへ行ったんだろ？」

そう言いながら彼女は方家然の顔を見上げた。

が、方家然は別に困った顔をしていない。かえって、誰もいない方がいい、というような顔つきで、あちこち入りやすい場所を探している。

べリベリッ……と板の裂ける音がして、釘づけの戸が剥がされた。

「まァ…」秀蘭の驚歎をよそに、方家然は顔色ひとつ変えないで言った。

「ぐずぐずしてないで早く入れ。なるべく近所のものに知られない方がいいからな」

ここへ来て、二人は初めてゆっくり眠り、ゆっくりと、充分に食べることが出来た。彼らはここで一日か二日の休養をとり、多少なりとその疲労が回復したら、すぐにも安全地を求めて出発するつもりだった。

が、実を言うと、秀蘭はここへ来て、少しも体が休まらなかった。疲労を回復させるどころか、三日四日と滞在しているうちに、彼女は激しい神経衰弱の徴候をさえ現し始めた。夜も昼も、本当に熟睡出来ないからだった。

方家然は初め、頑強に、二人の寝室を別々にすることを主張した。

「お前はなるべく奥の……そうだ、あの地下室がいい、あの地下室に寝ていなくちゃいけない。危険だ。日軍の兵士なんて、俺たちがここにいることを知ったら、いつどやどやと押し込んで来ないとも限らないし、そうなったら俺だってどうにもお前を保護してやりようがないからな。だが、俺にはどこまでもお前と、お前のこの家を守ってやる責任がある。だから……」と言って、彼は、自分だけは裏口の、廊下みたいな戸口に近いところに寝ると言って聞かないのだった。

が、秀蘭も今度という今度は、底の見えすいた彼の言い分に従ってばかりいられなかった。方家然が、寝室を別にし、彼女を遠く離れた地下室に追いやろうという心の底には、自分の行動を絶対に秀蘭に知られたくないという腹があった。彼女の心には、それがまた鏡にかけたようにはっきりと、方家然の画策するあらゆるものが反射して来た。

「あんな地下室なんか、一人じゃとても気味が悪くていられません」

彼女は言い張った。が、そう言いながらも彼女は少しも方家然から眼が離せなかった。方家然という男は、自分の意志を通すためには、腕力をもって彼女を地下室に監禁しないとも限らないし、それでも都合が悪ければ、彼女の生命を奪うぐらい、屁とも思っていない人間だった。彼女は、そういう例を、現に二度も見ていた。父の殺された場合と、徐中尉の殺された場合だった。彼女の知らないところでは、どのくらい彼がこれまでに殺人のようなことをしているか、想像も出来なかった。

が、秀蘭は、彼がいかに残虐な人間でも、大抵のことでは自分は殺されないだろうという見通しはつけていた。彼にとって、この自分がいかに必要な人間かということを、彼女は彼以上に知ってるからだった。それは、李鵬の陣地から脱走してここへ来るまでの四日間、二人は実にしばしば、支那軍と日軍の両方から誰何された。が、二人はどこでも、自分たちは避難民で、どこからどこまで行くものだということを言い張った。そして、許可された。それは、方家然が一人では許されなかったかもしれないが、彼が女づれだということが多分に信用を博したのだった。つまり、方家然にとっては、秀蘭は、日支両軍に通ずる、通過証以上の通過証だった。そして、この生きた通過証は、これから先、香港なり上海なり、彼の目的とする地へ着くまでは、絶対に必要なはずだった。だからして、自分は方家然の手で殺されるようなことは今のところ万一あるまいとは思うのだが、しかし、彼が埋蔵している財宝を発掘して来る間、監禁されないとは保証出来なかった。それどころか、その危険は充分にあるのだった。

が、万一、彼女が方家然のため監禁され、彼女の知らぬ間に、その財宝の一部を発掘されたとしたら……。

彼女が今まであらゆる恥と苦痛を忍んで彼に隷属して来たことは、全然意味のないことになるのだ。彼女は、父を殺された時に彼を殺し、自分も死んだ方がはるかにマシだったし、おのれを全《まつと》うするゆえんだったのだ。

彼女は、今まで忍んで来た自分の屈辱を無駄にしたくなかった。だから、この点では極力言い張った。

「私、あんな地下室へ一人寝かされているくらいなら、道ばたへ出て転がっています。その方がまだ淋しくもないし、怖くもありません。あんなとこにいたら、私、それこそ死んでしまいます」

ぽかんとした馬鹿のような一面があるかと思うと、また、眼から鼻へ抜けるような悪がしこい智恵の働く方家然だった。秀蘭が彼の肚裏《とり》〔胸のうち〕を看破してるように、彼は彼で、自分の心を見抜い

ている秀蘭の心を見破っていないとは限らなかった。が、秀蘭の泣訴《きゅうそ》を聞くと、彼の腰は意外にもろく砕けて、

「じゃ、いいようにするがいい」と、言い出した。

「じゃ、いいようにするわ」彼女はそう言うと、せっせと奥の部屋の一番奥に方家然のベッドを移し、自分のベッドはかえって扉口近く、もし迂闊に自分が眠っていても彼の出入りの物音で眼を覚ますように、万事、彼女のいいようにやった。

方家然は頻繁に外出した。いま煙草を買って帰ったかと思うと、すぐ今度は、砂糖を買いに行くと言って外へ出た。砂糖を買って来たかと思うと、今度は油を買いに行くと言って出て行った。秀蘭はいちいち、そのたびに彼の後について歩いた。

「面倒くさい……。買い物なら一ぺんにまとめてしてしまえばいいのに……」と彼女が言うと、

「うむ、それでもいいが……結局、同じことさ」と言って、相変わらず、一品一品、買っては帰って来た。

城内の住民の三分の二は避難先からまだ戻っていないし、買い物も、したがって円滑にはいかなかった。せっかく店を開いている家があっても、それに望む品が無かったり、また、全然看板だけでその店が戸閉めになっていたり。結局、方家然の言う通り、一品買うごとに家へ戻って来た方が、いいくらいのものだった。が、ただ、町の様子を見ていて心細いと思うことは、商品を新しく補給する道がまだついていないためだろう、一日ごとに店の品数が少なくなり、買い物に不便することだった。が、それにしても、方家然が不思議にたえないことは、彼の属する部隊がこの家へなだれ込んで来て間もなく、店という店の品物は全部掠奪し尽くされ、がらんとしてしまったのに、今来て見ると、その後

新しく品物の補給された様子もないのに、乏《とぼ》しいながら品物は陳列され、店の者たちも、しごくのんびりした顔をして商売をしていることだった。

兵隊がこれだけ町にいるのに、全く不思議のことだ。品物を誰も隠そうとしない。それどころか、倉庫の底で腐らせかかったような品物まで持ち出して来て、並べている。日軍の兵士というものは、掠奪をやらないのだろうか……。買い物をするのに金を払うのだろうか……。

しかも、さらに不思議なことは、方家然の長い軍隊生活の間にもかつて見たことのない現象が、日軍兵士と、町の住民との間に行われていることだった。彼らは、お互いに言葉は通じている様子もないのに、手ぶり身ぶりで、いともにこやかにお互いの意志を疎通させているし、ことに小童の輩に至っては、髭もじゃの恐ろしい顔をした日兵の手に両方からぶら下がって、何かわけの分からないことをしゃべるのか唄うのかしている。中には、その髭もじゃの兵士の手から何かもらって、むしゃむしゃ食べているものさえある。

それは、方家然には全く諒解することの出来ないことだった。自分と同じ民族に属し、自分と同じ国語を話す子供ではあるが、彼ら子供のうちに果たして一人でも、かつて彼の手にぶら下がって楽しそうに唄を唄ったものがあるだろうか――

彼ら日兵は、何か自分たちの持たない魔法の力と言ったようなものを持ってるのではないだろうか……。方家然は、自分と同じように、この不可解の光景に見入っている秀蘭の手をとると、邪険にそれを引っ張って、ぐんぐんその見えない横丁に入り込んだ。彼はそのまま家へ戻ると、ぴしゃりと扉を締めきって、

「お前はもう外に出ない方がいい……。いや、絶対に外へ出ちゃいかん」と言った。彼は、日兵の持つ魔力と言ったものが、何かしらこの秀蘭に働きかけ、秀蘭をも、あのさっき見た子供同様、彼らの自由になる傀儡《かいらい》〔あやつり人形〕にしてしまうような、妙な嫉妬の織り交ざった、危惧の感情のとりこにしてしまったのだった。

「どうして外へ出ちゃいけないんです?」

秀蘭は沸然として、彼の横暴をなじった。

「理由なんか言わなくたっていい。ともかく、お前は外に出ない方がいい。外へ出ちゃ、ためにならないんだ」

それ以上、彼は説明しなかった。それを証明することは、なんとなく自分の面子にかかわるような気がしたし、説明のしようもないのだった。

が、彼女としては、それは死を賭《と》しても服することの出来ない命令だった。自分が家にいて彼にだけ自由の行動を許したなら、それこそ彼は秀蘭に知られることなく自分の秘密の場所へ行き、永久に、彼女をしてその財宝に一指をも染めさせないだろう。

昼も夜も眠らない日が彼女に続いた。夜、寝ている時、どんな小さな物音がしても、彼女は眼を覚ました。その時はまた決まって方家然がベッドから下り立った時であった。彼女は寝返りを打って、あァあ……と、溜息をした。眼を覚ましてるぞ——という知らせだった。

方家然は部屋の隅へ行って、じゃァじゃァ便器に用を足して来た。そして、彼は一晩に三度ぐらい起きた。秀蘭はそのたびに寝返りをうって溜息をした。

「お前、眠れないのか……。いつも眼を覚ましてるじゃないか」

「神経衰弱かもしれないわ。ちっとも眠れないんだから」

彼女は本当に神経衰弱になりそうだった。いや、完全にもう神経衰弱だった。昼間、椅子に腰を掛け、方家然と話をしながら、夢を見た。

……町を歩いていると、彼女は後ろから呼びとめられた。振り返ってみると、カーキ色の軍服を着た兵隊である。彼女はぞっと身震いを感じた。兵隊は、方家然でこりごりなのだ。彼女が、つんとして背中を見せると、お前忘れたのか、俺じゃないか――と言う。声には親しみがあった。で、よく見ると、兄の康元《こうげん》だった。そして、俺もアメリカから帰って来るとすぐ兵隊にされちまったんだ――と言うではないか。彼女は驚いた。

「まァ兄さん！」と叫んだ。叫ぶと一緒に、彼女はぐらぐらっと頭が揺れて、卓子に打ちつけそうになった。眼の前には、兄ではない方家然が、いぶかしそうな眼をして彼女を見つめている。そして、

「どうしたんだ？」と言った。

が、彼女は答えなかった。こめかみを押さえて、

「頭が痛いんです」と、突っぷしてしまった。そして不覚にも、十分か十五分か、そう長い時間とは思わなかったが、彼女は眠ってしまった。眼を覚ましてみると、方家然がいなかった。

彼女は弾かれたように立ち上がった。頭がぐらぐらっとしたが、彼女はしばらく卓子で体を支え、その間じっと耳をすまして、奥の方の人の気配をうかがった。しん！　として、なんの物音もしなかった。

「出し抜かれた！」

全身の血がどっと逆流するように感じた。百年の悔いも及ばない無念さだった。彼女は足早に部屋を改め、それから自分も外へ出るつもりで、扉の外に立った。

が、そこで彼女の足は釘づけだ。方家然がどっちの方向へ行ったか分からない以上、出て行くだけ無駄だったし、かえって、ここにいて彼の戻って来るのを眼でつかまえ、彼の様子から、出来るだけ多くのことを嗅ぎ出す方が、利口のように思われて来た。

彼女は、じりじりした気持ちで、靴で敷石の上を蹴ったり、そこを歩き回ったりして待っていた。

が、方家然はなかなか戻って来ない。一時間経ち、二時間経った。秀蘭は時計と睨めっくら〔にらめっこ〕だ。そろそろ明かりのいる頃となった。それでもまだ、方家然は戻って来ない。秀蘭の胸に遅まきながら、方家然の奴、お金や宝石だけ掘り出して、自分を置き去りにしたのではあるまいか——という疑問が湧いて来た。逃げたものとすれば、あれからもう三時間以上は経ってることだし、五里や十里は走ってるに違いない……。この焦燥、無念さは、地団駄ふんでも追っつくものではなかった。彼女は涙で顔をくちゃくちゃにして、ぎりぎり袖を噛み切った。抑えても抑えても、くやし泣きの嗚咽が喉の奥からはしった。

が、くやしさは、泣いてるだけでは腹の虫が納まらなかった。彼女は手当たり次第に、手に触れるものを取っては投げ、取っては投げ、叫んだ。

「畜生、畜生……。とうとう逃げちまった。私の何もかも台無しにして逃げてしまった……」

悪の温床

気ちがいのように昂奮し、泣きわめいていた秀蘭は、扉の開いた音も聞かなければ、その閉まった音も聞かなかった。

「おい、秀蘭……」

そう言って肩を揺さぶられたので、彼女は初めて、ぎょっとしたように後ろを振り返った。方家然だ。そのほかに、日軍の兵士であろう、見知らぬ男が二人、じろじろと彼女と方家然の様子を見くらべている、そして、その一人が言った。

「奥さん……貴女は、この男をご存じですか?」その眼は、微塵の嘘も見逃さない鋭さを持っていた。

彼女は、それを答える前に、この言葉とこの男たちとが、自分たちと一体どういう関係を持っているものか、知りたいと思った。彼女は素早く頭を働かせて、方家然が何か日軍の兵士たちの疑惑を招くようなことをしたのではないか——ということを見抜いた。もし方家然が実際に日軍にとって不利の行為をしたのならば、その場で射殺されてしまっただろうし、ここまでこうして連れて来られたことは、そこにまだいくぶんの余裕のあることを思わせるものだった。

「知ってます……主人です」彼女は言った。

が、そう言う前に、彼女はよほど、すべてのことを打ちあけてしまおうかと思った。彼が父を殺し、一切の財産を奪い、その上、自分を暴力をもって意に従わしめている兇悪無残な悪徒であることを……。

が、彼女はその結果がどうなるのか分からなかった。方家然の隠した宝石類は、厳重な取り調べによって、あるいはその隠し場所が判明するかも知れない。が、出て来たその宝石類は、一体どうなるだろう、自分の手に戻されるものだろうか。没収されてしまうようなことはないものだろうか……。彼女は日軍の兵士というものを知らない。彼女が今まで聞かされていたところでは、残虐無道の人非人《にんぴにん》〔ひとでなし〕のようである。が、彼女は見た。それは、ほんのチラッとした瞥見《べっけん》ではあったが、子供たちがその両手にぶら下がってにこにこしていたり、お菓子の類をねだって頬ばったり……。それは到底、支那の兵士に見られる図ではなかった。だが、そのちょっとした片鱗を見ただけではあったが、それで彼女の直感は、日軍兵士の全貌をつかめたように思った。彼らは決して、一私人の一私財をほしいままに没収するようなことはないだろう――と。だが、それだけでは彼女は困るのだ。方家然のことに関する限り、生殺与奪の権を彼女に与えてくれるのでなければ……。

が、それは望めないことだろう。財産は戻って来るかしれないが、彼は日軍の手によって処罰されてしまうに違いない。そこで、彼女はそれ以上の考慮を払う暇もなく、方家然をかばう気になったのだ。「知ってます……主人です」と言ったのだ。

「そうか、それならよろしい」

一人の日本人が言った。彼は通訳官ででもあるのか、厳めしく武装した将校のしゃべるのを聞いては、支那語で取りつぐのである。

「いいか、これからはあんな用もないところを目的もなくぶらぶらしてはいけない……。それから、この拳銃だ。こんなものをポケットに潜めて、歩哨の警戒区域を出たり入ったりしているから疑われるんだ……。いいか、これは預かっておく。第一、これからは用事のない時は外へ出ちゃいかん。どんなことで疑われんとも限らんからな」

そう言うと、日本将校と通訳官は帰って行った。

秀蘭には何もかもが分かったような気がした。方家然は確かに埋蔵しておいた宝石を掘り出しに行ったに違いない。その場所は不明だが、とにかく、日軍歩哨の警戒しているところらしい。彼女には、その光景を眼に見るように描くことが出来た。彼が掘り出そうと思ってその場所へ近づくと、コツコツと靴の音を立てて歩哨がやって来る。それで、なにげない風をして彼が通り過ぎると、歩哨もまた向こうの方へコツコツと去ってゆく。それが幾度か繰り返されて、彼はとうとう歩哨の疑惑を買い、誰何された。おそらく、その屯所へ引っ張って行かれたものだろう。それでこんなに時間が遅くなったに違いない……。

「あんた一体どこへ行ったの?」

彼女は多少、あざけりの色を見せて彼をなじった。

が、方家然は恐ろしく不機嫌だった。

「どこへ行こうと大きにお世話だ……。ふッ、糞野郎が！　俺が一体どんな悪いことしたって言うんだ。ただ、散歩に出ただけの話じゃねえか」

秀蘭は、依然として蔑《さげす》みの微笑を口もとにたたえたまま、黙って、そう言う方家然の顔を見つめていた。今までは方家然の運命が熾《さか》んで〔勢いがあって〕、どうにも彼に逆らうことが出来なかったが、そろそろ彼の運命の衰える時が来たのではないだろうか……。そんな風に思われるのだった。もし、そうだとすれば、自分の目的を達する日も、決してそう遠いことではあるまい。なんとなく気持ちの明るくなった彼女は、まるで母親が子供に言い聞かすように、

「あんたは私と一緒でなけりゃ、どこへも行かれないってこと、忘れちゃ駄目よ。そんなこと、ここへ逃げて来るまでの四日間の旅で、ようく分かってるはずじゃないの。女づれだってことで、どこの関門も無事に通してくれたんじゃないの……」

聞いてるのか聞いてないのか、方家然は渋い顔をして唇を曲げている。彼の不機嫌の時の顔だった。彼女はそれ以上言って彼を怒らせるのをやめた。方家然が財宝発掘に失敗した以上、急にここを出発することはないし、ここにいる以上、なんとか策の施しようがあると思われたからだった。

が、それにしても、彼女は誰か腹心の助手が欲しかった。一人ではどうにも彼の監視が出来きれなかったし、いつまた、今のように出し抜かれないとも限らなかった。目的の復讐を遂げる前に、この神経衰弱が昂じて、何もなし得ない廃人になってしまうんではないか……。そういう心配があるからだった。

方家然も毎日、面白くない陰欝な顔をしていた。それまで日に幾度となく、買い物、買い物と言って外に出ていた彼は、その日からぱったり外へ出なくなった。三日四日と外へ出ない日がつづいた。

「おい、買い物があるんなら、お前ひとりで行って来い」

そう言って、自分はじっと家の奥に閉じこもっていた。彼女は、ついに機会が来たと思った。一日に二度、買い物に出るとして、そのたびに端から順々に町の様子を探り、歩哨の立っている場所を調べてやろうと思った。方家然が持っている秘密の宝庫が、日軍兵士によって警戒されている歩哨区域であることが分かってる以上、その歩哨の立っている場所を順々に調べていったら、いつかはその秘密の宝庫を探り当てるだろうという期待が持てるからだった。

「じゃ、豚肉と塩を買って来るわ」

その単独に買い物を許された第一日、彼女は生き生きとした顔をして、外へ出て行った。彼女は籠《かご》を提げている。どんな疑り深い者でも、彼女が買い物のために町を歩いているのであることは疑わないだろう。彼女は、まず塩を買った。それを籠に入れて、町の中を丁寧に見て回った。銀行の前に差しかかった。と、そこに兵隊が立っていた。歩哨というのであろう、着剣して銃を持って、ぎらぎらした眼で通行人を見送り、見迎えている。彼女は心もち足をゆるめた。ここのどこかに宝石や金銀を隠してるような場所がありはしないか……。それを見きわめたいからだった。

歩哨の眼と一緒に、その手にある銃剣がきらりと、彼女の胸に向かって突きつけられた。彼女は慌てて足を早めて、その前を通り過ぎた。そして、一つの町角を曲がろうとして、ふっと、後ろを振返った。ところが、歩哨は何事もなかったような様子で、コツンコツンとそこらを歩き回っている。彼女ひとりを目当てにして、誰何のために銃を突きつけたものではないらしかった。

彼女は、その日はその一ヶ所を見ただけで帰って来た。そして、その翌日は三ヶ所を見た。お寺を二ヶ所と、学校を一ヶ所だった。またその翌日は病院を一ヶ所見たし、四日目は、飯店の前で一ヶ所見た。それで、町中全部を見たわけだった。

その四日目の晩、彼女は、洋燈の光りを前に、いつまでもいつまでも黙想していた。今まで見た限りにおいて、どこが一番臭いか……。つまり、この町中で歩哨の立っている六ヶ所だけは探り出したわけであるが、その六ヶ所のうちのどこかに方家然の秘密の宝庫があるはずである。その秘密の宝庫がどこにあるか、彼女はその頭にある地形から考えて、その個所を探索しようというのだった。

「あそこではない……」

「あそこでもない……」

「あそこも……」

彼女は銀行を否定し、学校を否定し、飯店を否定し、病院を否定した。臭いと思われるところは、結局、二ヶ所のお寺ということになったのだった。それは、そのお寺の地形に関連して、彼女は自分を方家然の立場に置いて考えてみたのだった。他人から何十万元という金銀宝石を掠奪し、それをどこかへ人知れず隠さなければならないとする。そうした場合、自分は一体どこへ隠すだろうか？

……そう考えた結果が、その二ヶ所のお寺となったのだった。

そのお寺には、両方とも、何本もの大木が植わっている。お寺の木なぞいうものは、自然に立ち枯れて取り除かれるほか、絶対に切り倒したり、掘り返したりするものではない。彼女はその大木に眼をつけたのだった。

「あの何本かの樹の根の周りをよく調べたら、分かるのではないだろうか。あれからまだ三ヶ月ぐらいしか経ってないのだから、よく調べたらどこか、ほかと変わっているところがあるに違いない。土が柔らかくなってるとか、その部分だけ苔《こけ》がはがれているとか……」

彼女がそんなことを考えてる洋燈の向こう側では、方家然が額に深い皺を刻み、深刻な顔をして、眼ばかりぎらぎら光らしていた。近頃では、秀蘭よりも彼の方が激しい不眠症に犯されているようだった。痩せてる顔が一層痩せて、顴骨《かんこつ》〔頬骨〕はいやがうえに飛び出すし、顔の色は青黒くぎらぎら脂《あぶら》が来ているし、一種、凄愴の気がその面上に漂うていた。眼の色も、今までの単なる兇暴というのでなく、どこか精神異常らしい、底の知れない凄味が加わっていた。

彼のその外貌は、まことによく彼の心の内面を反映していた。彼は最初、歩哨の誰何にあって取っつかまった当座は、まだまだ普通の常識を持った男だった。……まァ当分ここにおとなしく蟄居《ちっきょ》〔閉じこもって〕いよう。そのうちには、あの厳重な警戒も解かれ、歩哨もいなくなるだろう。その時に行って掘り出して来ればいい。……そういう考えだった。が、それから二日経つと、彼の考えは変わっていた。歩哨の撤退するまで待っていられなくなったのである。今は眼前に彼らの敵がいるわけではなく、銃声ひとつするではない穏やかさである。あの歩哨だって夜ぐらい怠けて、居眠りでもしているに違いない。……そう思って、夜になるのを待って出かけたのだが、彼はそこそこに引き揚げて帰って来た。居眠りどころか、昼より一層厳重な警戒ぶりで、足音を充分気をつけて忍ばしていたつもりだのに、思いもかけない闇の中から、いきなり銃剣を突きつけられ、慌てふためいて逃げ帰って来た始末だった。

が、秀蘭はそれを知らない。方家然は、そのことについては一言も彼女に話さないのだから。で、ひとり、薄暗い部屋に閉じこもって、家人といってはたった一人の秀蘭にさえ顔を合わさないようにして、黙々とその対策に思いふけっているのだ。小さな狭い窓から入って来る光線は、それも、土塀やら家の壁やら、いろいろなものに反射し、屈折して来る光線は、暗くて、じめじめしていて、その光線の中にすでに鬼気が織り交ざっていた。もし犯罪の種子といったようなものがあるとすれば、こういう光線の中でこそよく発芽し、花を開き、その結実へと導くものではないかと思われた。

ことに、方家然の頭の中は先天的に、悪の花を咲かせるための温床である。その温床へ鬼気を含んだ薄暗い光線を当てる時、そこにどんな悪の芽が出るか……。方家然の頭にはその時、そうだ、あの歩哨を叩き殺してしまおう、そうでもしなければ、とても俺の目的は達せられるものではない――そういう考えが浮かんだのだった。

油を吸い上げる洋燈の灯が、ジーッと、かすかな音を立てている。天井に、円くぼんやりと大きく洋燈の笠の影が映っている。椅子をギシギシきしませて、方家然は背伸びをし、そのぼんやりした笠の影に視線をやった。彼の顔は陰惨な影をたたえて笑っている。会心の笑《え》み……それに近いものだった。計画について、最後の断案〔決定案〕を得たのである。

戦場で手に入れ、それ以来ずっと肌身離さず持っていた拳銃は、いま彼の手もとにない。取り上げられてしまったのである。が、彼は拳銃にはあまり期待を持っていない。なかなか当たるものでないことを知っているからである。彼の最も希望するところのものは手榴弾であるが、そしてそれは最も効果的であるが、後がうるさい。その爆音によって集まって来た軍隊と民衆の手によって、わけもなく捕縛されてしまう恐れがある。それで、彼が最後に取り上げた武器は、青龍刀だった。青龍刀ならば、彼は充分の自信がある。これならば、なんの物音もしない。しかも確実に、相手の額を真っ二つに割りつけることが出来る……。

根本方針が決定して、次に問題となるのは、武器を手に入れることである。が、そんなものは造作ない。戦場へ行けば、いくらでも転がっているものである。彼はそれを手に入れた。赤錆が出て、よく斬れるとは思われなかったが、そんなものでも、手に入れるまでに十日ばかり費した。

方家然が青龍刀を手に入れるので夢中になっている間、秀蘭は毎日お寺まいりで余念がなかった。彼女は最初、歩哨の立っているその門をくぐる時、ここはきっと、日本軍の駐屯所か何かになって、大勢の兵隊が奥の方でがやがやしていることだろうと思っていた。それでなんとなく怖いような、また、薄気味の悪い感じで胸をおどおどさせながら通ったものであるが、通って見ると、中はがらんとして、人っ子ひとり、いはしなかった。また、大砲とか機関銃の据えつけてある様子もなかった。もっとも、そんなものが据えつけてあるとすれば、たとえ女だとはいえ、歩哨がその門を通過させることはなかったろう。彼女は不思議でならなかった。

「一体なんのための、あの警戒なのだろう？」

彼女が本堂の参拝をすまして出て来ようとすると、一人の坊さんに会った。ここの住持〔住職〕なのだろう、眼のしょぼしょぼした相当の老人だった。彼女の方では気がつかなかったが、老住持の方では、いつか彼女を見ていたと見える。彼女が会釈して通り過ぎようとすると、

「お若いに、毎日ご殊勝なことじゃ」と言った。

それを聞くと彼女は、とっさに、惨たらしい父の最期を思い浮かべて、

「父の冥福を祈りますために……」と、眼を瞬いた。

「ほ、戦争でかの……?」老住持は足を止めて言った。「この戦争では、何万という亡魂が迷うてのことじゃろう。じゃがな、そなたの父上は必ず成仏される……」

秀蘭は、老住持のその言葉に跋《ばつ》を合わせて〔話を合わせて〕、

「そうでしょうか。私もなんとなく、ここへまいりますと、亡くなった父に逢えるような気がしますもんで……」と言った。それは、彼女がこの寺院の境内を自由に行動するための、一種の煙幕の効果を狙ったものだった。少なくともその一言で、住持だけは、彼女がここの境内をぶらぶらしていることに不審をいだかないだろう。そしていざという時は、この住持が自分のためのよき弁護者となってくれるだろう。そこで、彼女は安心して他に話をそらした。

「和尚《おしょう》さん、ここのお寺は何か特別に、日本軍から保護されるようなわけがあるのでございますか。門のところに歩哨が立ったりして、なかなか厳重じゃございませんか?」

「なんの、なんの……」和尚は、慌てて手を振って弁解した。「あれはの、日本軍がただ好意で保護していて下さるんじゃ。日本軍が入城する前には、ここだけで三百人からの支那軍が寝泊まりしていたんじゃが、それらが、開祖以来の大事の大事の仏像を叩き壊すやら、小さいのはかつぎ出して売り飛ばすやら、仕放題の乱暴をしたもんじゃ……。それでの、日本軍が代わってから、ああやって悪者どもの入って来るのを番をしていてくれるんじゃ」

住持の弁解は、なかなか熱心だった。それは、秀蘭の質問から、彼女を少なからず恐れ、警戒している気持ちがくみ取られた。住持は、彼女を中国軍の間諜という風に見たものらしかった。

彼女は、それとなくそこらをコツコツ歩き回って、木の根まわりの土の具合や、石の置き具合に眼をやっていた。が、ちょっと見たぐらいでは、どこと言って怪しいところも見当たらない。そこで、彼女は老住持に挨拶をした。

「和尚さん、また明日まいります」

方家然は外から帰っているのか、いないのか、家の中は、しんとしていた。彼女は薄暗い、いつもの部屋の中で、こつんと椅子に腰を下ろし、置物のように静かに眼を閉じていた。彼女の気持ちは、まことに暗澹《あんたん》たるものだった。いつの日、自分は方家然の隠した財宝を探り出し、彼に対して復讐の刃を加えることが出来るだろう……？

その時、彼女は変な物音を聞きつけ、耳をすました。石と金属をこすり合わせるような、シュッ、シュッ……という音だった。しかも、その物音は家の外からではない。どう耳の位置を変えてみても、家の内部から聞こえて来るものだった。

「方家然が帰っているのだ」――

たぶんそうだろうとは想像したが、彼女は、父の所蔵していたところの短剣を衣類箱の底から探り出し、そっと、忍び足でその音の聞こえる方向へ迫って行った。

厨屋《くりや》〔台所〕につづく土間である。その土間で、方家然がせっせと、赤錆びた青龍刀を砥石に当てて研いでいる。彼女は、あやうく声を立てるところだった。が、彼女の自制心は、辛くも喉の奥でそれを押さえつけ、静かに、元の場所へ引っ返して行った。

彼女には分からないことだらけだ。あんな物騒なものを、どこから持って来たのだろう？　ということと、あれを一体なんの目的で研いでいるのだろう？　ということだ。

「もしかしたら、私を殺そうというのではないだろうか？」――

が、その疑問は根拠が薄弱である。自分のような抵抗力のないものを殺すのに、あんな大袈裟な兇器なんか絶対に必要がないからだ。

では、一体なんに使うのだろう？　まさか、また兵隊になろうというのではあるまい……。

しんッとした家の奥の方からは、いつまでもいつまでも、青龍刀を研ぐ音が響いて来た。

「なんという気味の悪い男だろう」

秀蘭の背筋を、ぞくぞくと戦慄が走った。

夜襲

不気味な砥石と金属の触れる音がやんで、方家然のこちらへ近づいて来る足音が、初めはかすかに、だんだんはっきりと、大きく響いて来る。

秀蘭は、いきなりベッドに潜り込み、頭から布団をかぶって寝てしまった。なんにも知らない風を装っている方が無難に思われたからである。

扉が開いて、方家然が入って来た。彼の眼は、じろりと、部屋の隅のベッドの方に行った。が、「どうしたんだ?」とも言わなかった。手に提げて来た酒瓶を卓子に置くと、自分も椅子に腰をおろし、ぐびぐび手酌で飲み始めた。

見ていても、長い長い、退屈な時間だった。秀蘭は、眠ったとも思わなかったが、いつかまどろんだと見える。知らぬ間に洋燈に灯がともり、方家然は、お手製らしい料理をくしゃくしゃ頬ばっている。その食事も、飢えた野犬か野良猫を彷彿とさせた。粗野で、意地きたなくて、乱暴で、一口に言うと、がつがつしているのだった。肉のかたまりなぞ、口に放り込んで、くしゃくしゃと二つ三つ噛んだかと思うと、そのまま喉を鳴らして呑み込んでしまう。噛んでいる時、歯の間からパッパッと唾が飛ぶ……。浅ましい、見ていて胸の悪くなるような食事だった。

その食事の時間も長かった。彼は次に煙草を喫《す》い始めた。煙草を喫いながら、何を考えているのか、眼をじっと一つところに据え、口を曲げたり、眉を吊り上げたり、そこには微塵の平和の影も見られなかった。

秀蘭は、方家然の腹の中をはかりかねている。

あの男は、これから一体どうするつもりだろう。食事をすまして、煙草を喫って……。いずれは外へ出て行くのだろうが、外へ出て、あの青龍刀で一体、何をしようというのだろう?

秀蘭には見当がつかない。

よし! あの男が外へ出るようだったら、今夜こそ、あとをつけてってやろう。あの男の行く方向を見届けるだけでも、たいした獲物だ……。なに、もう大抵分かってはいるのだ、あの二つのお寺のうちのどっちかなのだ――

秀蘭はそう見ていたし、また、そう決心して、方家然の外へ出るのを今か今かと待っていた。

煙草を喫い終わると、方家然はやっと立ち上がった。が、まだ外へ出るのではなかった。秀蘭のベッドの方をじろりと流し目に見て、昼間研いでいた青龍刀を洋燈の光りの下へ持って来た。ためつ、すがめつ、彼はしばらく洋燈の光りでその刃の具合を調べていた。それから、親指の腹でその刃をざらざら撫で始めた。

酒で赤くなった彼の顔は、脂が浮いて、洋燈の光りにぎらぎら光っていた。その時、時計の鐘がボン、ボン、ボン……と、九つ鳴った。見るからに貪欲そうな彼の顔に、その瞬間、さっと一筋の蒼い凄気が走った。すっくり立ち上がった彼は、その青龍刀をとって、ぶんぶん振り回した。前に斬りかけ、横に払い、はね返し、また後ろを払い、二、三分間、息をもつかぬ早業でその型をやってから、またじろりとした鋭い眼を秀蘭の方に配り、くるくると黒い布で手にした青龍刀の刃を包み、扉を排して外に出て行った。

正直のところ、ベッドの中の秀蘭は息を殺して縮こまっていた。最初の、大上段に振りかぶった青龍刀を見た時、それがてっきり自分の首に向かって来るように思ったからだった。まさか自分には……と思っていたものの、気ちがいのように激しやすい彼ではあり、あの激しい殺気を含んだ眼で見られた上、ぎらぎら光る青龍刀を振りかぶられた時は、てっきりやられるものと覚悟をしたのだった。

靴の音が外の敷石に消えるのを待って、彼女は素早くベッドから滑りおり、牝猫のような敏捷さで扉を開き、半身を覗け出した。

が、外は漆《うるし》のような真っ暗闇だ。方家然の姿なぞ、もう影も形も見えはしない。ただ、靴の音だけが、たぶん、方家然のであろう、かすかに、シュッ、シュッと、地をするように聞こえて来るだけだ。秀蘭は、全身を耳にし、後ろ手に扉を閉めると、そのまま方家然の足音を追うて、闇の中に滑り込んだ。

が、そのとたん、彼女の足は釘づけされたように、ぴたっとそこへ立ち止まってしまった。どこか遠くで、意味は分からないが異様な叫び声が闇を縫うて響いて来るのを、はっきりと聞いたのだ。しかもその叫び声は決して一人や二人の口から出るそれではない。何かしら切迫した、不思議な胸騒ぎを覚えさせられる叫喚の声である。

突然、その叫喚の声に入り交じって、激しい銃声が、三発、五発、十発……だんだん数多く、やがて機関銃までが、例の不気味な、乾燥したような、カタカタカタ……という音を響かせ始めた。

戦争だ。また戦争が始まったのである。小銃、機関銃の音に交じって、手榴弾の爆発する音、迫撃砲の炸裂する音が、凄惨な人間のどよめきをかき消して、絶え間なく、大叫喚を上げつづけている。ザッ、ザッ、ザッ……という大部隊の発する靴の音が、八方から起こって急速にある地点へと集中されていく。その方向は、どうやら方家然の姿を消した方面に当たっている。

「まさか、方家然がしでかしたことでもあるまいが……」

チラ……と、小さな疑問、かすかな不安が、彼女の胸をかすめた。彼女は、いつまでもいつまでも、家の前にたたずんで、ザッ、ザッ、ザッ……という靴の音に耳を澄ましている。かつて、戦線で飽きるほど聞かされた機関銃や迫撃砲の音は、なんの頼るものもない不安におののく彼女の心情を、いやが上にも冷酷に、執拗に、孤独の感情へと追い込んでいく。意識されない、茫漠とした祖国への関心が、このなんとも言えない不安と孤独の感情を呼び覚ましたのだ。この、時ならぬ銃砲声は、ようやく安堵しかけた町の人々の心にも、同じように、不安と戦慄の衝動を与えたらしい。あちこちで、燈火がついたり消えたり、どことなくごとごとした物音を立てて、その不安の気持ちを伝えて来る。

秀蘭はいま、方家然の後を追う気持ちなぞ少しもない。ただもう不安に胸がいっぱいなのだ。彼女は家へ入ろうとした。そこへ、ぱっと、真っ暗な空気を破って飛び込んで来たものがある。方家然だった。彼は、家の入口近くにいる秀蘭を突き倒さんばかりの勢いで飛び込むと、そのまま奥深くの部屋に閉じこもり、さっきまで秀蘭がしていたと同じように、ベッドの中にもぐり込んでしまった。

また何か、やりそこなって来たに違いない――

彼女はそのまま自分も家の奥深く、方家然の後について扉を閉ざしてしまった。

「どうだ、誰も追っかけて来る様子はないか？」方家然がそっと小声で、秀蘭に囁いた。

「いいえ、誰も……」そう言って、秀蘭はなじるような眼で、方家然を見た。「あんた、また追っかけられるようなことをなすったの？」

が、方家然は何もそれには答えない。じっと眼を一つところに据えて、何かの物音を聞きすまそうと耳をすましている。が、聞こえるものは、ますます激しくなる叫喚の声と銃砲声ばかりだ。

「糞！　また戦争だ……」方家然は吐き捨てるように言った。何か癪《しゃく》に触ってたまらない様子だ。「どうだ、あの靴の音は！　……うじゃうじゃ出て来やがる」

方家然の怨みの対象は、どうやらあの靴音の主たちであるようだ。彼の言葉の調子で、秀蘭になんとなくそれが分かる。相手が一人と思って出て行ったところが、意外に大勢いたために逃げ帰って来たものらしい。彼女にはだんだん、方家然の目的とするところのものに当たりがついて来る。あれはきっと、あのお寺へ行ったに違いない、そしてもしとがめられたら、あの歩哨を殺すつもりだったのだ。ところが、不意に起こった銃声のために、どこもかも兵隊でいっぱいになり、彼の目的はすっかり齟齬《そご》して〔行き違って〕しまった……。彼女のその見方に誤りはなさそうだった。つまり、彼女の結論は、この不意に起こった銃砲声に感謝したい気持ちだった。この銃砲声が起こらなかったら、方家然は、あるいは自分の邪魔だてする歩哨を青龍刀の錆となし得たかもしれない。そして、埋蔵している財宝を誰に知られることもなく、やすやすと掘り出してしまったかも知れない。

「ありがたい戦争だわ。戦争だって、こんなに私の役に立つこともあるんだわ」——

が、方家然の方は、この戦争に対する見方だけは全然秀蘭と反対だった。もちろん、どちらも利己的な立場から出発した、はなはだ御都合主義的なものではあったが、方家然は、この戦争を極力憎んだ。呪った。この戦争——彼の想像するところでは、彼の前に属していた部隊がこの城市を奪還すべく夜襲して来たものに違いなかった。彼のいた頃から、そういう計画のあることは、たびたび聞かされていたし、そういう命令も再三出ていた。その命令が今になって、やっと実行されたものらしい。

　とにかく、この夜襲さえなければ、あそこの歩哨は一人か二人なのだし、うっかりしているところを襲いかかれば絶対に間違いなく、相手を斃すことが出来る。そうすれば、誰に遠慮気がねもなく、埋めておいただけのものは掘り出して来ることが出来る。第一、今のままでは、あのとき自分が埋めておいたままの形で誰も手をつけず、完全に保存されているかどうかさえ分かってはいないのだ。それを調べて見ることさえ出来ずにいるのだ。ごく悪い場合を想像すれば、すでに誰かが掘り出してしまってるかも知れないのだ……。

「あの馬鹿者どもが、余計なことをしくさりやがって……」方家然は、ぎりぎり歯噛みをして、戦争をしかけて来た夜襲部隊を罵った。

方家然と、秀蘭と、二人は別々の心をいだいて夜を明かした。町の中は騒然としていた。みんなこへ行っても、昨夜の戦争の話で持ちきりだ。町のどこででも、知った顔がぱったり行き逢うと、そこですぐ戦争の話が始められる。と、そこへ一人寄り、二人寄り、たちまち群集になって、がやがや始めるのだ。

「なんでした？　昨夜のあの騒ぎは……。せっかく平和になりかかったとこを、本当に迷惑なことですよ」

「こないだまでこの町に頑張ってた、あの軍隊だって話ですが、執念深い奴らじゃありませんか。もうとっくに、どこか遠くへ行ってると思ってたのに……」

「今夜あたり、また危ないって話ですよ。私ゃたった今、粟を売って日本軍の経理部からお金をもらって来たんですがね、そこでそんな話をしてましたぞ」

「で、大丈夫なのかな。ここにいた時分のあの支那軍の数に比べたら、日軍はその十分の一もいやしないんだが……。あの連中にまたここへ戻って来られたら、それこそこの町もおしまいというもんだ」

喧々囂々《けんけんごうごう》、何百羽という雀の集まりを思わせる騒々しさだ。しかも、彼らは今、思ったことをなんの腹蔵もなくしゃべれる自由さを持っている。以前の彼らだったら、迂闊なことはしゃべれない。うっかり今、彼らが言ったようなことをしゃべろうものなら、たちまちその群集の中から眼尻を吊り上げた男が飛び出て来て「漢奸！」と言って、縛り上げて行ってしまう。もし群集の方が数をたのんで反抗の気勢でも見せようものなら、たちまちその場で、拳銃のお見舞いを受ける。

が、今は絶対にそんな心配はない。日本軍が入市してから、彼らは徹底的に敗残兵狩りをやったし、藍衣社《らんいしゃ》〔蒋介石直属の国民党政府の情報・工作機関〕の社員とか、抗日救国会の連中と見ると、片っ端から捕らえて行ってしまった。市民たちもまた協力して、彼らの潜んでいる場所を密告したりして、極力、危険分子の掃討に努めた。だから今では、見たくもそういった物騒な連中は見られなくなってしまったのだ。

方家然は、そういった群集の中へ首を突っ込んで、じっと、彼らの饒舌《じょうぜつ》を聞いていた。みんな物知りだ。それに、日本の軍隊に物を売ったり、協力して敗残兵を捕らえたり、相当の交渉を持っているようでもある。彼は、そういった連中に訊きたいことがあった。日本兵は他人の私財を本当に掠奪しないものかどうか――ということと、人の女房や娘に、噂の通り手をつけないものかどうか――ということだった。

彼は二、三人、前に立っているものを掻き分けて、その前に出た。が、いきなり自分の疑問をそのままの形で打ちあけるわけにもいかないので、

「日本兵は、物を売っても本当に金を払ってくれるかね」と訊いた。

すると、粟を売っていま金をもらって来たと言った男は、ちょっと、うさんくさそうな顔をして方家然を見たが、

「お前さん、一体何を売りたいのかね」と言った。「物によっちゃ、わしが世話してもいい。米かね、

麦かね、それとも、わしと同じ粟かな。豚なんか、随分いい値で買うぞ……。第一、金の払いっぷりがいいや。値切るなんてこと、滅多にしねえ。その代わり、あんまり吹っかけると、どやしつけられるぞ」

そう言われても、方家然はしかし、物を売るのが目的ではない。日本兵が掠奪をするかしないか、ただそれが聞きたいのだ。それで、

「いま差し当たって何も売るものはないんだが……」と方家然が口ごもっていると、最初から方家然の人相のよくないのを気にしていた相手の男は、このとき真正面から方家然を見上げ、見おろし、「お前さん、まともな商売じゃないね」と、頭から決めつけてかかった。

方家然は、ぎょっとした。あの男は俺の前身を知ってるのだろうか——と思ったのだ。が、そんなことにいま気がついたのは遅すぎたかもしれない。城外の鮑家では、長いことその小作をしていたのだし、そこを追い出されてからは、ずっと今日まで兵隊だったのだ。そのことだけでも、これがもし日本軍の耳に入ったら、到底、安穏でいられるものではないだろう……。彼はそろそろ後ずさりして、人ごみの中へ隠れようとした。すると、その相手の男は意地悪く二、三歩足を前に踏み出して、「分かった……」と、大きな声で怒鳴るように言った。「お前さん、日本の軍隊相手に女郎屋でも始めようと言うんだね。それも素性の知れねえ、どこからか、さらって来た女でよ……」

が、そのとき方家然は、もうそこにはいなかった。「分かった！」と怒鳴られた時、彼はもう自分の一身に関するあらゆることが暴露されたと思ったので、群集を掻き分け掻き分け、後をも見ずに逃げ出してしまったのだ。

方家然がいなくなった後では、彼がいつの間にかここの連中の話題の中心になっていた。

「あいつ、どうも少し臭いとは思いませんでしたかな」と、誰かが言ったのを皮切りにして、

「凄い眼つきの男ですね」

「どこかで見たことがあるように思うんだが……。とにかく、ろくな奴じゃありませんな」

「あの体つきは兵隊ですよ……。便衣隊〔一般市民に変装した兵士〕かも知れんぞ」

「すると、この町へ便衣隊が潜入してるっておっしゃるんですか。物騒な……」

「いや、藍衣社か、CC団〔国民党の極右結社〕の回し者かも知れん。あの眼つきは確かに間諜ですよ。いやに眼玉がぐりぐり動いていたんですからね」

と、それこそ際限もない噂の続出だ。が、それを話す者たちは皆、真剣な顔つきをしている。それだけに、その話す一語一語が不思議に真実性を帯び、それに付帯して妙に鬼気と言ったようなものがまとわりついている。この町の中に、何百何千という便衣隊が潜入しているような錯覚を起こさせるのだ。そうなると、見る人見る人が便衣隊に見えて来る。藍衣社の回し者に見えて来る。今にも城外の支那軍に内応して、暴動を起こしそうな恐怖心を起こさせる。彼らは、最近の数ヶ月間、自国の軍隊から徹底的に叩きつけられている。底知れぬ恐怖心を植えつけられている。彼らはこの町を現状のままでおいてもらいたいのだ。便衣隊とか、藍衣社の回し者とかに入って来てもらいたくないのだ。

ところが、それがすでに一人でも入って来てるとすると……彼らはもう、人と会っても自由に話をすることも出来ないのだ。何を立ち聞きされ、何を言いがかりに引っ張って行かれないとも限らないのだ。彼らは、人の命なぞ虫けらほどにも思ってはいない。一人が、口から出まかせに「漢奸だ!」と言えば、それはたちまち、漢奸と決定されてしまうのだ。弁解も何も許されはしない。その場で射殺だ。

たった今まで、がやがや調子に乗ってしゃべっていた群集は、自分自身のしゃべった言葉から恐怖の幻影を引き出し、その幽霊にすっかりおびえ込んでしまった。彼らはそろそろと、群集のかたまりを解き始めた。と、そこへ、一団の靴の音が響いて来て、一同の耳を打った。時間を決めて、町の中を巡邏《じゅんら》〔パトロール〕している日本兵の一隊だった。

「あ、日本兵!」

彼らの顔に、さっと、一脈の生色が浮かんだ。それは力強い、自分の全身を投げかけて頼れる存在だった。その時、日本軍経理部に粟を売り込んでるという男が飛び出して、

「よし、ちょっと耳に入れておこう。ああいう男は徹底的に調べてもらう必要がある」と言って、つかつかと、その巡邏隊の方へ近づいて行った。群集の中から二、三人がそれに続いた。

彼は、にこにこと愛想笑いを浮かべ、日本流のお辞儀をし、指揮をとっている将校に話しかけた。彼は片言《かたこと》まじりに日本語を話せる様子だった。

「ただ今ここで便衣隊らしい男を見かけたんですが……。どうも人相のよくない男で……。ええ、無論、どこに住んでいるか、この町の者で誰も知る者はありません……。確証と言って……どうも人相がよくないし、眼つきがとても凄いんです。それに、これは重大なことだと思うんです。あいつは、日本軍の機密を探りに来たらしいのです。日本の経理部に何か売りたいというようなこと言って、私に紹介してくれと言うのですが……。え、そうです、私は経理部に粟や麦を納めてる張《ちょう》というもんです。そのことをちょっとしゃべったもんだから、私にそんな世話を頼むようなことを言ったらしいんですが、じゃ何を売りたいのか――と、突っ込むと、それがあやふやなんです。なんにも売るものっ

て無いらしいんです。口をもごもごやって、いつの間にか逃げ出しちまったんですが、その逃げ出したってことが第一に怪しいと思うんです」

「いや、そういう奴はまだ何十人この町に潜入しとるか分からん。が、今後そういう奴に出会ったら、なるべくその人間の特徴をよく見ておいてくれ。そうすれば、捕らえるのもたやすいし、そいつの住んどるところが分かれば、さらに都合がいいのだが……」

張と名乗る穀屋の男も、群集も、いつの間にかすっかり散ってしまって、町の中には賑やかというほどでもない人の数が、三々五々、つい昨夜の銃砲声なぞ百年も前の出来事だったかのように、のんびりとした顔で歩き回っていた。昔ながらの平和の町だった。

が、夜に入ると同時に、この平和な町は再び、昨夜よりさらに激しい叫喚の声と、おびただしい銃砲声の殷々とした轟音で押し包まれてしまった。銃弾はピュンピュン……町の屋根をかすめて飛んだ。執拗な支那軍は、あくまでこの町に未練と執着を持って、その奪還を計っているのだった。

再び流浪の旅へ

方家然は家の奥深く閉じこもりきりだった。あの後も、彼は時々、自分だけの知る秘密の宝庫を、それとなく様子を見ておくつもりで、ぶらぶらと町の中を歩いたのだが、彼は至るところで、町中の眼という眼が、自分一人に注がれているように感じて、妙に背筋の薄ら寒さを感じた。

町中のあちこちで、二、三人、五、六人の人がかたまって雑談にふけっている光景も、これまでにも外へ出るたび見受けたし、平気でそれを見すごしたものだが、今は違っていた。それはみんな、自分を問題の対象にして、あれこれと噂しているように思われてならなかった。彼は決して、過去において良いことをしていない。自分でも、自分のして来たことはそのことごとくが、悪いことばかりだと思っている。

「この分じゃ、俺もこの町に長いこといられそうもない」——彼はそう思う。が、いかにそう思っても、あの埋めてあるものをいくらかでも掘り出さない限り、どこへも出られるものではない。一歩この町を離れたが最後、すぐにも乞食か苦力をしなければならない。いや、乞食か苦力をする前に、また、たちまち兵隊にさせられてしまうだろう。

彼は実際どうしていいか分からない。家の中に引っ込んで、なんにもしないでいるよりほか、方法がないのだ。だから、近頃では、買い物にしろなんにしろ、外へ出る用事は秀蘭ひとりだ。

「お前、外へ出たらな、町の人たちの様子によく気をつけて来てくれ。どうも俺たちが兵隊をしていたってことが分かったらしいんだ……。だからよ、町の者が俺たちのことをなんて言ってるか、それとなく聞いて来るんだ」

秀蘭が外へ出るたび、方家然は口癖のようにそう言って念を押した。

そんなわけで、秀蘭は昼間はほとんど外を歩いて暮らしたし、方家然はまた家の中でばかり暮らしていた。が、家の中から一歩も出られないということは、方家然にとって耳と眼を奪われたようなものだった。銃声ひとつ聞いても、そこでどんな事が行われているか、気になるものだ。自由を持った人々は誰でも外へ出て、その事で噂し合う。そしてだいたいの様子を確かめることが出来る。が、方家然にはそれが出来なかった。見ることも出来なければ、聞くことも出来ない。彼は、いらいらしながら秀蘭の戻って来るのを待つほかない。秀蘭が今では唯一の彼の眼であり、耳であるのだ。

が、それでも彼は、家の中でじっと耳を澄まして外の様子を聞こうとしている。不安で不安でたまらないのだ。

ザッ、ザッ、ザッ……と、たくさんの靴の音が響いて来る。いつもの巡邏隊だ。が、それを聞くたび、彼の胸はぎくっとする。自分を捕縛に来たのではないか……。それは、そのザッ、ザッという音が自分の家の前を通り過ぎ、遠くの方へ消えてしまうまで、その不安は去らないのだ。

彼は秀蘭の戻って来るのを一刻千秋の思いで待ちかねている。耳を澄まして、扉の叩かれるのを待っている。彼は、秀蘭が出て行くと、いつでも錠をおろしてしまうのだ。それを開けてやるためには、二人の間だけに通じる約束がある。それは扉の叩き方で決めてある。

ある日、彼がそうやって今か今かと秀蘭の戻って来るのを待っている時、その扉をコンコンと叩くものがあった。方家然はバネじかけの人形のように立ち上がった。が、ふと気がつくと、その叩き方が違っている。彼はハッと息を呑んで、棒立ちに立ち止まった。

「危なかった！」

把手《ハンドル》にかけた手を思わず引っ込めて、彼は自分の胸を抱きしめた。が、扉を叩く音はまだやまない。

いったんやんだかと思うと、今度は裏手へ回って、またコンコンと叩き始めた。

「お留守ですか……」そう言っては、叩いている。

いよいよいけない。自分のことが分かったのだ。それで捕縛に来たのだ——。彼は、いよいよここにもいられなくなったことを悟った。今夜にも秀蘭と相談して、ここを逃げ出そう。それよりほかに方法はない……と思った。

捕まって殺されるよりは、乞食になった方がいい。苦力になっても、ここをのがれられるなら、どんなにありがたいことか知れない。こういう戦争状態がいつまでも続くわけはないし、命さえあったらいつかはここへ戻って来て、あの宝石類を掘り出せるだろう……。どう考えても、彼の結論はそこへ導かれるのだ。ただ、問題は、それに対して秀蘭がどう考えるか……であった。乞食になっても構わない。一緒に逃げましょうと言ってくれるかどうか？——

「コツ、コツ、コツ……コツ！」

扉が鳴っている。秀蘭帰る——の暗号だ。

彼は跳んで行って扉を開けた。まさに秀蘭である。が、秀蘭のほかに、そこには五人もの堂々たる体躯の男たちが立っている。

瞬間、彼の顔は、さっと血の気を失った。強敵に出会った場合の猛獣然とした身構えで、一息深く息を吸ひ込むと、ふーッと背を丸め、じりじりと足場を計り計り、後ずさりに下がって、相手の最も先頭に立っている者の喉首を狙った。いざといえば跳びかかって喉を締め、敵の機先を制しようという戦法だった。

「方！　お前は何をぼんやりしてるの……。なぜ、お客様たちに椅子をお勧めしないの？」

決めつけるような秀蘭の言葉……。それは、方家然の予想だもしないところのものだった。彼はそれこそ呆然として秀蘭の眼を見た。その思いもかけない高飛車な言葉の中に、何か別な意味があるのではないか？　……それを探り出そうとする鋭い視線だった。

秀蘭は、鶏肉だの、馬鈴薯だの、豚脂、葱だのといった、いろいろの買い物を提げていた。それらのものを重そうに提げて、この裏口へ回って来た時、その近くで、いま同伴して来た五人の男たちにぱったり出会ったのだった。と、その時、その中の一人がいきなり、彼女に声をかけた。

「あ、秀蘭さんじゃありませんか。実はさっき、一時間ばかし前でしたが、お伺いしたんですがね、どなたもお留守のようだったので……」

見ると、この戦争騒ぎの起こる前まで、彼女の家へもちょくちょく来たことのある、そして彼女もよく知っている林《りん》さんだった。綿糸や綿布を商《あきな》っている、町でも有数の資産家だということは、彼女も聞いて知っていた。だから、この人が仲間である以上、その仲間の四人の人たちも、決して悪い人間ではないだろうと、彼女はその瞬間に当たりをつけて、

「さァ、どうぞ……」と案内して来たのだった。

方家然は渋々ではあったが、彼女が心配していたほどの反抗も見せず、また主人らしい顔もせず、五脚の椅子を並べた。そこで彼女はもう一つ……後で理由は話します、どうか黙って言うことを聞いておくれ——と懇願しつつ、

「方！　お前、呼ぶまであっちへ行っておいで……。いいかい、手を叩いたら来るんだよ」と言いつ

けた。

方家然は、彼女の信号を分かったのかどうか、ぷすん……とした顔をして隣室へ去った。

「どうも気のきかない下男《げなん》でして……」彼女は言いわけがましく言った。「で、わざわざおいで下さいまして、ご用件はなんでしょう？　私で分かることでしたらお伺いしておきまして……」

そう言いながら、彼女は自分の言葉の矛盾には気がつかない。が、相手の男も相当のそそっかし屋である。

「お父さんやお母さんは、どちらかお出かけですか」と訊いた。で、彼女がそれに返事をしようとして口をもぐもぐやっていると、そんなことはどうでもいいという風に、

「ほかでもないんですがね」と言い出した。「今度この町も治安維持会を設立することになりまして、ここへお伺いした我々五人が、その創立委員という風なことになったのですが、そんなことはとにかく、我々はお互いに協力して、この町を一日も早く無政府状態から救い出し、誰にとっても住みよい、安心して生活の出来る町にしなければならないと思うのです。が、それには、現在この町にどんな人間が住んでいるか、それを調べ上げなければならない。ろくでもない悪者が忍び込んでいないとも限らない。そんなものがいたのでは、いかに善政をしこうたって、しけるものではない。つまり、善政をしくための地ならし工事をすることになった……」

林さんは、そうだいたいの説明をしておいて、

「時に、お宅には今、何人おられますか？　お父さんに、お母さんに、貴女に……」

この人たちは本当に何も知らないのだろうか？　父の殺されたことも、母がどこかへ避難してまだ

戻って来ないことも……。それとも何もかも知ってて、わざとしらばくれてそんな質問をするのだろうか？　が、死んだ父を今に生きていると思い込んでいる人の前に出ると、秀蘭の胸にはぐっと、新たな涙が突き上げて来る。父に対して旺然《おうぜん》と〔どんどんと〕新しい追慕の心が湧いて来る。彼女は憮然《ぶぜん》として、涙のたまった眼で自分の膝を見つめていたが、思いきって、

「父は……」と言いかけた。

が、林さんは横暴だ。秀蘭が何か言いかけようとすると、その言葉を頭から無視して、

「実は……」と言い出した。「このごろ毎夜のように支那軍が当市を夜襲して来る。それも、いつも防備の手薄のところを狙って夜襲攻撃して来る。こいつァ何か、城内から内応してる奴があるんじゃないか……ってな、日本の警備隊でも非常に神経をとがらしている。で、内々調べてみると、便衣隊らしい奴が、だいぶ入り込んでいるらしい……。いや、現に見た者があると言うんじゃ。それでまァ、こうして調べて歩いとるんじゃが、お宅は……」

「私と、今ここにいた、あの下男の二人きりです」秀蘭はただそれだけ言った。今さら何を言っても始まらないし、この人たちもみんな忙しそうな様子だし、何よりも彼女には、少しでも早く方家然に話さなければならないことがあった。いま、町の中を歩いている時、がやがやと喧嘩みたいな口調でわめき合っている一群の人々に会った。聞くともなく聞いていると、どうやら、方家然が狙われているらしい様子なのである。「周の店の近所で俺は変な奴を見た」とか「そうだ、眼の変に凄い奴だ。そいつなら俺も周の店の方へ歩いて行くとこを見たことがある」と、そんな言葉が彼女の耳に飛び込んで来たのだ。しかも、それればかりではない、彼女が、自分の家のことを知っているらしいこの人々を

はばかって、そっとこの群集に背を向けかけた時、
「周の家が怪しいんじゃないかな。これからあそこへ見張りをつけろ！」と言う一人の男の声を聞いたのだった。彼女としては、方家然を彼らの手に渡してしまっては、万事もうおしまいである。それで急いで帰って来たのであるが、帰って来ると、この林さんたちの一行が自分を待ってるという始末だった。

秀蘭が、林さんの一行を送り出して戻って来て見ると、そこに方家然が突っ立っていた。そして、彼女の顔を見るなり、
「もう、ここにはおられんぞ！」と言った。

無論、彼女はそれに同感だった。彼女の方からそれを言おうと思っていたところであった。が、本当を言えば、彼女自身はここにいることに、なんの不都合もありはしない。いや、ここにいる方が、かえって安全でもあり、生活を楽しむことも出来るのだ。が、彼女は方家然と別れることが出来ない。彼を自分の手もとから離してしまうことが出来ない。宿命だ。泣いても、叫んでも、わめいても、どうにも脱することの出来ない宿命だ。
「私も一緒に行きます。どこへでも……」秀蘭は言った。「町の人たちはもう、みんなあんたのことを知ってるようです。今来た人たちも、そんな意味のことをほのめかしていたし、私、いま町の中で聞きました。周の家が怪しい、周の家へ見張りをつけろ——って」

方家然は、木像のように無表情の顔で、黙って突っ立っていた。彼女の言ったことが耳に入ったのか入らなかったのか、ぽかんと空虚を思わせた彼の眼は、その瞬間、惨《さん》とした〔ひどく〕悲痛な色に

満たされて、

「じゃ、すぐ仕度をしよう……。日が暮れたら、すぐ出られるように……」と、うめくように言った。方家然としても、まことに心残りのことであったろう。せっかくの宝の山を前に見ながら、それに一指を染めることも出来ず、むざむざと当てのない放浪の旅に出なければならなくなったのだから。

二人は、家中かき回して、金をさらい集めた。どんな些細な金も見逃さなかった。かつて、金だの銀だのと一緒に宝石の隠してあった地下室は、ことに厳重に、二人心を合わせて探した。

「あ、ここにまた一つあったわ……」そう言っては、銀貨の一枚を発見しても、喜色を満面に表して卓子の上に積み上げていく秀蘭だった。

「ここでダイヤの一つ二つ出てくれたら、どんなにありがたいかしれないのに……」そんな独り言を言っては、箱という箱を一つ一つ引っくり返して探している秀蘭の心には、微塵の嘘いつわりは見えなかった。衷心からそれを願っている気持ちが観取された。

方家然は、それを見ても見ない振りをしていた。聞いても聞かない振りをしていた。それを見たり聞いたりするたび、彼は、自分が命にも代えて堅く守り通している「自己」というものが、だんだんに足もとの砂を崩され、そそに〔静かに〕大きな口を開いて、他愛なく倒壊してしまいそうな危惧を感じたからだった。それは全く、彼自身にも解くことの出来ない、おかしな心理だった。なんとなく、自分がしっかりと踏まえているつもりの地盤が崩れて、だんだんと秀蘭の方へ倒れかかってゆく自分を感じるのである。自分というものが跡形もなく崩壊して、秀蘭の中に吸収されてしまうような、妙な不安を感じるのだった。それはまだ、まとまった一個の思想とは言えない、はなはだ漠とした……

秀蘭と自分とは決して別個の存在ではない、一体である——という感じだった。

仕事の最中ではあったが、彼は改めて、自分と秀蘭とについて考えて見ようとした。そのまま放っておけないほど、彼の気持ちは妙に切迫したものを心の裏にはらんでいたのだった。が、いくら考えても、彼には具体的に、秀蘭という女が分からなかった。

「あいつは俺の女房だ」と、一つの心が言う。「だが、あいつは俺を敵と思っている。俺の言うことに一つもそむいたことはないが、決して心から許しているのではない」と、他の心が答える。

「あいつは、この家に今のまま残っている方が安全なのだ。幸福なのだ。それだのに、明日のことも分からない俺の運命に従おうとしている……。あいつのその心は、一体なんと解いたらよいのだ？」

「…………」

「それに、血まなこになって銀貨を探し回っているあいつを見てみるがいい。あれこそ、心の底から、俺と一体の幸福を求めている姿ではないか。微塵の介在物もない、一体の生活をしているものの相ではないか」

彼は考え込んでしまった。自分がいま何をしているかも忘れて考え込んでしまった。眼の前が、ぼうっと霞《かす》んで来る。頼りない砂の上に立っているような自分を感じる。その砂は足もとから崩れて来る。……彼は、自分と秀蘭との心からの一体を感じた。そして信じた。一体である以上、一切の隠しだては罪悪である。一切は二人の共有である。彼は、堅い自分の「自我《エゴ》」によって押し包まれていた、一切の秘密を打ちあける気持ちになった。懺悔《ざんげ》をする気持ちになった。

「秀蘭……」

彼は、自分の声とも思われない声で叫んだ。そして、眼を開いて彼女を見た。そして、まず第一に、宝石の隠してある場所を打ちあけようと思った。

「なんですの？　……何か、ご用？」

そう言って、きょとんと彼を見る秀蘭の眼は、いよいよ彼女と自分との一体を彼に信じさせた。が、それにもかかわらず、「俺たちがいつか、ここの地下室からさらい出した宝石はな……」と言おうとした彼の口は、堅く、錠をおろされたように堅く閉ざされて、それとはおよそ関係のない、ほかのことを言ってしまった。

「俺は考えたんだ……。今度は俺だけがここを離れよう。お前は、別に睨まれてるわけでもないし、ここにいて一向、差しつかえないんだ。それに、当てのない旅だし、どんな苦労をするか分からない。まァ半年か一年経ったら、ここも平和になるだろう。一人で大変だろうけれど、なあに、ああして治安維持会なんてものも出来たんだし、危ないこともなかろう。だからその半年か一年、今度は俺だけ旅に出ることにする……」

それは、彼の告白しようと思ったこととは全然別のものではあったが、しかし、その言葉の内容も、調子も、今までの彼に見られない優しみと深い思いやりがあった。それは、誰が聞くよりも、秀蘭の胸に一番、ぴん！　と来た。彼女は眼を丸くして、そう言う方家然の顔を見ていた。そう言った方家然が、誰か全然別の人間ではないか……そういった風な疑惑の眼だった。

が、彼女の眼に映っている人間は、方家然以外の何者でもない。彼女はやがて、とんでもないといった風に彼のそばへ走って来て、言った。

「あんたは何を言うんです？　初めの約束を忘れたんですか。あんたの行くとこなら、私どこへでも行きます、あんたと一緒だったからこそ、私、兵隊にまでなったじゃありませんか。苦労だとかなんだとか、そんなこと問題じゃありません」

彼女の言葉も真剣だった。それに嘘いつわりがあろうとは思われなかった。が、それを聞くと、方家然は一層秀蘭がいじらしくなって来る。つまらない自分の道づれにして、彼女を苦しめてはならないという気持ちが、強く強く彼の気持ちにのしかかって来る……。彼は、今になって初めて、人間の苦悩というものを知った。秀蘭のような女を自分の自由にしているということに、誰に対するともない誇りと満足とを感じていたのであるが、それが、今になって急に、妙に重苦しく彼の胸を圧迫して来るのだった。

彼女との関係において、最初の出発が、彼女の意志を蹂躙した暴行である。それについて、今日までの彼は、陶酔するような勝利感をこそ味わえ、一毫《いちごう》も〔少しも〕良心の呵責を感じたことはない。ところが、その反面において、彼の潜在意識はやはり、そのことを苦にしていたものと見える。良心の芽ばえるのと同時に、そのことが、全身的に彼を圧迫し始めたのだ。

このことは理屈ではない。人間が一個の完成した世界である以上、その人間の行為はプラス、マイナスで結局バランスが取れていくものである。例えば、人が他を征服し、その快感に酔っている時には、その快感に比例して、被征服者の苦悩が蓄積される。が、この苦悩は、平常において決して表面に現れない、潜在意識としての形で存在している。

それは陽電気と陰電気との例で説明することも出来よう。夏時、紺碧《こんぺき》の空に不意にむくむくと入道雲が発生することがある。その時、その入道雲には一面に陽電気が発生する。と、それに比例して、その帯電した入道雲の直下の地表面に、それと相当する陰電気が発生する。そして、両者はバランスを取るために放電する……。つまり、あれなのだ。

方家然の心の底に、今やかつての征服感に匹敵する被征服者としての苦悩が、ようやく表面化して来て、彼を苦しめ始めたのだ。彼の良心は、この上、秀蘭を苦しめるに耐えられない。だから、彼はもう一度、彼女の意志をひるがえさせるべく、重い口を開いて言った。その顔のどこかに、自嘲の薄ら笑いさえ浮かべて、なんとなく弱々しい口調であった。

「秀蘭……俺はことによると、もうそんなに長い命じゃないかもしれない。どこも病気じゃないが、なんだかそんな気がする……。なんとなく気が滅入《めい》ってならないのだ。俺は、本当はこんな弱い人間じゃない。人を殺したとか、人をいじめたとかで、こんなにへたばったことはない。ところが、俺は今、お前にすまないことをしたという気持ちでいっぱいなのだ……。だから、この上、俺を苦しめないで、お前はどうかここへ残っててくれ。な、頼む……」

が、秀蘭は聞かなかった。

「そ、そんなことしたら、今度は私が苦しまなくちゃなりません。あんた一人を追放するような旅に出さしといて、どうして私が幸福に暮らせると思って……。私、どんなことがあっても一緒に行きます」

そして、この論争はとうとう秀蘭の勝ちになってしまった。その晩、二人は夜陰にまぎれて、どこという当てもなく、城内の家から姿を消してしまったのだった。

屍を食う

方家然にしても、また秀蘭にしても、本当はこの町を去りたくない気持ちでいっぱいだった。本当にやむを得ない、いやいやながらの退去だった。

方家然は、例によって天秤をかついでいた。天秤の両端には、着替えの衣類と、毛布と麦粉と米、砂糖、塩といったようなものを、かなりたくさん、くくりつけていた。

時間はまだそれほど遅くはなかったが、どこの家も大抵、灯を消しているので、もう夜中のように暗くて、静かだった。両隣りの家も、真向かいの家も、また裏の家も、どこも二人が忍び出たことを知った様子はない。いや、町中、誰ひとり知ってるものはあるまい……。その点、二人は全くうまくいったことを喜んだ。だから無論、二人のあとを、影のように尾行してゆくもののあったことを気づくわけはなかった。

黒い影は二つ……全く足音を立てない。草鞋でも履いているのか、それとも、暗闇の歩行によほど慣れたものに違いない。二人は五、六歩の間隔をおいて、全くの無言だ。方家然たちが止まれば、二つの黒い影も止まる。歩き出せば一緒に歩き出す。そして、方家然たちに気づかれないほどの間隔で、城門も通過した。通過証もちゃんと用意していたらしい。

秀蘭に対する方家然の態度というものは、今はもう全く昨日までとは違っている。心からの悔悟を見せて、全く柔順である。奴隷のごとくでさえある。言葉までが今までとは改たまっている。

「おらァ、お前さんの一生を台なしにしたことについては、いくらお詫びしても及ばないことを知っている。それと一緒に、鮑さんにも本当に申しわけないことをしたと思っている。あの人は、今でも俺を怨んでるだろう。一寸刻みに骨を刻んでも飽き足りないほど、おらを憎んでるだろう。それが当たり前だ……。あの人は今でも、おらを探し回ってることだろう。俺ァもう、あの人から決して逃げ隠れはしないつもりだ。そのうち時機が来たら、自分から進んであの人に会って、殺すなり、生かすなり、あの人の気のすむまでのお仕置きを受けようと思っている……」

方家然は今、実際にそう思っている。が、彼がもし、思うままに自分の埋蔵しておいた宝石類を掘り出すことが出来たら、決してこんな気持ちにはまだならなかったろう。それから、秀蘭のあの私怨を忘れての、あのまごころから自分と生死を共にしようという、夫婦愛の極致とも言うべき犠牲的な心を見せられなかったら、絶対にこういう気持ちは起こさなかったに違いない。方家然は今、全く生まれ変わったのだ。

が、運命の神のなんという皮肉！　彼のあとをつけている二つの黒い影こそは、彼が自分から探し尋ねてでも会って、その思う存分のお仕置きを受けようという、鮑仁元だったのだ。そして、もう一つの影は、アメリカに留学していた秀蘭の兄——周康元だったのである。

李鵬の部下だった鮑仁元がどうしてこんなところにいるのか……。彼は無論、脱走したのである。

その脱走の目的は言うまでもなく、方家然の追跡にあった。方家然たちは、周家から掠奪した莫大な財産を持って、いずれは香港か上海あたりへ逃避の生活を送ることだろうが、差し当たっては、必ず一度は秀蘭の実家へ立ち寄るに違いない。掠奪し、隠匿してある財産を手に入れるために——

だから、鮑仁元の脱走は一刻の猶予もならない、せっぱつまった問題だった。彼は、ある農家から生まれて初めての掠奪をやった。脱走に絶対必要の便衣だった。が、それがいかにせっぱつまった焦眉《しょうび》の〔切迫した〕問題であったにしても、掠奪は、彼にとって全く忍びがたい汚辱そのものだった。といって、その代償として与える何物も、彼は持っていなかった。それで、彼は実家へ戻り得た場合、その償《つぐな》いをしたいと思って、その家の住所番地と、姓名とを手帳に記入して来たのだった。

しかし、便衣を手に入れて、それだけでいいかというと、そうはいかなかった。多少の食糧と、旅費というものが必要だった。護身のための拳銃だって、一挺ぐらいあっても決して邪魔になるものではなかった。いや、邪魔どころか、万一、方家然にめぐり会った場合、それは絶対に必要なものだった。そこで彼は、他の誰でもがやる方法に従って、戦場の戦利品あさりをやった。屍体に一つ一つ這い寄って行っては、そのポケットを探るのだ。が、彼はその時、その一つの屍体を中にして意外の強敵と闘わねばならぬことがあった。屍体の肉に食いついている野犬である。せっかく一つの屍体に這い寄った瞬間、らんらんとした二つの眼を光らせながら、うおーッと牙をむき出して跳びかかって来るのである。それは無論、一発のもとに撃ち倒すことは造作ない。銃にはいつなんどきでも発射し得るよう装弾してあるし、ただその鼻先へ向けて引き金を引けばいいのだ。

が、この場合の一発は、それがどんなに危険の身に迫った場合でも、絶対に慎まなければならない。

その一発のためにつまらなく敵軍を刺激し、一晩中眠ることも出来ないような戦争を引き起こしたことが、これまでに幾度あったか知れないからだ。だから、そのことは指揮官の方からも、くれぐれも注意されている。歩哨、斥候以外の者にして命令なく射撃するものは厳罰に処す——というのだ。だから、そんな場合、銃剣で渡り合うほか方法がない。鮑仁元もそんな目に幾度遭ったか知れない。が、そのたびに、そういう自分をつくづく情けなく思う。これじゃ、まるで野犬と同格だ——

ところで、そういう思いをして屍体から掠奪して来た品物を金に換えるには、もう一度、野犬と同じように卑劣で狡猾な、その品物の買い取り人と同格に自分を引き下げ、交渉しなければならない。

「お前さん、こいつはただでももらえないね。こんなもなァ、お前さんに持って来てもらわなくても、道ばたにごろごろしてるんだからね」

そう言って、その男は、彼がやっとの思いでぶら提げて来た十ばかりの水筒を、足で蹴飛ばしながら言うのだ。

「じゃ、これは……？」彼はそう言いながら、将校らしい男のポケットから抜き取ったシガレット・ケースを三つばかりと、双眼鏡を一つ取り出した。が、このケースは、いずれも銀製らしい重みと光沢を持った、どう安値に踏んでも一個五元はするものである。また双眼鏡は、これはちょっと値打ちの分からないものだが、それでも戦場で役に立たせるものである以上、そう安いものとは思われない。新しく買うとすれば、どうしても百元や二百元は取られるだろう。だから、彼はこの三つのシガレット・ケースと双眼鏡で、二十元は確実にもらえると思った。が、それを手に取って一瞥を与えただけで、その男は「ふん！」と鼻を鳴らした。

「このケースは、こりゃあメッキだね。三つで、十仙もやろうか。それで、精いっぱいの値だよ……。それから、この双眼鏡は……こいつァ高く買ってやろう。三十仙でどうだね」

二十元と思っていたのが、四十仙である。が、相手の言い値で売る馬鹿はないということを彼は聞いて知っている。掛け合い次第では十倍以上にすることは造作ないということも聞いている。だから彼は言った。

「こいつをね、全部で五元で買うっていう者がいるんだよ。だが、君はなんでも割に高く買うって評判なんで君に見せたんだが、それじゃ、まァ、よしておこう……。さァ、その品物、返してくれないか。すぐその男に売りに行くんだから」

甘く舐めてかかっていたその男の眼が、ぎょっとしたようだった。

「そうか、持ってくんなら持ってくのもいいだろうが、どうだい、おめえも、あちこち持ち回るのは面倒だろうし、俺が四元で買ってやろう。それで文句はあるめえ」

まさに、最初の言い値の十倍である。が、この調子だと、もう少し頑張って交渉すれば、あるいはもっと高く売れるかも知れない。これで五、六元の金があれば、郷里へ帰るまでの三日や四日の旅費には事足りるわけだ。それで、もうひと踏んばり交渉してやろうと思って膝を向け直した時、彼はコツコツと背中を叩かれた。

「なんだい？」

言いながら、彼はふっと後ろを振り返った。どこかで見たようで、そのくせどうにも思い出せない顔が、じっと自分を見つめている。彼は思い出そうとして、しばらく考えた。といって、時間にしてほんの三秒か五秒にしか過ぎなかったろう。相手の男が口を開いた。

「君は鮑君じゃないかね……どうも声が似ている。声が似てるんで、君を見つけたんだが、見れば見るほど、思い出して来る……」

鮑仁元もやっと思い出した。アメリカに行ってるはずの周康元である。

「あッ、君は周君じゃないか。いつ帰って来たんだ。そしていつ兵隊なんかに……言いたいこと、聞きたいことが山ほどつかえている。そのくせ、口では、かえって何も言えない。それに第一、こういう浅ましい取り引きの場面を見られたという照れくささも手伝って、彼の口は一層、滑《なめ》らかにいかない。

「お前さん、どうするね。売るのか売らないのか、早く決めてくれねえじゃ、あとがつかえてるんだ」

そう大きな声で言われて、彼は体のすくむ思いだった。で、もうどうでもいいという風に、わざと悪ずれのした兵隊らしい態度を見せて、

「四元でいいんだ、早く金をくれ」と言った。そして金を受け取ると、

「とにかく、あっちへ行こう。いろいろ聞きたいこともあるし、話したいこともある……」と、誰もいない、がらんどうの建物の方へ周を誘った。

が、周はにやりとして、ふくらみ上がっているポケットを上から叩いて見せながら、

「僕もちょっと商売をしていくから、そこで待っててくれないか」と言った。

鮑仁元は、自分の指定した建物の方へ顎をしゃくって、

「じゃ、あそこで待っている」と言うと、燕《つばめ》のように体をひるがえして、爆撃の跡らしい穴ぼこから

飛び出した。誰にしても、そんな取り引きの場面なんか見られるのはいやだし、第一、彼は見ているのがいやなのだった。

十分ほど待っている間に、周康元は彼のそばへやって来た。鮑仁元は今はそれほど彼に対して引け目を感じなかった。彼も、自分と同じように屍体からの掠奪をやった、言わば同格の人間だということを知ったからだった。

二人の間に交わされた話は、非常にせっかちで、端的だった。それは、ごく短い時間のうちに非常にたくさんのことを話さなければならないからだった。

「いつ、アメリカから帰って来たんだ？　そして、どうして兵隊になったんだ？　兵隊は、いつから……？」

「二ヶ月前……。秀蘭の電報で、親父が兵隊に殺されたことを知ったんでね……。そして帰って来ると、まだ家の敷居もまたがないうち、城門の外で兵隊に取られちゃったんだ。だから、まだ誰にも会っていない。君の家のお父さんやお母さんはもちろん、第一、自分の家の母親にも逢ってなけりゃ、秀蘭にも逢ってない……」

早く話さなければならない。もっともっと早く、いろいろのことを話さなければならない……。気は急くのだが、鮑仁元の胸の中は、波のように突き上げて来る錯雑した感情と涙のために、ちょっと声が出なかった。

「じゃァ君は……君のお父さんの殺された詳しい事情も、秀蘭さんがその後どうなってるかも、何も知らないんだね」

「うむ、なんにも……。だが、秀蘭がどうかしたのかね？　聞かしてくれ……。俺は毎晩のように、あいつの夢を見るんだ」

鮑仁元は、何から先に話したらいいか、ちょっと考えに迷った。が、ともかく、方家然のことでは一言あやまらなければならないと思った。彼は、周の手を堅く握りながら、

「君のお父さんを殺した奴は、実は僕のとこの小作をしていた、方家然という奴なんだ。それで、僕は君にあやまらなければならない。方という奴は、元来が悪党なんだ。悪いことばかりしている。盗癖があって、村中に迷惑をかけている。それで、僕のところであいつに貸している耕地を取り上げたんだ。ところが彼奴は兵隊になった。太原にいるということを聞いたが、その太原を日本軍に破られてしまった。敗走して来た奴らの部隊は、やがて我々の町へ侵入して来た。そこで彼奴は、僕の家への怨みを晴らすために君の家へ侵入し、君のお父さんを殺した。その上、秀蘭さんをさらって逃げ出した。その方家然も、秀蘭さんも、つい最近まで僕らの部隊で兵隊になっていたんだ……。ところが、彼奴はまた秀蘭さんを連れて、この李鵬部隊を脱走してしまった。だから、今どこにいるか分からない……」

「ふーむ、ふーむ、秀蘭が……」周は、そう言って唸ったかと思うと、よろよろと彼の手に倒れかかって来た。

「おい、どうした？」

彼は思わず声をはずませて抱きとめにかかった。が、周はずるずると崩れるように地べたに坐り込んで、そのまま横になってしまった。

無理もないことだ。これではあまりひどすぎる、立つ瀬のない話だ。脳貧血を起こすぐらい当然だろう。だが、彼はまだ、ぜひ周の耳に入れておかなければならないことがある。自分は今夜中、夜の明けないうちにここを脱走し、方家然を追って復讐してやる決心でいること……だ。

が、いいあんばいに、周の脳貧血は、たいしたことはなかった。紙のように白く、血の気の失《う》せた顔のままではあるが、間もなく、むくむくと冷たい地面の上から起き上がって、壁に頭をもたせかけ、坐り込んだ。

「なにしろ睡眠不足なんでね……頭がふらふらしてるんだよ」周は、余計な心配をさせないためだろう、淋しい微笑を浮かべながら、そんなことを言った。

「どうだ、もう少し寝てた方がよくはないのか……。無理するといけないが……」

そうは言っても、鮑仁元は時間が気になった。一刻もぐずぐずしていられない気持ちだ。ここで三十分ぐずぐずしていることは、方家然を一哩遠くへ逃がすことだ。いま手に入れた四元の金で、郷里までの旅費は充分なのだ。気がかりではあったが、彼は決然と、自分の心に鞭《むち》打って言った。

「実はね、僕は今夜これからすぐ方家然を追って、ここを脱走するつもりなんだ。君とはこれから先、いつまた会えるか会えないか分からないが、とにかく、体を大事にしてくれたまえ……。僕の探しものだって、はなはだ漠然とはしているが、相手はなにしろ女づれではあり、きっと追いつけると思うんだ」

周康元は、このあまりに出しぬけな鮑の言葉に、ぽかんとした眼を瞬いて、彼を見つめていた。何を言ってるのか、意味が分からなかったらしい。が、鮑の言ってる言葉の意味が分かって来ると、い

きなり立ち上がって、

「俺を連れてってくれ……親父の仇は俺が討つ！」と叫ぶように言った。「な、ぜひそうさせてくれ。この問題で君ひとりにそんな責任を負わせるという法はない。それに、一人より二人の方が都合もいいだろうし……」

が、これに対して、もとより鮑仁元に異存のあろうはずはない。

「じゃ、行こう」ということになった。鮑仁元は、その場で肩に巻いている毛布をはずし、中から用意の便衣を取り出した。そして着替えた。が、周にはその用意がなかった。

「このままじゃ、いけないだろうか」と言った。

「駄目だ……。が、ちょっと待ってくれ」そう言うと、鮑はたちまち闇の中へ姿を隠して行った。

鮑は、この場合なんといっても、兵隊としては周の先輩だ。数多くの苦労を積んでいる。一通りは、兵隊生活の裏表に通じている。彼はたちまちどこからか一領の〔ひとそろいの〕便衣を徴発して来た。

かつて、方家然と秀蘭とが、銃弾におびやかされたり、食べるものもなく、寝るところもなく、ひょろひょろしながら通った道が、二人の前に展開されていた。が、二人はそんなことは知らない。ひもじい思いをし、流弾に首をすくめ、蝙蝠《こうもり》のように昼間は寝て、夜歩いた。

城市に近づくにしたがって、戦場気分は濃くなって来た。この城市を奪還の目的で、ここ連日にわたって夜襲を決行しているので、まだ収容しきれない屍体はあちこちに散らばっているし、夜なぞ、今にも絶え入るかと思われるうめき声が、不気味に聞こえて来たりした。

二人は、この旅行中のまる二日間、秀蘭のことを話し合っていた。いくら話し合っても、秀蘭の気持ちが分からないのだった。

「しかし、ね、僕は諦めてるんだ。許婚《いいなずけ》なんてことは親の決めたことで、本人の意志とは一向、関係ないんだからね……。僕は、秀蘭さんに嫌われたからって、決して怨んだりなんかしやしない……」

それを聞くことは、周康元にとって、まことにつらいことだった。それに、しばらく家郷を遠く離れていて、最近の秀蘭の心境といったものを知るよしもなかったが、しかし、いかに秀蘭が物好きだと言っても、まさか眼の前で自分の父親を殺した兵隊あがりの方家然に寝返る女だとは、どう考えても考えられないのだった。

「僕には分からない」周は溜息まじりに言った。

「が、何かわけがあるんじゃないかな……。一ぺんあいつに会ったら、何もかも分かるんだが……」

二人は城門を通過した。なつかしい城門だった。が、その城門は、脱走する直前まで、自分たちが敵として銃火を交わしていた日本兵が厳然と守っていた。二人は思わず固くなって、自分の身辺を眺め回した。そして、軍服でないことを発見して、ほっと安心の呼吸をし始めた。

夜になって、周は自分の家の前に行ってみた。鮑も一緒だった。が、自分の家だからといって、いきなり飛び込むわけにもいかなかった。そこには、ことによると、自分の父を殺した方家然が、まだ頑張っているかも知れなかった。もしそうだとすると、なんの武器も持たない二人は、どんな目に遭うかも分からなかった。そういう恐れがあったので、昼間はなるべく遠くから見張ることにした。

周も鮑も、百姓のぼろぼろの着物だ。髭も伸び放題だし、顔や手足も泥埃を浴びたままだった。だから、大抵の場合、人から見破られる心配はなかったが、それでも人混みの中へ出る時は、出来るだけ顔を隠すようにしていた。そして、なるべく人目に立たないため、昼間のうちは離れ離れになっていた。二人は、最初の一日で、周の家に今もって方家然と秀蘭が住んでいることを見て取った。

「よかった！」——それは、二人に共通の、最大の安心だった。この上はただ、秀蘭を捕らえて一切の事を問いただすことと、方家然に怨みの一撃を加えることだった。そのために、二人はいつもポケットに手頃の石塊《いしくれ》を潜めている。武器といってはナイフ一挺持たない二人は、その石塊で相手の眉間を叩き破ろうというのだった。

「今日は惜しいことをした。秀蘭を見かけたんだよ。確かに秀蘭なんだが、あいにく距離がありすぎて逃がしちまった」

夜、二人が会った時、周が言ったのだった。が、鮑は、それとは別の報告を持っていた。

「どうも我々の身辺も少し物騒になって来たようだよ。この町に便衣隊が潜入しているって噂を、あちこちで聞くんだ。それがどうも俺たちを指して言ってるらしいことは、周の店の近くで俺は幾度も便衣隊らしい奴を見たとか、あの辺に便衣隊の巣があるんじゃないか……とか、そんなことがちょくちょく耳に入って来るんだ」

「うむ、そんなことなら俺も聞いた」と、周が言った。「とにかく、あまりぐずぐずはしていられないな。第一、心細いことに、金がもうなくなって来たんだ。飯も、今日は朝一回きりなんだ」

そのことは鮑も御同様だった。彼は、食事のためポケットの金を掴み出すたび、いつも、野犬と一つ屍体を争って奪って来たこの金のことを思い出して、わざと皮肉に、自嘲的な口調で「どれ、俺も一つ屍を食うかな」と呟いたものだった。が、そんな不浄の金でも、尽きかけて来た今になってみると、あの時もっともっと野犬を追い飛ばして、掠奪をしておけばよかったな……と思うほどだった。

が、ついに機会は来たのである。ある晩、あたりをはばかりながら裏口から出て来る秀蘭と方家然を、物影に見張っていた二人が見つけたのだった。

秀蘭の選んだ道

方家然と秀蘭は、行く手の至るところで障害物に突き当たった。それは、おびただしい斥候群だった。パタパタパタパタ……と大地を踏み轟《とどろ》かして前から走って来る、横を走る、後ろから二人を追うように走って来る。そのたび、二人は立ち止まったり、後ろにさがったり、右に、左に、彼らを避けて、おぼつかない前進をつづけた。

経験家の方家然には、この慌ただしく、物々しい光景が何を意味するか、すぐ分かった。このごろ毎晩のように行われる大夜襲の準備工作だった。彼には、この暗闇の中で、本隊がどこにあって兵力はどのくらいか、だいたいの見当をつけることが出来た。

「こいつは、まずいことになったな」

そう言いながら、彼は素早く背を低めてしゃがむと一緒に、秀蘭の手をぐっと引いて、自分と同じようにしゃがませた。この行動は、こうした場合、最も必要のことだった。彼は、この夜襲戦が、時間的にも非常に切迫していることを見ていた。そして、どんなところから弾が飛んで来ないとも限らないからだった。

「どうしたんですの?」秀蘭が心配そうに訊いた。

「なァに、俺たちのいるところが、すっかり夜襲部隊に包囲された形になってるんだ。まごまごしてると、俺たちは奴らに踏みつぶされるか、銃剣で突き伏せられるか、どっちみち、ろくなことにはならないんだ」

「じゃ、早くここを逃げましょうよ」

秀蘭は腰を浮かしかけた。と、そのとたん、ピューーン! という銃弾の音が頭の上をかすめて飛んだ。

「慌てもんがいるからな」方家然はぐっと手の先に力をこめて、秀蘭を引き据えた。そして囁くように「もっと低く、もっと低く……。俺たちを敵の斥候かなんかと間違えてるかも知れんからな」と言った。

銃弾はつづいて二、三発、ピュン、ピュン、頭の上の相当高いところを、唸りながら飛んで行った。

「冗談じゃないぞ」という気持ちが、だんだん強く、方家然の胸を締めつけ始めた。

なだれという奴は、時によると人の話し声ぐらいの空気震動でさえ、全山の雪をふるい落とすような大惨事を引き起こすというが、戦場では、まま、こうした一、二発の銃弾が、何個師かの大軍を全滅さすような、大戦争を引き起こすことがあるものである。方家然はそういう目に幾度も遭っている。

彼の胸の中は今、なんとなく落ち着かない。何か、そんな風な予感がしてならないのだ。

「さ、ここんとこを少し這って行こう。なァに二、三十メートルも這ったら大丈夫だろう」

二人は這い始めた。が、方家然は相当の目方のある天秤の荷物を引きずって這わなければならない。彼は時々休んでは大地に耳をつけ、何を聞き出すのか、耳を離すとまた這い出す。そうやって、三メートル、五メートルと、蝸牛《かたつむり》の歩みのような匍匐《ほふく》をつづけていた。

鮑仁元と、周康元とは、その二人から七、八メートル離れた後ろから、眼と耳を極度に働かせて、闇の中の二人を追っていた。追いながら、二人はじりじりしていた。わけても、周は気短かだ。唇をぶるぶる震わせながら、

「どこまで行っても同じことだ。もうここらでやっつけちゃおう」と、鮑の肘をコツコツ突っついた。

「まァ、持て……。奴はいつでも拳銃を手から離さない男だ。そのことじゃ昨夜も話したろう。彼奴の拳銃のおかげで、俺も、彼奴も、秀蘭さんも、同じ李鵬部隊の兵隊にされちゃうようなことになったって……」

「それは聞いたけど、だって我慢出来ないじゃないか。親父を殺し、妹を凌辱した奴が現に眼の前にいるんだ……。君にゃ、到底僕の気持ちは分かりゃしない。この気持ちは肉身のみが諒解する気持ちなんだ……」

そう言うと、周康元はグッグッ……喉を詰まらせながら、泣き入ってしまった。

鮑は、ともすれば闇の中にその姿を見失おうとする方家然の方に鋭い視線を配りながら、周を黙らせようとして手荒くその肩を小突いた。

「おい、おい、聞かれるじゃないか……。せっかくここまで追い詰めて来て、奴に反撃でもされてみろ、死んだって死にきれるものじゃないぞ……。慌てちゃいけない。僕は、奴の手並みをよく知って

るから、大事をとってるんだ」

それは実際の彼の心境だ。彼にしても、初め方家然の手並みを知らない時にこそ、拳銃の名手である方家然を向こうに回して石合戦をするような無謀をあえてしたものの、その後、彼の射撃術といい、青龍刀術といい、その手練《しゅれん》〔見事な手際〕のほどを知って見ると、よくもあの時自分は殺されずにすんだと思うほどだった。そして、今の周がちょうど、あの時の自分の位置にいるのだ。憎い憎いの一念で、全然敵の力を考えてみる暇がないのである。

それに、それとは別の問題であるが、鮑仁元が歯がゆく思えてならないことは、周がまだ絶対的の信頼を、その妹の秀蘭においていることだった。秀蘭は絶対に、自分の意志から方家然に従っているのではない、彼が少しの隙もなく彼女を監視し、恫喝を加えるために、いやおうなく彼に妄従していると言うのであるが、鮑仁元は、それとは少しばかり違った意見を持っていた。ごく好意的に見て、「僕には秀蘭の気持ちが分からない」という一語で片づけているのだが、本当を言うと、秀蘭は今では方家然が好きになっているのだ――という見解を持っていた。

兵隊仲間で、かつてそれと同じような意味のことを言ってるのがあった。彼は今でも、これを覚えている。

「女ってものは、最初の男を一生忘れることが出来ないものなのだ。それが死ぬほど嫌い抜いている男であっても、その後に知った男は、ついに最初の男に及ばないものなんだ」――と言うのだった。

その言葉にどの程度まで真実性があるか、鮑は知らない。が、少なくともそれは嘘ではないと彼は思った。そして、それに多分の真実性があるとすると、秀蘭は今までの中の男という男の中で、方家然が一番好きになっていなければならないはずだった。そう思うことは、鮑仁元にとっては全く苦しいことだった。

が、いかに苦しくとも、かつて彼女が鮑仁元に対して取った冷淡きわまる態度を思い浮かべると、いやでもそれを信ずるほかなかった。

「俺という人間は、秀蘭にとっては、いま方家然の足の爪にも及ばないのだ」——情けない結論であるが、それは全く事実として承認するほかないようだ。

が、それにもかかわらず、彼がかくも苦心し、生命を的の危険きわまるこうした戦場にまで方家然の後を追い、彼を打倒しようという気持ちは一体どこから出て来るのか。一体何に原因しているのか……。

鮑仁元は、自分の家の元雇い人だった男が自分の許婚の父親を殺した、その許婚のよしみによって、その男に天誅《てんちゆう》を加えるのだ……と言っている。自分も堅くそう信じていた。が、近頃の彼は、その信念の中になんとなく不純な、もう一つ別な混じりもののあるのを感じずにはいられなくなっていた。そう思うことは、たまらなく苦痛であり、不愉快であるのだが、いったん芽ばえ出したその不純感は、どうにも除き去ることが出来ないのだった。

では、その不純物とは何か——

方家然に対する激しい嫉妬である。自分が公明天地に恥じざる義侠心によって加えると思っていた方家然への報復が、実は、市井《しせい》の婦女子にも等しい、嫉妬からの行為であることを発見した時、彼の心は全くその情けなさに泣いた。が、いかに泣いても、いかに自分の心理を解剖し直してみても、その根本の動機が嫉妬であることは、どうにも疑えないのだった。それが証拠には、彼の心理には、方家然への激しい憤怒と同時に、秀蘭に対しても、それと同程度の激しい憤怒を持っていることを意識し始めたからだった。

方家然と一緒に秀蘭も殺してしまおう——

ある時、鮑仁元の心にぷかりと浮かび上がって来た考えだった。彼は、自分のその考えにぎょっとして、あたりを見回した。が、その考えは、その後いかなる場合にも彼の心を離れず、彼がいかにその考えを打ち消そうとしても、その心の隅の方ではいつともなく、方家然と並べて秀蘭をも斃す場面を描いているのだった。

その方家然と秀蘭とは、時々何かを話しながら闇の地面を這って行く。何を話しているか、それは分からない。が、方家然が彼女をいたわり、彼女がそれに安心しきった信頼を捧げ、心からの満足を覚えているらしい様子は、手に取るように彼の胸に響いて来る。「まァ、待て！　まァ、待て！」と、いつも周の飛び出そうとするのを押さえていた彼が、今度はいきなり、息をはずまして立ち上がった、そのとたん、銃弾がピューンと頭の上をかすめて通った。彼は思わず、その場へ這いつくばった。

「どうした、大丈夫か？」周が訊いた。

「うむ、大丈夫……」鮑が言った。「どうしたんだ、馬鹿に飛んで来るじゃないか」

全く、ピュンピュン言う、唸り声は、それにいちいち頭を下げている暇もないくらい激しくなって来たのだ。その時、

「あっ！」という叫び声が前の暗闇の中でしたのを、二人は耳ざとくも聞きつけた。続いて、

「やられた！　うーむ、とうとうやられた！」という、うめき声を。

二人は弾かれたように立ち上がって、声のした場所へ飛んで行った。そして口々に、

「方！　貴様は……」

「貴様は……よくも……」

と、すっかり息ぎれのした声をはずませて叫んだ。

「ふむ……ふむ……俺は駄目だ……」方は、背中を丸くかがめて、腹部を押さえている。相当の重傷らしい。が、すぐにどうこうということもない様子である。

その二人の男の飛んで来たのと、ほとんど同時である。秀蘭がすっくり闇の中に立ち上がった。彼女の右手には、夜目にもはっきりと、鞘を離れた短剣が光っている。

「方！　お前はもう、どうせ助からない。私は今まで、こういう機会を待っていたんです。さァ、私の……」

方は、秀蘭の怒りをなだめるように右手を上げて制した。左手は固く傷所を押さえたままである。そして、その振っている右手を秀蘭の方へ差し出して、

「ここに、ここに、絵図がある……。昨夜、俺が書いておいたのだ……。虫が知らしたのだ。俺はもう長い命じゃない……と。さ、これを取ってくれ。周家の財産がしまってある場所だ……。そのお寺の、黒い点のついている場所に埋めてあるのだ……」

鮑も、周も、そして秀蘭も、ぽーんと、毒気を抜かれた形で突っ立ったままだ。

「秀蘭……お礼を言う。俺は満足して死んでゆく……。俺は、死ぬまでお前を手離すまいと決心して

いた。俺の、その希望は達したのだ。俺は、お前のそばで、眼の前で死ねるんだ。実を言うと俺は、昨日、この絵図をお前にやろうと思った。そしてひとりで、お前に内緒で、体を隠してしまおうかと思ったんだ。だが……俺には出来なかった。お前と別れることが出来なかったんだ……。秀蘭！　さ、そのお前の持ってるその短剣で俺を刺してくれ。俺は、お前のお父さんを殺した極悪人だ。さ、早く……。水、水、水をくれ……」

秀蘭は、自分の水筒を取って、彼の口へ注ぎ込んでやった。それから、その短剣を取り直すと、「方家然……お前の命は私がもらいます」と言うと、ぷすり、その喉を目がけて突き刺した。が、その前に、方家然の息はもう絶えていたのだった。

秀蘭は後ろを振り返った。

暗闇の中に、二つの黒い影が棒杭のように息を呑んで突っ立っている。彼女は、その二つの黒い影に頭を下げた。そして言った。

「兄さんも、鮑さんも、ご覧の通りの始末でございます。方家然は悪い奴です。ほんとに悪い奴です……。でも、方家然は死にました。怨むことも、憎むこともございません。何もかも終わったのです……」

秀蘭は、そう言うと、ぐったりとうなだれた。精も根もつき果てた者の、ただひとすじの生きる手綱を断ち切られ、生活の希望の灯を吹き消され、そのまま、ぐにゃぐにゃと大地の中にのめり込みそうになる体を両肘に支えて、

「さァ、兄さんも鮑さんも、ここにいては危のうございます。さ、これを持って早く立ちのいて下さ

い。こんなとこで命を落としてしまっては、それこそ犬死にです」

そう言って、秀蘭は、方家然から受け取ったくちゃくちゃの紙きれを、高く差し上げた。

「秀蘭！　何を言ってるんだ。お前こそ危ない……。さ、早くここを逃げよう。鮑君も手伝ってくれ。秀蘭の手を持って……」

そう叫ぶように言ったのは、兄の周康元である。が、秀蘭は凛とした声で言った。

「私には構わないで……。秀蘭はもう、父の殺された日に死んでしまったのです。秀蘭はもう、誰の前にも出られない汚れた体です。私を方家然の妻として死なせて下さい。それが、私の生きる唯一の道なんです」

秀蘭は、そう言うと、方家然を突いた短剣で、ぐさっと、自分の喉を突き刺した。

督戦隊（完）

◇著者◇
別院 一郎
陳登元氏の留学生時代に日本語の個人教授を務めていたことが縁で、前著『敗走千里』の原稿を受け取る。預かった原稿は大いに出版の意義ありと判断し、必要な訂正を加えた上で、昭和13年3月に、訳者という形で刊行。『敗走千里』は、またたく間に100万部を超えるベストセラーとなったが、陳登元氏はその後、消息不明に。本書は、彼が残した資料を基に、別院一郎氏が著者となって新たに書き下ろされたものである。戦後、GHQ（連合国軍総司令部）は『敗走千里』を「宣伝用刊行物」に指定、その結果、日本国内における、個人と図書館の蔵書を除くすべての本が、当局によって没収され、廃棄されている。

陳 登元
前著『敗走千里』の著者。中国・重慶出身。父親が親日家であったことから、10代なかばで日本に留学。その後、大学卒業を翌年に控えた昭和12年8月に本国へ一時帰国したところ、中国軍に強制徴募され、江南地方の戦線に送られた。2カ月間におよぶ日本軍との激闘ののち、重傷を負って戦線を離脱。収容された上海の病院を退院する直前に脱出すると、『敗走千里』の原稿を一気に書き上げ、日本にいる別院一郎氏に送付。その後の消息は不明。

復刻版　督戦隊

令和元年7月31日　　第1刷発行

著　者　　別院一郎
発行者　　日高裕明
発　行　　株式会社ハート出版

〒171-0014 東京都豊島区池袋 3-9-23
TEL03-3590-6077　FAX03-3590-6078
ハート出版ホームページ　http://www.810.co.jp

Printed in Japan　ISBN978-4-8024-0083-1
印刷·製本 中央精版印刷株式会社

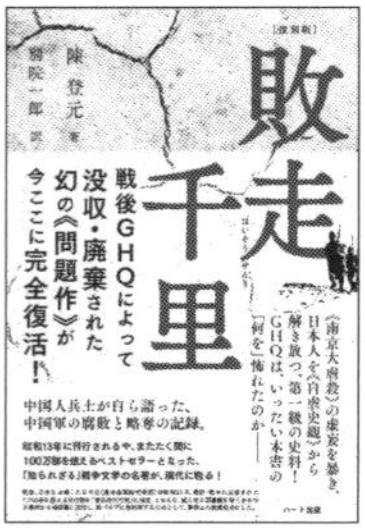

[復刻版] 敗走千里

中国軍兵士が自ら語った 腐敗と略奪の記録

ＧＨＱによって没収・廃棄された幻の作品が復活。
昭和 13 年に刊行された 100万部超のベストセラー。

陳登元 著　別院一郎 訳
ISBN978-4-8024-0039-8　本体 1800 円

[復刻版] 一等兵戦死

日本軍兵士が語る、支那事変における最前線の真実

ＧＨＱによって没収・廃棄された幻の作品が復活。
昭和 13 年に刊行され、直木賞候補となった名作。

松村益二 著
ISBN978-4-8024-0064-0　本体 1500 円

[復刻版] 薄暮攻撃

日本軍兵士が語る、支那事変をめぐる もう一つの記録

名作『一等兵戦死』の翌年、昭和 14 年に刊行。
日本兵たちの真実の姿を描いた“傑作”従軍記。

松村益二 著
ISBN978-4-8024-0082-4　本体 1500 円

ココダ　遙かなる戦いの道

ニューギニア南海支隊・世界最強の抵抗

これまでにない“新たな視点”で綴られる
「ポートモレスビー作戦」、その激戦の真実とは——

クレイグ・コリー／丸谷元人 共著　丸谷まゆ子 訳
ISBN978-4-89295-907-3　本体 3200 円